匠人坊

小说技法十二讲

李浩 著

花山文艺出版社
河北·石家庄

图书在版编目（CIP）数据

匠人坊：小说技法十二讲 / 李浩著. -- 石家庄：花山文艺出版社，2024.4
ISBN 978-7-5511-7021-5

Ⅰ.①匠… Ⅱ.①李… Ⅲ.①小说创作－创作方法 Ⅳ.①I054

中国国家版本馆CIP数据核字(2024)第002360号

书　　名：	匠人坊：小说技法十二讲
	JIANGREN FANG: XIAOSHUO JIFA SHI'ER JIANG
著　　者：	李　浩
选题策划：	郝建国
出版统筹：	王玉晓
责任编辑：	李倩迪
责任校对：	李　伟
封面设计：	陈　淼
出版发行：	花山文艺出版社（邮政编码：050061）
	（河北省石家庄市友谊北大街330号）
销售热线：	0311-88643299/96/17
印　　刷：	保定市正大印刷有限公司
经　　销：	新华书店
开　　本：	787mm×1092mm 1/32
印　　张：	12.875
字　　数：	260千字
版　　次：	2024年4月第1版
	2024年4月第1次印刷
书　　号：	ISBN 978-7-5511-7021-5
定　　价：	58.00元

（版权所有　翻印必究·印装有误　负责调换）

目 录

第一讲　故事设计／1

第二讲　结构设计／29

第三讲　开头设计／64

第四讲　细节设计／98

第五讲　高潮设计／137

第六讲　角度设计／171

第 七 讲　情节设计／203

第 八 讲　对话设计／228

第 九 讲　景物设计／269

第 十 讲　人物设计／303

第十一讲　深度设计／334

第十二讲　结尾设计／366

后记／396

第一讲　故事设计

在开始谈论"故事"之前,我想先占用一点儿篇幅来谈一谈"设计"。一直以来我都坚持这样的观点,那就是,优秀的(包括全部的经典)小说都是设计出来的,而越是在外表上看起来"天衣无缝"的、水到渠成的小说,越可能在设计上用功尤深,只是作者会同时致力于掩盖起设计痕迹,仿若并不着力……"天然"或"浑然天成"是大多数作家致力达成的效果,但这一努力并不能否认设计的存在而是强调了它的存在,因为它是经历不断的揣摩、掂对和精巧设计才能达到的——我将用至少十几篇谈论"设计"的文字来完成这一看法的佐证。

我想我们还可以注意到,对于小说创作者而言,小说的设计功课往往既有"连贯性"特点又有"唯适性"特点,而"唯适性"特点又可能使我们的阅读者看不到"连贯性"——所谓连贯性,就是指我们在不断的训练过程中会因为这个连续不断而获得精进,甚至能达到"胸有成竹",写到某些点的时候完全可以不假思索地有效完成,而它几乎可以和反复的掂量之后的写作相媲美;而所谓唯适性,是指在面对一篇新小说的写作过程中,无论是细节的、情节的还是叙述方式的设计,开头和结尾的设计,都需要尽量地避开前人的方案和自己之前使用过的方案,它需要新颖、独特,需要你为了"这一个故事"而重新设计,这个设计必须苛刻到"符合"小说给定的所有前提条件,最大限度地充分利用,而且还要是"只用一次",在下一篇即使遇到相同环节的时候也不能再用。弗兰兹·卡夫卡在《变形记》中让格里高尔变成了甲虫,那在《城堡》或《煤桶骑士》等小说中就不好让谁再变一次甲虫,而伊斯梅尔·卡达莱、伊塔洛·卡尔维诺的小说,尽管作家之间可能有共通的意趣和认知,却也不会轻易地再让哪一个人变成甲虫了。

"深刻的思想不过是一腔废话,而风格和结构才是小说的精华"——弗拉基米尔·纳博科夫的断语中不乏片面,但我们或许不应因此舍弃它本有的深刻:它强调了艺术性的重要,强调了在文学中我们的艺术苛刻,它甚至部分地"大过了思想"。或许这一断语部分地也是事实,当我们在阅读中甚至是阅读之前就已大致知道了歌德的思想、鲁迅的思想或陀思妥耶夫斯基的思想（无论是在对他之前作品的阅读，还是文学史的阅读中），可我们为什么还会对即将展开的"这一本"兴致勃勃，甚至愿意再次阅读，再再次阅读？吸引我们的，肯定不只是小说呈现的深刻思想，而且是风格和结构这种"艺术性"的呈现。它们的存在，在我看来，大抵是设计出来的。优秀的作家会让它们与自己的心性更匹配，更有个人面貌。

小说的设计规律也是大抵可寻的——这个大抵可寻，是基于前人在不断试错的过程中积累得到的，也基于人类不断被培育的审美习惯和接受习惯。也正是因此，我认为好的作家一定是一个好的心理学家，他"知道"故事中的人物应如何思、如何想，遇到某类问题的时候将会如何行事，更"知道"他面对的阅读者在阅读过程中与他所进行的"暗博弈"，"知道"他们的需求和如何收放需求，如何让他们在虚构的故事中获得沉浸和情绪释放……我谈小说的设计规律大抵可寻，其实还包含另外一点，就是"规律"的流变性，它总是不断地遭遇"打破"和"重新打破"，它的规律性绝不像物理、数学和化学那样坚固。但我想我们在其流变中大致能够看出"破坏"中的平衡性，某些规律并非完全被弃之不顾，而是在崭新的设计中它变得"危险"起来，可内在的、那种符合审美心理的平衡性还在。在这里我还想强调，小说在诞生之前往往会经历预先的设计，但这个设计绝不是不可更改的，诸多作家都曾谈到他在过程中对原有设计方案的调整，甚至是大变动——可有预先设计与完全没经历设计是有大不同的，有了这个预先至少会是有益的参照。

首先，有个想法，一种围绕某个人、某个处境的推想，某种只是发生在心里的念头。然后，我就动手记下来，做卡片，写出故事脉络——人物从这里开始，到那里结束；另一个人物从这里开始，在那里结束——总之，拉出一条条小小的线索来。等我一旦动手创作时，首先把故事的总框架搭起来——可是从来也没有按框架写过，因为一写起来我把框架就完全改变了；但这个总框架对于我开始动笔还是很有用的……

马里奥·巴尔加斯·略萨的这段自呈式言说可以看作一个有效例证。而且，从写作的角度来看，作家在设计的过程中也往往"抓大放小"，故意不将全部的要点都预先设计出来，故意有预留的不完整，而是随着故事进程不断地重新注入、重新修正——这也是增加写作过程中创造性快感的重要来源。最后的细心收拾则又是另一码事了。

下面我们转向谈论故事，小说中的故事性——但不管谈论小说构成的哪一种，"设计"都会始终在场，它会在之后的全部谈论中反复出现。"设计"有时会有意地呈现它的设计感，有时则是以不被看出为最高要务。

故事，是构成"小说"这一文本的首要要素之一，尽管它在某些后现代主义的写作中遭受着不断的"篡改"和"颠覆"。如果我们整体地并且具有审视地观看，会发现某些对故事性的放弃其实是"危险平衡"，它还在着，只是变换了部分的面目；而有些对故事性完全放弃的小说（或戏剧），在当时可能红极一时，但在历史中略远一点儿观看，会发现当它的开创性思想被其他新文本吸收之后，它的瞩目感便慢慢丧失，变得干瘪。"哲学理论，如果它们是重要的，通常总可以在其原来的叙述形式被驳斥之后又以新的形式复活。"罗素的这一判断也适用于文学，适用于故事的设计。在这里我不会轻易地断言故事在小说中"必不可缺"，我也会在文字的最后举例部分有意"颠覆"故事性的小说和它展现的可能性——但它，应当是在我们熟知了故事的作用和基础的设计原则之后。

故事设计，在我看来一般而言有这样的一些设计原则：（1）仔细想好主题线，埋伏好主题。它是故事最重的，但一直不显现的线。这是第一锚定。（2）设计故事线。这个故事线必须与主题线共同推进，紧紧地扣着主题线。这是第二锚定。（3）在完成主题线和故事线的设计之后，设计故事的最高潮。这是第三锚定。（4）仔细设计主人公的人生和境遇，把主人公的状态压低，让小说构成核心的需求变重。（5）根据最高潮的设定，设计波澜起伏。波澜的设计原则是：由低到高，由浅及深，一波波推进。（6）波澜的设计，一般而言是三层及以上，不能少于三层。能推到四就不止于三，能推到五就不止于四——有人说大作家就是在常人推不动的地方再向前推进一步，而所谓大师，就是在大作家已经推不动的地方再前进哪怕半步。这个说法是有道理的，就设计而言，越往后的推进越难，它几乎是种"耗尽"。（7）由此，我们还会得到故事设计（其实是一切文学设计）的第七条原则：只能有读者想不到，不能有作家想不到。作家必须想到"这个故事"里的一切可能。（8）而对于故事设计和一切文学设计而言，还应当注意到它的第八条原则：任何道具、意象、细节和核心点的运用，都要榨干它的价值，并榨干它的"剩余价值"。这八条原则我会一一解释并提供文本支撑。

第一，关于小说的主题。就我们的目力所及，可以说，多数的经典小说都会预先地设计好它的主题线，作家们会首先"有个想法"，并仔细掂量这个想法：它是独特的吗？是深刻的吗？是动人的吗？值得写还是不值得写？前人的写作中，有无同类型的写作，我如果再写一篇，是不是能将个人的经验有效呈现？我的这个个人经验，是不是"渺小的后来者"的人云亦云？……这个掂量至关重要，它会影响并深入地影响到即将写下的文学的格。即使没有作家的创作谈（或者我们否认创作谈的某些真实性），我们大致也会"体会"到，鲁迅的《阿Q正传》《狂人日记》是"预设"了主题的，米兰·昆德拉的《不能承受的生命之轻》是"预设"了主题的，海明威的《老人与海》是"预设"了主题的，卡尔维诺的《树上的男爵》《分成两半的子爵》是"预设"了主题的，若泽·萨拉马戈的《失明症漫记》、奥尔罕·帕慕克的《白色城堡》《我的名字叫红》是"预设"了主题的……这样的例证几乎可以无限地枚举下去。如果我们的阅读经验或者写作经验足够丰沛,我们就会清晰知道预设主题的重要性,也会知道至少大抵有个主题并保证这个主题深刻有效的重要性。而且,有这样一个预设的主题不仅仅是小说言说的深刻度的保证,还是小说最终能体现骨骼感、脉络感的有效保证。所以,它应是一重的锚定。相对而言,短篇小说的主题预设往往会相对清晰,而中篇和长篇的则可以相对模糊,并略有分叉——千万要记住的是,它的分叉其实有一个内在的"暗统一",它不能真正地散化,让无数匹马牵着各自的缰绳"自由"地跑开去。"小说这个种类有一种无节制的禀赋。小说喜欢繁衍,故事情节喜欢像癌细胞那样扩散。"略萨的这话当然没错,它是小说越来越变得阔大、混浊和丰富的缘由之一;但我们也应同时注意到他的另一句话:"小说有开头,有结尾;即使在最不完整、最痉挛的(大约是指某些后现代主义作品)小说中,生活也选定一种我们能理解的含义……"

第二,设置与主题线相匹配的故事线——故事线往往不是"天生"的,而是在设定了主题线之后而做的相应设计,它有时会直接来自生活和生活体验,而多数时候,相反,它是充分地想象和掂对的结果。卡夫卡写下《城堡》,并不是因为他曾经"是"一名土地测量员,也并不是说他"曾"到过某座城堡或者遭受过拒绝，作为象征的城堡和K都是有意的，而且是最为妥帖的设计，它恰恰反映着卡夫卡预想的某种生活主题，是他所经历和众人所经历的某种精神困局的"普遍境遇"，是在有了主题性的想法之后，卡夫卡才开始"建造"城堡，并让K始终进入不到里面。卡达莱写下与他的生活距离甚远的《耻辱龛》，写下《梦幻宫殿》，这里的时代、人物和故事行进都是因由他所预设的主题线而生的，有了主题线，作家再开始故事设计，并让它们始终有一个匹配性的强力黏合。我们还可以枚举契诃夫的《变色龙》、安徒生的《卖火柴的小女孩》、鲁迅的《示众》和《狂人日记》、玛格丽特·尤瑟纳尔的《安娜姐姐》，以及前面提到的那些……许多时候，我们可能觉得作家有哪种生活才会写下哪类的故事，而这故事中的思考和情感是因为他对"那种生活"的熟知才呈现出来的——在我的阅读和写作体验中，它可能是本末倒置了，当然有些天分不高的作家会受这种所谓"理论"的影响而泥足于自己的生活。生活进入小说，要经历一系列复杂而深刻的变化，而这变化自然是设计的结果，它未必是生活的原样，但有时候我们会将它做得"像生活生出来的那样"。故事线的设计，在最初往往是先有一个大轮廓，就是我用怎样的故事能够最好地、最有效地呈现这个主题，甚至是深化这一主题，那好，我在一、二、三的选项当中挑出，将它相对地固定下来，然后再仔细将它丰富。对于故事线的设计，也许有阅读者会寻到反证：譬如福楼拜的《包法利夫人》来自新闻，是新闻的触发而不是主题预设；列夫·托尔斯泰的《安娜·卡列尼娜》也是如此，它是由听来的故事开始，而且托尔斯泰中途还更换了主题……但我可能并不会将它们看作反证，是因为，我觉得无论是福楼拜也好、托尔斯泰也好，他们在新闻故事出现之前大约就进行了和这类议题相关的思考，那个新闻故事之所以能"击中"他，恰恰是因为与他思考的积淀有关，他在思考和"这个故事"中共同发现了主题——言说的必要性，然后开始写作——要知道这两位，都不是那种甘于写下通俗故事以满足人们的猎奇兴致的作家。而在写作的过程中，他们加入了更多体恤，甚至部分地"修正"自己的道德观和艺术道德观，也恰恰从另一侧面说明两条线（主题线、故事线）的强力黏合是必须完成的，它甚至会部分地影响作家的预先主观。

"……偶阅《通鉴》，乃悟中国人尚是食人民族，因成此篇。此种发见，关系甚大，而知者尚寥寥也。"——鲁迅意识到"此种发见，关系甚大"，可让谁来承担这一"发见"并成为合理的故事？一个读书人？我甚至猜度他第一个想到的就是读书人，然而掂量之后作出了否决，不只是不好写的问题，而且是力量感不足的问题。一个农夫？掂量之后又遭否决：他不能获得那种"清晰眼光"，这并不可信。一个在位的官员，一个被罢免的官员？一个妇人，一个……如果我们把它看作一个有趣的游戏，那么不妨将自己当成鲁迅，通过自己的方式"置换"掉小说中的"狂人"，而让他成为另一职业、另一个人，试试合不合适，效果怎样？我觉得假如我们有兴趣做这样的或类似的游戏，就会更清晰地体味到小说的内在设计感，特别是故事的设计和人物的选择。我在写作《那支长枪》的最初，先是有了一个想法，而这个想法与我的自身体验密切相关：按部就班、每天都是旧日子的再次重复的机关生活，一眼就看得到"未来"的机关生活实在不是我想要的，而折磨我的、连绵了半年的病一直得不到根治，它严重地影响着我的生活和生活的乐趣，醉心于写作却一直平庸，瓶颈期早早地到来而寻不到突破口——那段时间我反复地想到死亡而本质上又是那么地恐惧死亡，我在亲人们面前提起死亡或多或少具有一些表演性，是试图唤起关注和同情的一个手段……我决定把这个感受写下来，它是即将到来的新小说的主题线。有了它，我就开始寻找故事线。由谁来承载它？怎样的故事来承载它最为合适？第一想到的是"我"，但"我"在其中有诸多不便："我"在，机关生活在，它的波澜感是不足的，很容易变成抒情性的、不那么有连贯推进的文字，复杂性也许可以充分展现，但叙事的魅力感是弱的。第二想到的是一个村里的农民，之所以这样想到是因为偶尔在一张街头小报上读到的新闻，在经历诸多掂量之后我觉得这个农民与叙述者的"我"有点儿远，它可能会强化传奇性但某些"感同身受"的直接就变弱了，这并不是我这篇小说想要的，掂对之后再次舍弃。我还经过了诸多掂量、反复，最后才选择将它变成"父亲的故事"：既有距离感又有亲历性，而发生的时间也大大提前（在时间设置上，小说中亲历者的"我"也远大于现实中我的年龄，他大约和我父亲、四叔的年龄相仿，而里面的"父亲"则与我爷爷、姥爷的年龄相仿），这样的故事背景和故事的发生都更适合于我的自如施展——由主题线衍生出故事线，其中一定会有某种"复杂而深刻的变动"在的，只是多数的作家未将这一过程变为文字记录下来。

第三，小说的最高潮。出于个人的写作经验，它往往也是在写作开始之前要"预先"设定的重要一环，假如它能够锚定，那就会和前面的主题线设定、故事线设定建立三足关系，小说就会获得基本的"稳定"，至于在故事讲述中你是采取平衡还是危险平衡，就已经自如得多，游刃有余得多了。小说的最高潮一定要落在故事线上，要与故事线、主题线是"最完美的结合"。萨特在谈论威廉·福克纳《喧哗与骚动》中的时间的时候曾极为笃定地谈到，小说家在写作故事时往往是"把故事结束的时间看作是'现在'，然后回溯着写起……"。把故事结束的时间看作是故事讲述的"现在"，它大致也意味着作家在写作开始之前预先设定了故事的最高潮和基本结局。为什么要强调作家会设计最高潮？是因为有了它的出现，才更容易"倒推"出故事的波澜性，才更容易将波澜的层次设计充沛、巧妙，同时不露痕迹。

第四，压低主人公，是为了让他的诉求变得强烈，也让阅读者的期待变强，他们会不断地替主人公操心：后来怎样了？他得到了吗？他拥有了那种生活了吗？他还会丢失它吗？……这往往是故事的前行动力"变强"的手段之一。在《卖火柴的小女孩》中,这个小女孩出现在冬夜,丢失了鞋子,没卖出一根火柴,家里和外面一样冷,父亲是个暴君,疼爱过自己的人早已离世;《老人与海》,桑地亚哥老了,单身一人,无能无力,作为渔夫已经没有"成果",而跟随他的小男孩也在父母的要求下离开他不能再出现在他的面前;博胡米尔·赫拉巴尔,《我曾侍候过英国国王》,试图成为富翁、自己能拥有一家旅馆的男孩出身贫寒,是一个微不足道的旅馆小学徒,亲人的温暖匮乏……有些小说可能在"压低主人公"的方面做得不那么明显清晰,但其内里,它是存在的,而且往往故事由此展开。不过,我也要强调,不是所有的故事都会用到(特别是用足)这一原则,然而某种"压低",使主人公的欲求固执而强烈但又不能充分满足却是所有故事都存在的,即使像出身富贵之家的贾宝玉,像西天取经途中的唐三藏。

我把第五原则和第六原则放在一起来谈,它们是延续性的连绵,只有要点、向度上有所不同。"文似看山不喜平",这一心理原则决定着我们的小说设计原则,因此尽可能地把故事写得曲折、动人,有迂回感和多重的"意料之外",就变成了讲述故事的重要途径。由低到高,由浅及深，一波波推进——这样，阅读者的兴趣才能被有效抓住，他才会更多地被小说的故事所吸引。如果说，我们不是如此又怎样？难道小说非如此设计不可？——在这里我愿意重申一下，小说的规则和规律从来不是一成不变的，它不断地有适应性调整，它不断地会遭到"颠覆"与"破坏"，但这一"颠覆"与"破坏"假设巧妙而有效，则可能会是另一种"反方向的钟"，也就是它们的目标和刻度是大致相同的，进而似乎可以说，它也暗暗地意识到并遵循了那一设计规律。我们还是用举例的方式来说明。《卖火柴的小女孩》，我猜度作家先是有了主题（诱发这一故事的原因可能是，作家的一次荣耀出行，他来到一座城市受到了市民和公主的热烈欢迎。没有出现于欢迎队伍的只有一对母女，她们在卖花……没有收入的她们赢得了作家的同情，他决定以同情和悲悯的笔触写下一个故事、一个童话），然后反复掂量找到了卖火柴的小女孩（我认为这个故事经历过反复掂量，是因为它所出现的种种复杂而深刻的变动：母亲消失，故事的光投在小女孩一人身上；作家为大地涂上了一层厚厚的雪；花被夺走了，塞进小女孩手里的替代物是火柴），让她和她的死亡承担故事线的基本走向……最高潮，最大的高潮是女孩一无所有地死去，是她的奶奶用亲情的幻影将她带走——这个情节有了，故事的基本面貌就有了。然后作家开始设计：一无所有的小女孩，在这个人世间的"需要"有哪些？她有多少"需要"就可以划亮多少根火柴。仔细想想，她需要温、饱。小女孩渴望友情，有一个脆弱而可怜的"公主梦"，希望有人爱……在我的小说创作学课上，我曾反复地、以游戏的方式和我的学生们掂对：我们想想，小女孩划亮过多少根火柴？第一次看到的是什么？第二次看到的是什么？第三次又是什么？我们更换一下顺序是否可以？譬如，第一根火柴划亮看到的是圣诞树，而第二根火柴划亮看到的是烧鹅，带给我们的感觉感受如何？而假如，我们让她第一根火柴划亮就见到奶奶呢？既然她冷，为什么没有让她多划几根火柴，依次看到围巾、棉鞋、大衣、篝火、火炉、壁炉、煤炉……这个游戏将很快地告诉我们，小说中的火柴划亮是有顺序感的，是不能轻易位移的：第一根火柴就得"见到"蜡烛和火炉，小女孩希望有温暖的存在；第二根火柴就得"看到"塞满水果的烧鹅，它不能和第一根火柴的"看见"互换，因为温和饱之间也有层次，而一般来说一旦解决了饱的问题，人就会对温度的感觉变得不那么敏感，尤其是寒冷；第三根，圣诞树，它出现在第一根或者第二根的前面是不合适的，因为人的需求层次问题，没有谁会在温饱得不到的时候有强烈的"别的念想"，因此它出现于第三根火柴划亮的时候最合适；第四根，亲情，是小女孩最为强烈的情感需求，如果它出现在前面任何一处，那都会造成后面一根火柴划亮后的"看见"失去效果，会把刚刚提至高点的阅读情绪拉下来，从而让小说有种塌陷感……假如我们用同样的拆解游戏，来拆解像《老人与海》《镇上来了马戏团》《追风筝的人》乃至一些古老的神话故事，如《荷马史诗》，就会发现它们或多或少是"遵循"这一规律的，尽管各自作出了种种变化。之所以会有这样的所谓规律性，恰恰是因为阅读者的审美期待和阅读心理的"规约"在起作用。

至于波澜的设计一般而言是三层及以上，不能少于三层，能推到四就不止于三，能推到五就不止于四，是因为多数时候如果一篇小说只有很少的起伏而起伏感也不够强的话，阅读者会有心理上的"不满足"感，"不过瘾"，调不到足够的情绪，小说试图给人以"天灵盖被打开"或"胸口重重一击"的效果就难以达到。推起的波澜越多，越容易构成故事起伏，越容易完成故事的吸引——但这里有一个"合并同类项"的问题，也就是说，你不能试图让故事的波澜层阶多重，而让"卖火柴的小女孩"一次次划亮所照见的都是同一类事物，譬如反复地是围巾、棉鞋、大衣、篝火、火炉、壁炉、煤炉……这样的做法是不太被允许的，除非你要的就是一个证实"太阳总是旧的，人生不过是每日日常的不断重复"的主题的故事。

以短篇的《卖火柴的小女孩》以及《老人与海》之类举例，一是想尽可能从"耳熟能详"中寻找，它可以轻易地建立沟通和共鸣；二是试图"复杂问题简单化"，因为貌似"简单"的写作中也贮含有复杂小说的基本规律。事实上，长篇小说、中篇小说的故事设计也基本符合这一原则，只是它会更为复杂，在波澜起伏的过程中有不同的叠套、添加和丛生，然而一波又一波的推进感却如短篇小说中的呈现一样存在着。"小说这个种类有一种无节制的禀赋。小说喜欢繁衍，故事情节喜欢像癌细胞那样扩散"——在这种情节的扩散性中，我们往往能明确感受到"节制"和内在的受控，仔细看来它们更像是一株或删繁就简，或枝繁叶茂的树，树干可看作故事线的存在，而树的髓心则可看作故事的主题线，它并不显露于外面却深度影响着树的生长性和枝杈的生出,情节和细节可看作树的叶片和果实……貌似的无节制和信马由缰是不存在的(或者说是不被真正允许的),即使在中国式的散点透视的小说中,即使在像《喧哗与骚动》或《追忆逝水年华》这样的意识流小说中。

第七,只能有读者想不到,不能有作家想不到,作家必须想到"这个故事"里的一切可能,利用好这里的一切可能——这一原则要贯穿于整个小说的设计,它应当是统领性的,不唯故事讲述有用。只是在故事讲述的时候,它的"用"更明显,要求也更为严苛些。因为它会严重影响故事的完整性和"真实性",严重影响到阅读者对作品的信任,以及在阅读思考中博弈的快感。在这里我依然先选择"耳熟能详"和"相对简单"来说明。譬如《卖火柴的小女孩》,寒冷的平安夜,一个极有象征意味的时间点,在这个时刻让小女孩"不回家"是有难度的,而让我们这些阅读者相信她"就是不回家"则更是有难度的——那好,我们就为小女孩寻找"回家"的理由,调动我们的全部思维为她寻找可能:(1)家里温暖,她是要回的;(2)家里有吃的,她是要回的;(3)家里有人等着,有人爱,她是要回的;(4)卖出了火柴,她是可以回的，有理由回的；（5）即使这些理由都没有，单单是这样一个节日的晚上，一个圣诞老人将为大家分发礼物的晚上，她也是要回的……还有没有别的"回家之路"？在我看来是没了。好，这是我作为读者想到的，那，我们看作家是不是也想到了这些？他又是如何将小女孩给"堵"在外面的？（1）小说中提到一句"家里和外面一样冷"，它意味着家里没有"多出"的衣物和被子，没有火炉取暖，想在家里感受物理性的温暖是不可能的。（2）卖不出火柴她不可能获得吃的，这是她必然会得到的责罚，想回家里获得食物的念头不能有，小说安排了她卖不出火柴，也安排她不会因为节日而获得特别宽恕，它封住了另外的理由。（3）父亲是暴君，这个设计早早给出，对她的回家之路进行进一步的"阻隔"——那，母亲可以给予拥抱和温暖吗？或者是别的亲人？小说有意取消了这个"念头"，它甚至刻意地取消了母亲这个词的存在，就是小女孩在冻死的前一刻也没有想她一下，她在这个世界上唯一体味过的亲情来自奶奶，而她早已过世，是"过去时"。（4）即使这些理由都没有，单单是这样一个节日的晚上，一个圣诞老人将为大家分发礼物的晚上，她也是要回的……作家肯定想到了这一"理由"，对它的封堵至关

第一讲　故事设计

重要。于是，我们看到作家一边取消着其他可能一边强化小女孩回家的"艰难性"，让她生出更多的、更多的忐忑和恐惧：暴君的父亲，只要回家，一场痛打是不可避免的；拖鞋被抢走，火柴没卖出去，这会成为痛打的另外加重；这样一个日子在家里不仅获得不了什么，痛苦反而会比在外面多些——于是，她被合理地留在了外面，留在了大商场外面的角落里。在小说故事的设计中，如果你让一个人从 A 道路上过去，那你就得暗暗地封堵住他走向 B 道路和 C 道路的可能，他的性格和处事方式也让他只能选择 A；而如果你让一个人杀死另一个人，则必须预先地想到一千条理由让他不能杀不敢杀，然后用一千零一条理由说服他（更多的是说服小说的阅读者）必须将那个人杀死，即使是一时冲动的"激情杀人"（恰恰是这一设计最要作家的功力，最见作家的能力）。就庞大、繁臃的生活而言，它的有些发生可能是非理性和无理由的，是种种的意外的叠加，但在小说中你却得建立明晰而坚固的逻辑，建立明晰而坚固的"心理导向"，让我们在阅读中得以"感同身受"并"信以为真"。是的，小说能够容纳非理性的存在，并且有些小说（特别是现代小说）其主题就是指向非理性的，但这类的小说在故事设计和故事环扣

21

上始终有作家理性的控制，后面我们谈及故事的溢出和新变的时候还会再次涉及这一话题。

就《卖火柴的小女孩》而言，我们还可以看到作家安徒生更多的设计精心，"只有读者想不到而不能有作家想不到"的那些，譬如他将故事放在了平安夜而不是随意的、另外的一个有雪的寒夜，也不是随后到来的圣诞夜——这当然是为了效果，为了故事。放在另外一个有雪的寒夜，它可以和这一天一样冷，但"节日感"的减弱会伤害这个故事的悲剧性；而如果放在具有狂欢性质的圣诞夜，它的节日氛围是有了，然而相较于平安夜，它的寓意性、反讽性和力量感就有所减弱。平安夜，圣诞老人分送礼物，满足人们（尤其是孩子们）的愿望，而卖火柴小女孩的那些可怜而卑微的"愿望"（穿得暖一点儿，能吃上饭，有亲戚和邻居的祝福，得到亲人的关爱）却是虚幻泡影，圣诞老人一件都没有帮助到她，更不用说周围那些念叨着上帝仁慈的路人了。

增一寸太长，减一寸则太短……小说的设计要尽可能地朝向这一目标，朝向最大限度的"完美"，最大限度地让它严丝合缝，不能再次调整或移动。李敬泽有一个观点，即"作家要让同时代的聪明人服气"，小说写作亦然，而让同时代的聪明人服气，第一要提供他所未想、未曾意识到的深刻，第二则是要在技艺能力和完美程度上说服他，让他寻不得破绽，让他绞尽脑汁也想不出有比你的这一设计更好的方法、更有效的表达——我从不否认写作中的灵光一闪和偶发性，也从不否认"浑然天成"，尽可能不让别人看到设计感是大多数作家的致力，但我们从写作的内部来看，它应是在经历了不断的揣摩、掂对和精巧设计才能达到的，被掩盖起的设计性也是设计，甚至是更精心的设计。

第八，任何道具、意象、细节和核心点的运用，都要榨干它的价值，并榨干它的"剩余价值"——它也是小说设计中的一个统罩性、整体性的原则，我将在后面的部分特别是细节设计、器物道具设计的讨论中专门提到，在这里从略。我只是提示我们或许可以注意一下刘恒《贫嘴张大民的幸福生活》中逼仄房间及由此的不适的反复使用，《卖火柴的小女孩》中火柴的一次次反复使用，马基德·马基迪电影《小鞋子》中鞋子议题的反复使用……

谈论小说的故事设计，我取的是"一般性"原则，它更多的是基础性的，是进入小说创作、理解小说创作的内部处理的基础通道，可我愿意强调并不断地强调这个基础性的重要。与此同时，我也愿意延伸地谈论到"溢出"和变化，谈论到现代小说、后现代小说对于这一一般性原则的颠覆和打碎——尽管这一部分不做重点。

写下《老人与海》的海明威还有一篇很短的，但非常具有影响的小说，《白象似的群山》，它的故事极为简单，几乎只是电影中的一个长镜头，它的情节几乎一句话就可以概括：一个美国男人同一位姑娘在西班牙的一个小站等火车，在大约四十分钟的时间里，这个男人设法说服姑娘去做一个小手术。是什么手术，小说没有直接交代，但我们应当可以读出来它是一次人工流产。四十分钟的时间。两个人，整个故事的持续和推进基本上是靠对话完成的——它几乎产生不出波澜。单一场景最大的问题是沉闷，它就像我们对一杯茶的注视。但它同样是故事性的，它真正的故事性交给了可供想象的"前史"和"后史"：男人和姑娘是如何认识的，如何相恋的；这个男人为何如此；他们为"小手术"而进行的抗争和妥协；包括人物的身份，男人是情人、男友还是老公，是偶尔的偷腥者还是什么，姑娘是情人还是老婆，是不谙世事的"受害者"还是另一个包法利夫人……小说用一种更为精巧的方式向我们提供"提示"，但又不把提示的具体呈现出来，它是另一种的妙。它几乎产生不出波澜——我觉得这个"判断"可能下得早了些,如果仔细阅读,我们就会在两个人的对话中见到波澜和它的起伏,它包含在对话里,包含在对话的褶皱里。有一个不太恰当的比喻,在海明威这篇极为简洁的小说中,在他设计的、有意裁截的对话中,语言仿佛是洋葱——它有一个表面,如果我们耐心将它一层层揭开,发现它还有另外一层、两层、三层,它自身就构成了波澜和涡流。其实它的里面同样有高潮和高潮的平复,而最后的一句,貌似平静却有着耐人寻味的回想。胡里奥·科塔萨尔有篇小说,《花园余影》,它是一篇循环的小说,小说的开头是:"几天前,他开始读那本小说",小说写到一个坐在天鹅绒沙发里的秃顶男人将遭到刺杀——当然小说的前面是复杂而曲折的,还写到一个女人在树林里等待她情人的出现。在略晚些的时间里,这个情人也出现了,他的脸被树枝划出了一道小口。女人在用手抚摸过男人的脸后,两个人分开,男人拥有一个"艰巨任务",他必须去做。接下来,小说的追光打在这个男人的身上,他穿过树林,走上一条通向大屋子的林荫道。他料想狗是不会叫的,他的料想是对的,狗没有叫;他料想这时候庄园的管家应不在,也的确,管家不在。他走上门廊前的三级台阶，进了屋子：第一间屋子没人，第二间也没人，"接着，就是会客室的门，他手握刀子，看到那从窗户里射出的灯光，那饰着绿色天鹅绒的扶手椅高背和那高背上露出的人头，那个人正在阅读一本小说"。这时，我们发现，现实和小说突然地重叠了，那个阅读者，将会是被害人，小说中的男人走出了小说世界，将要完成对他的行刺。这个小说的故事结构也并非那种"设计多少层的波澜，波澜要一层比一层加重"的小说，它也溢出了旧有的规范——可我大约不能认为他"不懂得"我所提及的一般原则，他懂得，正因为懂得，科塔萨尔才"故意违反"，甚至有意进行反讽：领受了任务杀人的那个男人在惯常的小说中将遇到一而再、再而三的阻拦，一次比一次艰难，可他偏不，他不只偏不，还有意点出惯常设计的"套路性方法"然后——消解和摧毁它：院子里有狗，狗的叫声是一层阻拦，你们要这个是不是？我不要，我非不让狗叫；管家的存在是另一层阻拦，你们想看两者之间的发现与搏斗，没有，我不提供，我将管家支开，不在，我就让这个男人轻易地完成他的"艰难任务"，甚至让早早读到了谋杀的、坐在天鹅绒沙发里的秃顶男人背对来人和他的刀子。

第一讲　故事设计

我还想枚举弗吉尼亚·伍尔夫的《墙上的斑点》、阿兰·罗布-格里耶的《密室》、唐纳德·巴塞尔姆的《白雪公主》和《歌德谈话录》、蒂姆·奥布莱恩的《士兵的重负》，以及赫塔·米勒的小说、克洛德·西蒙的小说，等等。"凡墙皆是门"，溢出和更变是常有的，而它们也更是创造的必须和魅力所在。然而与此同时，我却在不断的更新、溢出和变动中"发现"着它们对于故事设计原则的某些有意遵守，只是在危险平衡的地方做得更决绝和险要些。掌握基本规律然后熟谙这一规律，在"胸有成竹"的基础上再不断地突破、打碎，是小说创作能够不断精进的原因之一，也是我们的小说写作趋向完整、完美，并建立个人风格的重要支撑。

思考题

1. 陆游说："文章本天成，妙手偶得之。"捷克诗人杨·斯卡瑟也抱有类似的观点，他说："诗人并不发明诗/诗在那后面的某个地方/许久许久以来它就在那里/诗人只是发现了它。"请问大家相信文章天成吗？天成的文章需要不需要设计？

2. 有人说，写作，是天才的事业，你认为有道理吗？一个人的天才可能表现在哪些方面？一个我们以为的普通人，是否可以在经历训练之后"发掘出"类似的天才性，成为优秀的作家呢？

3. 我们越来越重视自由发挥、表现自我，尤其是在文学和艺术中。那，技艺训练在这里还重要吗？它会不会成为困住"自我"的牢笼？

4. 小说非要讲故事不可吗？写一篇不讲故事的小说，你会怎么做？

第二讲　结构设计

"结构"是建立小说完整性和故事逻辑性的重要支撑，尤其对于中长篇小说而言。越是具有一定长度的小说越会在结构上用力，"结构"的重要性就会成倍地凸显，我们知道，确然地知道，如马里奥·巴尔加斯·略萨在《谎言中的真实》里所言："小说有开头，有结尾；即使在最不完整、最痉挛的小说中，生活也选定一种我们能理解的含义，因为小说为我们呈现了一个真实生活（我们沉浸在其中）总是拒绝给予的前景。这种秩序是虚构的，是小说家的补充，是个模拟装置，他好像对生活进行再创造……"

"这种秩序是虚构的，是小说家的补充，是个模拟装置"，在我看来这是极为重要的"提醒"，它其实在告知生活和小说的某种质的不同，它告知我们，源自生活的小说在"结构"感上区别于生活，我们在小说中的秩序架构、逻辑架构和故事波澜架构更多地属于"人为设定"而非生活的直接给予，在这部分，才是对我们才华、耐心和设计能力的真正考验。生活提供繁复、混乱、宽阔得几乎没有边界的诸多，我们需要的小说和它的故事只会是其中的一个微点，它淹没于其中，而且多数时候只有一些小小的散点，只有出现"爆发"时才被我们感知；而小说写作，是从中"选取"然后加以改造，并为之建立发展顺序、发展逻辑和故事的清晰性，"选定一种我们能理解的含义"并获得展现，努力对我们进行说服，在诱导我们信以为真的同时带给我们启迪，让我们开始追问。而这些我们获得的"感知"，很大程度依赖于小说家们虚构的秩序，依赖于小说的故事结构。

小说的结构，为小说整体性建立了必要的构架，建立了支撑。下面，我们重点来谈小说结构的基本方式。

线性结构。这是小说最为常见、使用最多的一种经典结构方式，也是最有古老感的结构方式之一。它精心地选择一个时间点为故事起点，然后顺着时间的发展完成故事的起伏，波澜不断地叠加达到一个个耐人寻味的高潮上，在所有的高潮都获得展现之后便是故事的结束：这个结束的时间往往是作家进行故事书写的"现在"，当然有些小说未必明确地点明这一点。线性结构的小说，往往会确定一个主人公，他是叙事者或者是故事的参与者，整个故事将围绕他的经历、他的成长和他的事件来进行，其故事发展往往也是遵循"物理时间"，有一个较为明晰的时间刻度，它更强调故事的因果性（逻辑性）、发展性、统一性和连贯性。像查尔斯·狄更斯的《大卫·科波菲尔》、罗曼·罗兰的《约翰·克利斯朵夫》、弗兰兹·卡夫卡的《城堡》、奥尔加·托卡尔丘克的《糜骨之壤》、余华的《许三观卖血记》《第七天》、约翰·斯坦贝克的《愤怒的葡萄》……它们不胜枚举。在线性结构中，部分会以变体的形式出现，譬如部分地插叙、倒叙的"介入"——它不会在本质上改变线性结构，只是增加了变化和丰富。

线性结构是小说中最主要、最普及的结构方式，它的特点是：（1）故事相对集中，围绕感强，脉络极为清晰；（2）故事的开始、发展、高潮、结尾，交代明确，其顺序感较强，进而带入感也会相应地较强；（3）因由时间线作为暗对应，无论从作者角度还是阅读角度，故事的发展相对容易把握。而它的弱点在我看来也有以下几点：（1）陌生感较弱，从故事讲述的角度看，新颖度不够，容易落入"俗套"；（2）有时故事的复杂性、丰富性不够，难有"混沌"的点出现；（3）线性结构往往在主题上也相对单一、集中，它在主旨上的向度拓展也因此受限，有时也会造成故事"重量"稍弱的感觉。线性结构的方式在古典的、传统现实主义的小说中采用较多，而进入现代以来，诸多作家会采取"非线性"手段，以使小说达到丰富、歧义和多向的效果，也有意增强故事讲述的陌生感。需要承认，在较长的一段时间里，我以为线性结构是一种单薄的、几乎耗尽了可能的"简单方式"，它已经不符合现代小说和现代审美，我们的当下写作应更多地采取非线性的结构方式，但让我意识到这一观点属于偏见的是伊塔洛·卡尔维诺的写作。在他的《分成两半的子爵》《树上的男爵》中，那种线性结构让故事显得顺畅、轻逸而又充满故事性魅力，更重要的是，在这样的线性结构下它的意蕴和文字的深刻度、丰富度以及歧义性竟然丝毫不减，而"陌生感"也依然强烈。后来，我在《美国讲稿》谈及"速度"的章节中读到他对自我创作的解释：

……我并不崇尚插叙，也可以说我喜爱直线，希望直线能无限延长，好让读者捕捉不到我。我希望我能像箭一样射向远方，消逝在地平线之外，让我飞行的轨迹无限延伸。或者说，如果在我前行的道路上有许多障碍，那么我将用许多直线线段设计我的行迹，依靠这些短小的线段在尽可能短的时间内绕过各种障碍。

这段话让我深省，让我更强烈地意识到一种方法、一种观念，如果它是重要的是有合理性的，通常可以在其原来的叙述形式被驳斥之后又以新的形式复活。反驳很少能是"最后不易"的，总会有人，有卓越的作家能"化腐朽为神奇"，他有能力将一种在我们看来貌似陈旧甚至腐朽的方法冒险性使用，变幻成陌生、新颖甚至让人叹服的新方式——当然，前提条件是他对自己的更变有清晰而清醒的认识，他懂得如何才能有效地完成自己的设计。

在这里我还想再次重申：任何一种叙事方式、技巧技法，它都会有特别的"所长"以及难以割除的"所短"和"匮乏"，而所长与所短往往是镍币的两面，它们互为表里，是相互融合、相互依存的。在这个世界上，似乎还没有任何一种叙事方式、技巧技法只有所长和优势，而没有随之的所短和匮乏——但我们可以审慎地、精心地利用其所长，掩盖或化解其所短，这，是绝对可以做到的。

箱体结构。所谓"箱体结构"，是指在一部长篇小说中，作家会设计几个或十几个"章节"，这些"章节"相对具有独立性，其故事也基本完整，有相对独立的起始、高潮和结尾——也就是说，长篇小说中的各个章节保持着相对的叙事独立，更重要的是每个章节都会保持一种"短篇式的精彩"。我将这类长篇小说中的"章节"看作一个个能够各自存放物品的"箱体"，但它们之间的连线必须是整体的、坚固的。在箱体结构的小说中，往往与线性结构的一般做法相似，它会设定统一的、连绵的叙述视角，会设定核心主人公，会设定具有统摄感的主题，同时在多数的情况下也会按时间的发展顺序来完成小说的故事发展。

薄伽丘《十日谈》即具有这类箱体结构的特征，尽管它还部分地具有其他结构方式的特征。它先介绍了所有人物聚集的理由，这些躲避瘟疫而集体"逃至乡下庄园"的人们在潘皮内娅的主持下，在十天的时间里每个人讲述一个自己"最喜欢的故事"——这些故事相对独立，各有精彩和别样的意蕴，构成十篇短篇小说一样精致精彩的"箱体"。但它整体上还应算是"一个故事"而非"十篇短篇"，因为它还有整体性的架构和时间的顺序感，以及相对固定的人物关系。博胡米尔·赫拉巴尔《我曾侍候过英国国王》、君特·格拉斯《铁皮鼓》《比目鱼》、萨尔曼·鲁西迪《午夜的孩子》《摩尔人的最后叹息》，在我看来可算作箱体结构方式的经典性范本。我们以君特·格拉斯《铁皮鼓》为例。在第一篇中，君特·格拉斯为每一章节设计了小标题："肥大的裙子""木筏底下""飞蛾与灯泡""照相簿""玻璃，玻璃，小酒杯""课程表""拉斯普庭与字母""塔楼歌声的远程效果""演讲台""橱窗""没有出现奇迹"……在"肥大的裙子"一节，主要讲述"我"的外祖母安娜·布朗斯基救下了逃避警察追击的外公科尔雅切克并建立了婚姻关系，以及科尔雅切克的波兰倾向和半真半假地成为纵火犯的经历；"木筏底下"讲述数年后外公科尔雅切克与锯木厂和林场主人的再次相遇，林场主人悄悄向当下的警署告发，这造成了"我"外公的失踪以及对他失踪后境况的猜度；"飞蛾与灯泡"则主要讲述"我"的出生和"我"关于生的拒绝以及由此引发的思考……它们有各自的小主题、各自的故事侧重，以及各自的波澜起伏——这些章节是明显的箱体结构，它更强调独立章节的精彩和魅力，有效避免叙事疲惫。阅读此类箱体结构的小说，你可以随意地翻到其中的任何章节，从它的开头开始津津有味地读下去，因为它保持着短篇小说的内在结构性和紧张性的精彩。

然而我们也必须注意到它的整体性，这些箱体的存在不会影响故事的合力与整体，它们不能真正地"独立"于这样的合力和整体性之外。还以君特·格拉斯《铁皮鼓》为例，它的整体性表现为：（1）有固定性的讲述者"我"——奥斯卡；（2）有一个线性的、整体性故事发展，它以奥斯卡的自身经历和回忆为主体；（3）它在时间上、主旨上、故事黏结上具有整体性，以第二次世界大战时但泽地区的事件为背景，整体上是对二战时的德国和它的意志的反思，所有的故事都集中于此，只是在各个箱体内各有侧重、各有高潮。

箱体结构的特点有：（1）它保持着每一段落的相对精彩，故事始终的魅力感是这类小说的最大优势，有效避免了叙事疲惫在小说中的出现；（2）箱体的相对独立也保障了主题的丰富性、故事的多样性，保障了小说意蕴的混沌感和多向度。而它的弱点和可能的匮乏则有：（1）个别章节的精彩有可能因为"太过夺目"而影响到整体性，就像罗丹雕塑的巴尔扎克像中那双令人惊艳的双手那样——它会造成故事的跛脚，这是使用箱体结构的小说必须注意的；（2）各箱体之间的连接相对松散，它容易造成的匮乏是故事整体性的缺失，形不成合力——强化之间的连接感是必须做的锚定；（3）同样是因为各箱体之间的"相对独立"，小说在主题性的黏结上如果把控力不够就会造成分散和失衡，形不成合力，散点化。基于此，我以为采取箱体结构来完成的小说，最为重要的一点是一定要特别注意它的整体性，要注意各箱体之间的应有环扣和连线。

平行结构。所谓平行结构，指的是两个或多个故事平行进展的设计方法。一般而言，这样的小说会有两个或多个主人公，他们携带着各自的故事在一个或多个点上汇集，或者，平行的故事依靠主题汇集。"花开两朵，各表一枝"——这两朵花，是在同一时间、不同地点"分别成长"，它们各自牵引各自的故事，然后发生必要的交汇。能称为平行结构的小说需要两个或两个以上的主人公，它的聚光点不能只在一个人的身上，也不能一长一短到"失衡"，另外一条线完全是缠绕在这条线上的小小分叉，这类的小说不可算是平行结构，像卡尔维诺的《分成两半的子爵》，坏的半身子爵在小说中的出现是主线，好的半身子爵出现较晚，而他的故事也不占有一条线的"长度"，更多的是交汇在坏的半身子爵的故事主线上。

余华的《兄弟》可算作平行结构的典型之一，它由并至分，然后各有交汇，兄弟两人各自携带不同的性格、命运和故事在小说中获得齐头并进的前行，李光头和宋纲均为核心，均有重彩式的描述；大仲马的《三剑客》、索尔·贝娄的《洪堡的礼物》、列夫·托尔斯泰的《战争与和平》、陀思妥耶夫斯基的《卡拉马佐夫兄弟》等，也均是采用这类结构方式完成的。

采取平行结构，最大的特点就是容易形成"对比"，从而获得巨大的思考张力。譬如余华的《兄弟》，两兄弟之间在相同时代背景之下的不同命运、不同遭遇和不同发展，让人唏嘘，让人感慨，进而引发我们的时代思考和个人选择上的思考。又如徐则臣的《北上》，一条线索是清末时期，一九〇一年的中国，谢平遥与意大利人费德尔·迪马克沿京杭运河的北上之路，这里有一种复杂见证；另一条线索则是当下，在谢望和、孙宴临、周海阔等人的当代故事中，它与历史、记忆和两种文化之间的"互看"得以有张力的形成，意味深长。而在索尔·贝娄《洪堡的礼物》之中，洪堡代表一种精神向度，而西特林则代表另一种有区别的、崭新的精神向度，在西特林从对洪堡的景仰、追随到背离、对立，再到重新理解洪堡的价值、恢复对他的尊敬的过程中，张力得以有力量地形成。采取平行结构，它的第二"受益"是容易建立多重性和复调感，有效避免了单一性和简单化。第三"受益"，则是故事性容易获得强化，两种或多种不同命运的故事合在一起会加出多重的"纠缠"，其曲折感也会加强。而它的弱点与匮乏在于：（1）两条或多条平行的线条各自奔跑，变成多条道路上奔跑的无缰之马，各自为政，会让人抓不住重点；（2）两条平行线，如果平衡匮乏，会造成一重一轻，那种对应性的张力也就无从建立；（3）过重的人为痕迹，它很难轻易地被消除掉。在这里我也愿意重申：小说的诸多设计均为人为，是作家审慎考虑、精心布局的结果，但在写作过程中应当尽可能做到"天衣无缝""不露痕迹"——但平行结构，在掩饰人为痕迹方面有更大难度。

套盒或故事插入结构。在主故事之中插入不同故事，由主人公讲述或者由介入到主人公故事中的参与者讲述，它构成故事的"间离"和别样的丰富。在中国一些具有传奇性的章回小说中，习惯在一个人物出场或者一个事件形成的时候介绍人物历史和事件的"来龙去脉"，它们往往会独立地形成一个"副故事"，被包裹于主故事之中——它们便形成了套盒式结构。

像《三侠五义》中,第五回"乌盆诉苦别古鸣冤"写了张三如何在烧窑的赵大那里得到的乌盆,乌盆如何向他讲述自己的故事:

> 我姓刘名世昌,在苏州阊门外八宝乡居住。家有老母周氏,妻子王氏,还有三岁的孩子乳名百岁。本是缎行生理。只因乘驴回家,行李沉重。那日天晚,在赵大家借宿,不料他夫妻好狠,将我杀害,谋了资财,将我血肉和泥焚化。到如今闪了老母,抛却妻子,不能见面。九泉之下,冤魂不安,望求伯伯替我在包公前伸明此冤,报仇雪恨。就是冤魂在九泉之下,也感恩不尽。

这里的故事便为插入。像《红楼梦》《金瓶梅》等小说中,均有诸多此类插入,有时这样的插入还会占有相当的比重,是种特别的延伸。薄伽丘《十日谈》、卡尔维诺《命运交叉的城堡》也具有套盒或故事插入结构的某些特征,只是它们的主故事相对单薄,不太具有"统治力"。在玛格丽特·尤瑟纳尔《苦炼》这部以讲述泽农经历为主体的小说中,"亨利-马克西米利安的一生"即是套盒式的插入章节：

亨利-马克西米利安是在切里萨诺崭露头角的。他喜欢开玩笑，说为了守卫米兰那几座摇摇欲坠的要塞，他像已故的恺撒为了主宰世界似的，使出了浑身解数；他说的话鼓舞士气，布莱兹·德·蒙吕克这位法国名将为此而感谢他。亨利的一生，是在轮番地侍候法国国王和西班牙国王中度过的，但法国式的欢乐更适合他的性情……

因为泽农与亨利-马克西米利安有一个小交集，所以有意地将亨利的一生插入式地介绍一遍，是套盒或故事插入结构的普遍做法。托尔斯泰的《安娜·卡列尼娜》，在列文的庄园里，一男一女，两个孤独、忧郁的人在那里相遇，他们彼此爱慕，都有着对对方的倾心。这一日，他们终于找到了彼此把内心活动说给对方的机会——两个人，在森林里采蘑菇时，未被注意地走到了一起。然而他们都不善于表达，在大段时间的沉默之后，女人"偏偏违反心意，仿佛脱口而出地"开始谈论蘑菇……两个人除了沉默，就是谈论蘑菇，直到他们都意识到自己已经错过了机会，再也不会谈到爱情了。米兰·昆德拉认为，

"这一非常优美的小插曲是一种寓言,是《安娜·卡列尼娜》伟大的功绩之一:阐明了人类行为无来由的、难以预测甚至神秘的方面"。在卡尔维诺的诸多小说中,都有有意插入的故事,他善于借助套盒结构装入他想装入的东西,譬如在《分成两半的子爵》中插入其中的"胡格诺教徒"们的故事,譬如在《树上的男爵》中,插入其中的"我"叔叔埃内阿·西尔维奥·卡雷加的人生故事和充当土耳其"间谍"的故事,以及教授"我"和柯希莫读书的神父的故事……《不存在的骑士》可看作"套盒结构"的一种冒险性变体。"我",生活在修道院里的修女,写下一个没有躯体、但"凭借意志的力量,以及对我们神圣事业的忠诚"而存在的骑士以及他"总是丧失自我"的仆人所经历的战争传奇,"我"在修道院里的生活和经历(包括思考)本应是主故事,然而在卡尔维诺的书写中,它的分量感基本与修女所书写的传奇故事的分量感相同;而且,前面的第一、第二、第三、第四章节,是以不存在的骑士和他的传奇故事为开始的,如果不是第五章节小说向我们介绍"院长给我一项与众不同的任务:撰写这个故事",那我们很可能意识不到主故事会如此靠后地出现。

交叉结构。不同于套盒，它并不特别地凸显主故事，而是将几个交叉的故事"平等对待"，并在它们之间强化扭结，完成交融性合力。使用交叉结构的小说，大部分是故事交叉，更具现代感的则是主题交叉——其实在故事交叉的小说中，主题交叉也在部分地完成，但它们往往不是以主题交叉为目标。

查尔斯·狄更斯的《荒凉山庄》，是三条主题线相互交叉：（1）围绕庄迪斯诉庄迪斯这桩冗长枯燥的讼案展开的大法官庭主题，其象征为伦敦的浊雾和弗莱特小姐的笼中鸟，律师和发疯的当事人是这一主题的代表人物。（2）不幸的儿童，他们和自己所帮助的人之间的关系，他们和父母的关系的主题。这些孩子的家长大多不是骗子就是异想天开的怪人。最不幸的孩子要数无家可归的裘，他在大法官庭污秽的阴影中长大，又无意中推动了神秘情节的进展。（3）神秘主题。戈匹、塔尔金霍恩、勃克特这三个侦探和他们的帮手一个接一个地跟踪着一团浪漫的疑云，一步步追查出不幸的戴德洛克夫人的秘密，她曾未婚生下女儿埃丝特……它的故事也足够复杂，可以说步步楼台，精妙无比。是故，对艺术性和结构极为苛刻挑剔的弗拉基米尔·纳博科夫也忍不住赞叹："狄更斯全力以赴表演的戏法就是平衡这三个球体，把它们轮番抛掷到空中又接住，协调着球体的起落，玩出连贯的花样，使这三个气球升到空中，又不让绳线缠结起来。"

赫尔曼·布洛赫的《梦游者》，由三部曲组成，分别为《帕瑟诺或浪漫主义》《艾施或无政府主义》《胡桂瑙或实用主义》。三篇小说只有相对松散的、非因果的关系，每篇小说都有它独立的人物谱，如米兰·昆德拉在《〈梦游者〉激发的若干启示》中所言：

在布洛赫这里，为作品提供整体统一性的，既不是行动的连贯性，也不是（人物或家庭）传记的连续性，而是其他的东西，是某种不那么明显、不那么好理解的东西，是某种隐藏着的东西，一个主题（人面临价值解体过程的主题）的连续性。

陀思妥耶夫斯基的《群魔》，也是由三条同时展开的、相互交叉的线索构成：（1）对应1869年在莫斯科发生的真实的涅恰耶夫案件，关于一个革命团体的政治小说；（2）关于尼古拉·斯塔夫罗金及其恋情关系的浪漫小说；（3）斯塔夫罗金夫人与斯蒂芬·维尔科文斯基之间关于爱情的讽刺小说。"一种精妙的叙事技巧使三条线索结合为不可分割的一个整体"。

交叉结构，最显要的特点即是包容性强，有一种博物志类图书的宽阔感，能够有效容纳"现代世界里存在的复杂性"。这类作品往往具有大野心，试图至少在主题上做到"包罗万象"，与现实存在的复杂性相匹配。而它的第二特点是，结构复杂，陌生感强，会极度展现作家的技艺控制能力，让同时代和后世的作家们服气。而其可能的弱点和匮乏之处则是：（1）交叉的故事"各自为政"，小说的整体感较弱，融合性差。就以赫尔曼·布洛赫的《梦游者》为例，米兰·昆德拉对其主题性、深刻性极为赞赏，但同时也承认它所提供的线索"未能充分地焊接在一起"，有小小的塌陷之处。（2）对故事和思考的精彩度考验较重，因为它需要这样的强吸引来弥补断裂，否则它很容易被阅读者看成是几个分散的故事，随时可能停下阅读。（3）因为没有主故事和插入的故事这样的分别，在分别用力上的"均衡感"便要特别注意，头重脚轻和头轻脚重都是需要避免的。

网状结构。它建构的往往是非同寻常的"复杂故事"，有一种不断遭遇曲折和起伏的宏大感，而这些故事之间的连接、延展又都是相对清晰的，貌似分离较远的故事，但仔细阅读下来会发现它们之间会有一条或数条线段可以联系，那些复杂故事如同结于蛛网上的关联点。它的基本特点是，有一个基础性原点，围绕这个原点延展出极为复杂的纵横之线，它们之间有相互的、或远或近的勾连，而最终指向都与原点有联系……略萨认为，"小说这个种类有一种无节制的禀赋。小说喜欢繁衍，故事情节喜欢像癌细胞那样扩散。如果作家抓住了小说的所有线索，那作品就会变成真正的大森林"。最能体现这种扩散性的，便是以网状为结构的小说。

在加西亚·马尔克斯的《百年孤独》中，构成网状的是小说的时间，纷繁的故事处在故事之网的不同节点上，不同的人物、不同的故事在这些节点上构成相遇，然后形成巨大的连绵。而在胡安·鲁尔福的小说《佩德罗·巴拉莫》中，人物和他们的故事构成"网状"，其中的基础性原点是从未发声的故事主人公佩德罗·巴拉莫。他居于核心，仿若蛛网上的蜘蛛，每个与他有关的人物形成蛛网间的交汇点，他们各自不同的故事均朝向佩德罗·巴拉莫这只蜘蛛——透过那些繁杂的人物和各自的故事，"佩德罗·巴拉莫"的性格、经历与形象缓缓地建立了起来。而在威廉·福克纳的《喧哗与骚动》中,这个网状则又是另一个独特的形式:它不依靠时间也不依靠人物关系构成巨大的网,而是另建经纬,依靠在不同时间中的"同质感触"建立起了蛛网之环,一旦受到触动,在不同时间、事件和经历中的"同质感触"便会蜂拥而至,形成延绵的、扩展的纬线。

"我说了要听他们就得听,"凯蒂说,"没准我还不打算叫他们听呢。"

"T.P.是谁的话都不听的?"弗洛尼说,"他们的丧礼开始了吗?"

"什么叫丧礼呀?"杰生说。

"妈咪不是叫你别告诉他们的吗?"威尔许说。

"丧礼就是大家哭哭啼啼。"弗洛尼说,"贝拉·克莱大姐死的时候,他们足足哭了两天呢。"

他们在迪尔西的屋子里哭。迪尔西在哭。迪尔西哭的时候,勒斯特说,别响,于是我们都不出声,但后来我哭起来了,蓝毛也在厨房台阶底下嗥叫起来了。后来迪尔西停住了哭,我们也不哭不叫了。

"噢,"凯蒂说,"那是黑人的事。白人是不举行葬礼的。"

"妈咪叫我们别告诉他们的,弗洛尼。"威尔许说。

"别告诉他们什么呀?"凯蒂说。

> 迪尔西哭了,声音传了过来,我也哭起来了,蓝毛也在台阶底下嗥叫起来。勒斯特,弗洛尼在窗子里喊道,把他们带到牲口棚去。这么乱哄哄的我可做不成饭啦。还有那只臭狗。把他们全带走。

> 我不去嘛,勒斯特说。没准会在那儿见到姥爷的。昨天晚上我就见到他了,还在牲口棚里挥动着胳臂呢。

"我倒要问问为什么白人就不举行丧礼。"弗洛尼说,"白人也是要死的。你奶奶不就跟黑人一样死了吗?"

"狗才是会死的。"凯蒂说,"那回南茜掉在沟里,罗斯库司开枪把它打死了,后来好些老雕飞来,把它的皮都给撕碎了。"

以班吉的口吻来讲述的这段文字中,连接它们的是"死亡"和"葬礼"这个话题。它先是"回想"大姆娣去世那天晚上,凯蒂提议大家到威尔许的小屋里去玩的情景,然后"自由联想",分别是老黑人罗斯库司去世时的情景、大姆娣去世的那个晚上，再回到罗斯库司去世的那天、大姆娣去世的那天……接下来，还有班吉联想到一九一二年他父亲去世那晚他醒过来闻到"死"的气味的情景，等等。这里，时间是隐性的经线，它在故事的网中并不明晰显现，被重点"提起"的是它的纬线，即由"死亡"和"死亡气味"串起所有班吉经历中的死亡情节。一般而言，故事的结构主要建筑在时间点上，小说中的时间运行方式决定着结构方式，然而福克纳却创造性地反其道而行之，选择了另一种更冒险也更有创新性的方法。

循环结构。小说的结构一般来说是时间结构，它建筑于小说所设定的、遵循的时间之上，只有较少的部分会向空间作出延伸，譬如部分箱体结构的小说会强化场景的作用，将单独的"箱体"控制于一至两个场景的空间范围之内。循环结构与小说的时间设置关联密切，只是这个时间概念并非"物理性"的，而是东方化的、带有些佛教色彩的时间。这样的结构方式牵连着认知，牵连着"世界观"。循环结构使用着另一种时间观念，它认为人的生死、物的存无都有一个可能的"轮回"，某些事物在死亡之后会以新生的方式重新出现，或消除了旧记忆，或携带着旧记忆——是消除还是携带，完全出于小说的需要。中国古典的笔记小说，《聊斋志异》《封神演义》《西游记》，等等，均有"个体轮回"的故事出现，但这类文字部分是"套盒或故事插入结构"方式而非循环结构。循环结构方式一般而言会有一个"主体追踪"，故事的主人公往往是唯一性的，所有的循环都围绕着他的"前世""今世""来世"完成，它会数次"循环性"地重复从生到死然后由死到生的过程，而对应这一过程，另外的时间则物理性变化，不断地"时过境迁"，从而引发人的感吁。

我写过一篇短篇小说，《虚构：李一的三次往生》，采用的即是循环结构：遥远的、兵荒马乱的年代，做豆腐的李一走在路上，与一队战败的溃兵遭遇，一个气急败坏的士兵王二毫无理由地刺死了他。李一是一个固执的人，他不肯这样"不明不白"地死去，于是他跟踪着王二，直到王二在战争中死亡。他们的魂魄一起来到地府。然而，他的冤屈并没有得到地府官员的重视，他只得"不明不白"地被安排转世……在被地府安排转世之时躲开了孟婆盛给他的汤，从而带有前世的记忆——他拒绝遗忘，并试图以自己的方式为自己报仇。如此，他经历了三世，而在三世之中，这个李一始终抱着复仇的心愿，但一次次受挫，更狠的、更野蛮和无赖的王二总是能"更早"

地将他杀死,毫无愧疚地杀死……

莫言,《生死疲劳》。"我"——西门闹是一名在土改时期被错杀的地主,在阎王面前也极尽显现了不认可、不服从的"闹"的天性,尽管受到种种惩罚但始终固执,于是便一次次轮回,循环从生到死的过程,只是在这个轮回中"我"的转世分别变成了驴、牛、猪、狗。在《从"拿来"到反哺——中国小说百年的本土化实践以及创新性尝试的个案分析》一文中,我认为莫言的这一技巧实践具有极大的创新性,它有效地发挥了循环结构的所有优势:

宏大题材,近百年历史——它必然会面临巨大的叙事难题,就是事件和事件之间、年月和年月之间,必然会有一定的时间"无大事发生",故事的起伏在这里变得平缓,叙事上也随之出现某种"疲惫期"——对小说而言,它可能会造成局部的叙事塌陷,给阅读者带来某种不满足。这种局部叙事疲惫或者局部叙事塌陷,在那些具有经典性的小说中也曾偶尔出现,譬如《静静的顿河》的中段、《铁皮鼓》的后段(按:小奥斯卡开始长高之后)、《百年孤独》的后段(按:奥雷里亚诺·布恩迪亚上校死后），尽管它们在结尾的部分再次飞扬，再次精彩，但其中的叙事疲惫还是相对明显的。这是叙事中的大难题，而莫言的《生死疲劳》以独特的极有反哺性的方式解决了它。他找到了"六道轮回"，让故事的主人公西门闹在轮回之中变成驴、牛、猪、狗，而每次"转世"都会有效而有巧合性地降生在时代变化的节点上——这自然给了莫言的叙事以极大的发挥空间，使西门闹的每一次再度降生都能迎来叙事高潮，从而有效地避免了叙事疲惫的出现。

循环结构的特点是：（1）具有强烈的新颖度和"反哺性"，是对以西方文学实践为主导和规范的现代小说实践方式有效的补充，它部分地打破了线性时间结构的形态；（2）它容易建立跨越较大时空的宏大故事，同时可以借用循环结构的几个支点解决叙事疲惫，让故事始终保持魅力和高潮感；（3）主人公的几次轮回性经历，会使小说更有命运感和命运的对比性，强化令人反思的诸多意味。

散点结构。散点结构，它可以是线性结构的一种变体，也可以是平行结构或交叉结构的变体，具有较大的自由度，多出现于一些东方化的、古典性的小说中。它的特

第二讲　结构设计

点是结构上相对松散，故事与故事之间相对独立，主要靠叙事主人公或核心人物的故事参与及所见所闻来联系，主题性相对不明晰，可有多个向度，而故事的紧凑感也被多重弱化。它建立的往往是"移步换景"的故事群组，是一种具有散点感的连绵建筑。像曹雪芹的《红楼梦》、罗贯中的《三国演义》，像以日本平安时代贵族生活为背景的紫式部的《源氏物语》，等等，即是采用此类结构。我们以曹雪芹的《红楼梦》为例，故事的发生、发展以线性为主，间有平行结构和交叉结构的使用，像林黛玉家世的介绍、贾雨村故事的导入与插入、史太君的宴会及刘姥姥数进大观园等。我们再看各章节：

第一回　　甄士隐梦幻识通灵，贾雨村风尘怀闺秀
第七回　　送宫花贾琏戏熙凤，宴守府宝玉会秦钟
第二十四回　醉金刚轻财尚义侠，痴女儿遗帕惹相思
第六十五回　贾二舍偷娶尤二姨，尤三姐思嫁柳二郎
…………

它们各有故事，各有核心和故事的主旨，其中的每一章节甚至主人公都不同。小说在不停地"移"和"换"，

它的强光并不只打在一个人的身上、一件事的身上以及一个主题的身上，而是在"移"和"换"的过程中同时完成它的不同注重。

这一方式是古典的、东方化的，是传统的东方式小说多采用的一种古老方式，在现代的小说中尤其是以欧洲为主体的叙事规范形成之后，这一方式的采用便不再多见。不多见，并不意味着它的"有效势能"已被耗尽，就像线性结构依然具有它的新颖、陌生和意外那样。我把韩少功的《马桥词典》、李锐的《太平风物：农具系列小说展览》看作这一结构方式的延续。在韩少功的《马桥词典》中，"马桥"和"我"在马桥的旧日经历以及所见所闻成为汇集方式；而在李锐的《太平风物：农具系列小说展览》中，不同的传统农具（如镢、锨、锄、镰、斧、扁担等）和地方性成为十六个故事的汇集方式。我把卡尔维诺《寒冬夜行人》、米洛拉德·帕维奇《哈扎尔辞典》、科伦·麦凯恩《转吧，这伟大的世界》也看作这类结构方式，尽管并不是"原教旨"式的。它们共同的结构特点是：故事的相对松散，各有独立性，它们之间的汇集力量并不强劲，并不构成某种统摄性，当然在写法上并不像中国传统章回小说、《源氏物语》、《马桥词典》那样明显。

这类的结构方式整体感觉是"松散"的,它的黏结感、连贯性不强,故事的推进秩序感不强——但这类结构的容纳性却是强的。它可容纳的人物众多,事件众多,从而产生一种望不到头的繁复感;它可容纳的时间也足够宽阔,既可以有一个相对局限(是相对局限,相对于一般小说而言它依然是宽阔的、有长度的,像《红楼梦》中的时间、《三国演义》或《水浒传》中的时间)的时间跨度,也可以几乎无限(像韩少功《马桥词典》中,主体故事集中于"我"和"我"的马桥所见所闻,但像"江"的章节、"贱"的章节、"发歌"的章节,又都有强烈的历史延展,可达至某种的"无限")……它可容纳的意蕴及主旨也可以是多重的、丰富的,前面已有涉及,不再赘述。如果处理不好,它很容易变得过于松散,散文化倾向过重,把握不住核心,甚至是"失序"。

原点发散结构。它预先地建立一个叙述原点,这个原点可以是故事结束的那个时间,可以是场景,可以是某个在小说中极有作用的道具,可以是一个句子……小说的叙事由这个原点发散出去,顺着一条线索引发某些内容,然后在终止后再回到原点,继续由这个原点发散出去,但这次使用的线索则是不同的,内容、指向、意味和思考也都有不同。

弗吉尼亚·伍尔夫《墙上的斑点》就是这样的结构,这个道具性的斑点始终是思绪的原点,自由联想一次次由它出发,途经喧哗的生活、战争的残酷、日常的平庸、现实的幻觉等,这个斑点也由此变得复杂、混浊、多义和厚重起来。当然最后,伍尔夫向我们揭示:那个斑点是一只蜗牛。马塞尔·普鲁斯特的《追忆逝水年华》、萨缪尔·贝克特的《等待戈多》也具有这样的特点。普鲁斯特的《追忆逝水年华》设定的原点是时间,而萨缪尔·贝克特的《等待戈多》的原点是场景,是一条路、一棵树以及两个流浪汉爱斯特拉冈和弗拉基米尔的等待。我写过一部中篇,《乡村诗人札记》,它的原点是小说的一个句子:"我的父亲,李老师,是一个乡村诗人。他的学生大都对他印象深刻。"小说一共十四个章节,十三个章节以这个句子为统一的开始,只有一个章节为了活泼些,有意"破坏"了一下这种统一性而采用了另外的句子,但它在意蕴上依然是回到了这个原点的。

复拓结构。复拓,这是我从美术技巧中借来的名词,更多地会用于套色版画:有一个统一的设计好的画稿,根

第二讲 结构设计

据画稿的需要进行分版，需要有几种颜色就要分别地刻几块版，然后再一版一版地套印完成。在现代小说的写作中，有作家也会采取这样的结构方式：由一个人先讲述一遍他所认知的、看见的和理解的"这个故事"，然后讲述的权利交给另一个人，由新的叙述者再以他的认知、看见和理解重讲一遍"这个故事"或者延展"这个故事"，接下来讲述的权利又交给下一个主人公，他再次以类似的方式但站在自己的角度上讲述……

福克纳的《喧哗与骚动》《我弥留之际》，奥尔罕·帕慕克的《我的名字叫红》《我脑袋里的怪东西》均可看作采用复拓结构完成的小说。将《喧哗与骚动》既视为网状结构的小说又看作复拓结构的小说，是因为它的每一个章节讲述方式均具有网状结构小说的特征，尤其是第一部由傻瓜班吉来讲述的那一部分。而在整体上，它又具有"复拓性"：整篇小说围绕着康普生一家的悲剧来展开，第一部由班吉来讲述；第二部由班吉的哥哥昆丁来讲述；第三部由班吉的另一个哥哥杰生来讲述；第四部，福克纳以全知的角度，围绕黑人女仆迪尔西的生活主线，又重新讲述了一遍"这个故事"。事件基本相同，但角度不同，所见和盲区不同，观点不同——就整体而言，它具备着复拓结构的特征。《我弥留之际》是另一种复拓性的讲述方式，在这里讲述者出现得更多（达尔，科拉，朱厄尔，杜威·德尔，皮保迪，瓦达曼，萨姆森，卡什，惠特非尔德，安斯，等等），他们只"复拓"一个局部然后再延展出一些新内容，而另一个人的讲述同样如此……也就是说，它并不像《我弥留之际》那样整体复拓，而是在复拓的过程中不断延续出新故事，有点儿多米诺骨牌的意思。帕慕克的《我的名字叫红》采取的复拓方式与福克纳的《我弥留之际》大致相似，每个讲述者在讲述他知道的故事的时候既有与前面讲述内容的"复拓"，又有向后的延伸，使故事依然在不断地向前向前。而《我脑袋里的怪东西》则更多与《喧哗与骚动》结构相似，各故事之间的复拓性交合相对较多，更多是对同一事件和同一命运的不同感受。

　　复拓结构易于展示不同角度，它更容易引发人的思考，更容易让我们理解不同的"他者"在同一事件中的心理和感触，而帮助我们"理解他人"是小说存在的理由之一。复拓结构像网状结构一样具有非常的"复杂性"，那种钟表齿轮式的精妙会让阅读者感叹、佩服，进而唤起一种富含魅力的智力愉悦。它的陌生化感觉也较一般的结构方式更强一些。而这类结构设计容易出现的问题和匮乏是：（1）小说在前面已经将故事交代清楚（或基本清楚），后面的复拓部分属于"已知"，很容易产生新意匮乏的感觉，等于再嚼一遍早已没有滋味的口香糖；（2）不同角度讲述，作家需要有能力进入不同的心灵，并和那些讲述者建立起血肉相连的内在联系，这对作家的心理学掌握、不同观念"逻辑自洽"的掌握要求极为苛刻，这对写作者的能力构成巨大挑战；（3）在复拓类的小说中，新内容的添加需要一个严格控制，"平衡感"对于所有类型的小说来说都是重要的；（4）整体性在复拓结构的小说中也是一个巨大难题，需要更多的精心和耐心。

是的，整体性是小说结构设计中最为关键的一环，所有的结构方式首先要考虑的即是它的整体性：无论是短篇小说还是长篇、中篇，无论是采取线性结构还是套盒结构、网状结构、循环结构、复拓结构，结构上的整体性永远是第一位的，否则，它的结构感就无从谈起，就会有某种的塌陷、中断或者扭曲。越是复杂的结构，越是有一定的时间跨度的故事，它的整体性考量也就越重要，对它的精心和耐心也就越是大考验。强化整体性，我们可以强化主题的强聚力，让所有有分叉的故事能在同一主题、同一追问下完成相遇；我们还可以强化故事之间的环扣和连接线，让它们之间的关联、关系变得密切、粗壮；我们还可以在所有的故事中设置主要的聚光性人物，让追光能更多地打在他的身上，让他始终在小说中变得"举足轻重"；我们也可以辅助性地设置一些能被反复提及的有意味的"道具"，强化它在各个环节点上的作用……在我看来，我们的小说写作应当兼有激情性和科学性的双重品质，而在现代小说中，科学性诉求将变得越来越重，当然我的意思绝无半点儿对激情性的轻视——它匮乏了，小说的艺术性也就无从建立。

在建立小说结构的过程中，时间和时间顺序也是我们必须考虑的要素之一，我还想在这里重申：小说结构更多地会建立在时间之上，它的每一条线都与时间发展构成对应性的关系，时间逻辑影响着结构逻辑。对于结构，有学者也从时间关系的角度提出了他们的结构分法，分别是历时性结构（顺着经历的、物理的时间，从开始到结尾的故事发展）、共时性结构（几个主人公共同成长，但在不同的区域和故事中，有多次的交汇又有多次的分开）、零时空结构（时间处在一种"停止"的状态，它的故事在

第二讲 结构设计

这种"停止"状态下各自发展,或有连接与缠绕)、混时空结构(不同时空、不同长度的时间在小说中纠缠、交织,形成一种偶发的、意识自由流动的状态)……这一分法当然包含着其巨大的合理性,在这里我之所以没有采用这一分隔归纳的方法,是因为它无法更细地划分我所希望枚举的结构类型。不过这种结构分法我是认可的,只是角度上存在不同。在上面我提及的十条结构方式中,全部与时间设定有内在关系。因此,我们在设计小说结构的过程中一定要对故事的时间问题慎重考虑。

选择小说的结构方式,在我看来"最适合"这个故事的讲述、最能表达它的意义诉求是完成我们设计的条件之一,任何的技艺方式都以"最完美、最艺术和最有力量地"完成我们的表达为第一要务,一定要"量体裁衣"。

陌生化、创新性一直是小说的诉求,是我们完成小说设计的条件之一,它同"最适合"应有一个统筹性的考虑。陌生化、创新性也是小说一直在变化、一直在前行的动力,在小说的结构设计中,它也是我们必须面对的重要因素。

趋向复杂和紧密,尽可能在小说中呈现"与现实世界相对应的复杂性"也是结构设计的诉求之一,这一诉求也逼迫我们在小说结构设计中选取更具有复杂性的种种方式,因为只有这样的方式才更能与我们越来越丰富和充满歧义的世界认知相匹配。它是一种现代性诉求,但通向这一诉求的设计方案也许并不唯一,在这里我依然愿意强调,我们尽最大可能选取"最适合"同时也最能让写作者腾挪的那一类型。

第二讲 结构设计

思考题

1. 小说的结构感，如果忽略时间因素而建立在空间上是否也可以？说它更多地建筑在时间上是否有所偏颇？

2. 长篇小说，因为其宽阔、博大，所以不应更为随心所欲一些吗？有一个基本的设想和建构，其他的都交给灵感和作家自由发挥，是不是更应如此？

3. 是不是越深刻的小说，其结构越复杂？

4. 我们有意悖反小说的结构，用一种随意的、不断闪烁着灵感的碎片拼贴起来结构成一部长篇或中篇，是否可以？如果不可以，为什么呢？

第三讲　开头设计

谈及小说的开头，我想我们也许会不由自主地想起那些著名的、被作家们反复提及的开头。

譬如加西亚·马尔克斯《百年孤独》的开头：

多年以后，面对行刑队，奥雷里亚诺·布恩迪亚上校将会回想起父亲带他去见识冰块的那个遥远的下午。那时的马孔多是一个二十户人家的村落，泥巴和芦苇盖成的屋子沿河岸排开，湍急的河水清澈见底，河床里卵石洁白光滑宛如史前巨蛋……

譬如弗兰兹·卡夫卡《变形记》的开头：

一天早晨，格里高尔·萨姆沙从一个令人不安的睡梦中醒来，发现自己躺在床上变成了一只巨大的甲虫。

第三讲 开头设计

譬如查尔斯·狄更斯《双城记》的开头：

那是最好的时代，那是最坏的时代；那是智慧的年月，那是愚蠢的年月；那是信仰的时期，那是怀疑的时期；那是光明的季节，那是黑暗的季节；那是希望的春天，那是绝望的冬天；我们拥有一切，我们一无所有；我们都直奔天堂，我们都直下地狱——总而言之，那个时代和当今时代如此相似，以至当年有些显赫一时的权威人士坚持认为，无论对它说好说坏，一概只能使用最高级的比较词语。

譬如玛格丽特·杜拉斯《情人》的开头：

我已经老了，有一天，在一处公共场所的大厅里，有一个男人向我走来。他主动介绍自己，他对我说："我认识你，永远记得你。那时候，你还很年轻，人人都说你美，现在，我是特意来告诉你，对我来说，我觉得现在你比年轻的时候更美，那时你是年轻女人，与你那时的面貌相比，我更爱你现在备受摧残的面容。"

好的小说开头太多了。它们有着各自不同的美，各自不同的魅力、趣味和深意。它们构成着吸引。作为写作者，我承认我时常有特殊的"苛刻"，它甚至是种固执的偏见：如果一篇小说，在开头的部分，在最初的时候它无法吸引到我，我会在心理上产生对作品的轻视，直到拒绝阅读。这大概不会是一个好习惯，但我也知道诸多阅读者和我一样，而越是具备审美能力的阅读者越挑剔。如果我们写作，我想我们必须正视那些阅读者的苛刻，甚至应当情愿他们苛刻，更苛刻一些更挑剔一些。伟大的艺术产生于伟大的博弈中，伟大的作品需要伟大的读者。反过来也可以这样说，伟大的读者也"迫使"写作者朝向经典和伟大努力。

归于正传，我们谈小说的开头和它的设计。我们首先分析，那些经典小说开头的"作用"、方式和思量，然后才能进入设计，让我们的写作能有同样的匹配或创新性的拓展。

小说在开头的时候，往往会定下叙述基调，这个定调的功能不可忽视。小说的前行节奏，小说的音乐感和色调，$1=C$ 还是 $1=F$，是在高音处盘旋还是多数时候保持在低音，是四四拍还是四三拍，小说语感的黏稠度，小说语感的起伏与呼吸,都会在小说的开头中得以展现。它会预先定下两个调:语调,色调。

经过几小时见不到树影,看不到任何树芽和树根的长途跋涉之后,终于听到了狗叫。

在这无边无际的道路上,有时以为远处不会有任何东西,以为道路的另一端,也就是土地龟裂、河道干涸的平原的尽头,什么东西也不会有。然而,事实并非如此,那里有一个村落。可以听到狗在叫,可以闻到空气中散发出一股炊烟味,仿佛那就是希望。

但是那村落还在非常遥远的地方,是风使人们感到它就在近处。

这是胡安·鲁尔福短篇小说《我们分到了土地》的开头。在阅读它的初始,我的脑海里出现的是类似《双旗镇刀客》那样的画面:黄沙飞舞,漫天都是沙子的质感和颜色,强烈的光从侧面透过来晒得视线都有了水的波纹,这时,几个衣衫褴褛的人从地平线远处升上来,慢慢走近……这个感觉被固定了下来,后来我几次重读胡安·鲁尔福的这篇小说都会不自主地想到那样的画面。它的语调相对要轻快些，不然它卷不起那么多的沙子；它的色调也是一种黄，有光在其中——尽管这篇小说是显见的悲剧，但在叙述上却使用了暖色，有对比的暖色。

这游戏叫"自己—这么—想象——一种—生活"。如果傍晚坐在岛上布伦托那儿，就可以玩这种游戏。得要抽上两三支烟，品着兑了可乐的朗姆酒，不错的是膝上还依偎着一个熟睡的岛上孩子，头发有一股海沙味儿；还得是晴空万里，最好是星光灿烂；天气得炎热才行，大概还得是闷热。这游戏叫"自己—这么—想象——一种—生活"，它没什么规则。

"你想象一下，"诺拉说，"你自己想象一下。"

这是尤迪特·海尔曼小说《飓风》的开头。重复一遍，让我们再回味一下这个开头。时间、地点和叙述语调是由此固定下来的，它没谈到飓风，谈的是晴空万里和星光灿烂，它有意拉开张力。闷热，它不只是对天气的"客观描述"，我觉得它是渗入叙述中的，它给小说的语调涂上了一层闷热的、有些黏性的气息。在这个短短的开头中竟然两次提到那个"自己这么想象一种生活"的游戏，小说说它是没什么规则的——我想我们从中也读出了一种飘忽感，一种幻觉性的不确定。如果我们读过那篇小说，我们会发现的确如此，它的魅力和趣味也恰建在了飘忽感中。你会感觉有什么渗入了你，让你心动了一下，疼了一下，然而在你试图寻找它的位置的时候又觉得它似有似无，你无法抓住。还有一点，它在说"如果"如何，是回望式的，这一回望与写作的这个"现在"距离无论长短都会或多或少地带出一丝苍凉来，这种苍凉我们在杜拉斯的《情人》中已经感受了，尽管两篇小说在苍凉上的用力是很不同的。《飓风》这个开头，将诺拉拉进来让她说了一句话，一下子就有了故事性就有了经历感，一下子让前面叙述也跟着"活起来"。

白先勇，《永远的尹雪艳》：

尹雪艳总也不老。十几年前那一班在上海百乐门舞厅替她捧场的五陵年少，有些天平开了顶，有些两鬓添了霜；有些来台湾降成了铁厂、水泥厂、人造纤维厂的闲顾问，但也有少数却升成了银行的董事长、机关里的大主管。不管人事怎么变迁，尹雪艳永远是尹雪艳，在台北仍旧穿着她那一身蝉翼纱的素白旗袍，一径那么浅浅地笑着,连眼角儿也不肯皱一下。

尹雪艳着实迷人。但谁也没能道出她真正迷人的地方……

一种娓娓道来的语调,仿佛一个老人讲述旧事,语速上应是轻缓的,它也确定,无论后面的故事有多少波澜,小说的叙事都会始终平静,它将会滤掉当时的热烈,同时它也不会过度地渲染。"素白旗袍"和"浅浅地笑"同样不只是对尹雪艳的客观描述,它们也是基调,参与着叙述基调的设置。我们阅读萨尔曼·鲁西迪的小说《午夜之子》时的感受会截然不同:

话说有一天……我出生在孟买市。不,那不行,日期是省不了的——我于一九四七年八月十五日出生在纳里卡尔大夫的产科医院。是哪个时辰呢?时辰也很要紧。嗯,那么,是在晚上。不,要紧的是更加……事实上,是在午夜十二点钟声敲响时。在我呱呱坠地的时候,钟的长针短针都重叠在一起,像是祝贺我的降生。噢,把这事说说清楚,说说清楚——也就是印度取得独立的那个时刻,我来到了人世。人们喘着气叫好,窗外人山人海,天空中放着焰火。几秒钟过后,我父亲把他的大脚趾砸坏了;不过他的这个麻烦同在那个黑暗的时刻降临在我身上的事情比起来,就是小事一桩了,因为那些和蔼可亲地向你表示欢迎的时钟具有说一不二的神秘力量,这一来我莫名其妙地给铸到了历史上,我的命运和我的祖国的命运牢不可破地拴到了一起。在随后的三十年中,我根本摆脱不了这种命运……

这里的叙述充满着口若悬河的喧哗,里面甚至有股不安的激流。它的语调与白先勇的、尤迪特·海尔曼的也完全不同,它没有黏滞的感觉,应是迅捷的、急促的。我们还可以看到,他的语言有一种自我缠绕,不断有新枝新叶生出,并不是一蹴而就的,而是有意地叠加,不断地叠加,像一种涂了厚彩的油画。

在一则题目为"声与色"的文字中,我曾谈道:

声与色,我与朋友谈及文学中的音乐感和美术感,第一个,想到的就是这部小说,不止一次。《抵挡太平洋的堤坝》里有一部大提琴,自始,至终。有无另外的乐器的加入?我感觉,没有,至少在我的旧印象里没有,她始终使用着大提琴，她信任这个有重量的乐器。至于节奏上的小小变化，也是在大提琴的范畴之内，小说当然不会只有一种节奏，乐器也不是。

我感觉君特·格拉斯的小说则是交响乐，感觉蒋韵的小说《心爱的树》中有二胡之声，其实这样的感觉往往是小说的开头句子带给我的。我不保证它科学准确，但对我来说，是，确实是这样的。

同样，在那篇随笔中，我还谈道：

《抵挡太平洋的堤坝》，整体色调是暗蓝色，它的蓝色用得有些重，再就是混杂的灰。我将它看成是油画，或是水粉。我感觉胡安·鲁尔福喜欢用淡黄，即使那篇弥漫着死亡气息的、交由死人来讲述的《佩德罗·巴拉莫》主体色调也是黄色，不过是种灰黄，亮度有所变化而已。它或有水彩的感觉。君特·格拉斯，《铁皮鼓》，毫无疑问是油画，甚至带出了松节油的气味。它，和下午时的沙漠使用了同一个色调，并且有被风吹起的沙，弥漫着，打到脸上有些硬——后来，我看到沃尔克·施隆多夫的电影，对里面色调的使用多少有些不满：他使用了太多的

第三讲 开头设计

灰,并且偏蓝——在格拉斯那里没有这样暗,它有大片的光,尽管这光不是非常透明。而从语速上看,它也应是暖色调的,它给其中的阴郁也涂有暗黄的暖色,而不是冷,而不是蓝。沃尔克·施隆多夫和我的理解竟有相当的不同(当然我绝不保证我的理解具有正确性,它是感觉,再说一遍:它有太强烈的主观色彩)。

但这种音乐感和画面感,都是小说在开头的时候就已经带给我的。我写作的时候,也往往会在写下第一句之前先"预设"语调,小说叙述所使用的"乐器",也会先"预设"小说的基本色调,是用蓝色还是红色,是用多大面积的灰,以冷色调为主还是暖色调为主。在写下第一句之前,在文字开始之前,它们会有一些相对清晰或者相对模糊的设想,但这个设想多数时候是存在的,而一旦小说开头,它就被明晰地确立了下来。

二十世纪以来的文学实践有一股不容小觑的力量,就是"反小说"尝试,尤其是那些后现代主义作家,他们反故事、反崇高、反设置、反结构、反规则、反逻辑,几乎反对一切规程,但小说开始的叙述基调的确立似乎没有特别遭到"破坏",我想不是他们不想破坏,但这个破坏的后果往往是种自毁，没有留下特别可信的、经典性的文本。只有一个尝试是值得我们记忆的，就是伊塔洛·卡尔维诺的《寒冬夜行人》。这部小说，长篇，一共有十个不同的开头，写作这样一部小说是因为卡尔维诺被小说开头的魅力所吸引，他向自己追问：能不能写一部书，让故事始终处在开头的那种惊人的魅力中？于是他写了这部有十个开头的小说，这十个开头各不相同。然而，为了故事的完整性，卡尔维诺为小说设置了一男一女两个读者，他们在一家书店里购买卡尔维诺的新书《寒冬夜行人》，然而由于装订上的错误，他们两个阅读的始终不是完整的书……还有一点，这部小说尽管有十多个开头，但它们在叙述的语调上多少是有些一致性的，卡尔维诺也没有完全地使用某种方式让它们分别地扯向不同的方向。

小说会在开头的时候确定时间关系。它会确定一个故事开始的"现在"，也会确定写作者预想的写作它的"现在"——这两个"现在"是两个概念，但都关于时间。时间对于小说结构的影响是极为巨大的，对于叙述的影响是巨大的。许多时候我们在小说中所谓的结构关系本质上讲的是时间关系——无论作家在故事建构中的讲述是如何繁杂、庞大，甚至有种貌似的"混乱"，但我们应当明白，叙述的"现在"是在开头的第一句时就确定好了的，尽管看上去仿佛事件是在"向后"发展。

我们先从故事讲述的时间上的确定谈起。在小说开头，往往会有或明或暗的交代：故事发生于大约什么时间，古代还是现代，明朝还是清朝，维多利亚时代还是斯大林时期……写下现在的、和我们现实生活在时间上距离较近的往往不提时间问题，但我们从第一句就可以明白它写下的是写作开始的那个年代那个时间，这在阅读中往往会有默契。

黄灯亮了。前面两辆汽车抢在变成红灯以前加速冲了过去。人行横道边出现了绿色的人像。正在等候的人们开始踩着画在黑色沥青上的白线穿过马路，没有比它更不像斑马的了，人们却称之为斑马线……

这是若泽·萨拉马戈小说《失明症漫记》的开头部分，接下来失明症就将爆发，但开头的部分是平静的，它没有涉及时间，这个没有涉及时间的开头实际上是让阅读者将它想象成我们在阅读时的发生，我们什么时候阅读，这个故事就在那个时间开始。

在汽车还没有翻过小山——附近的人都把这稍稍隆起的土堆称为小山——的顶部时，卡拉就已经听到声音了。那是她呀，她想。是贾米森太太——西尔维亚——从希腊度假回来了。

艾丽丝·门罗的《逃离》同样没有时间设定，我们也依然会默契地认定，它发生于现在，我们阅读的现在。卡夫卡的《变形记》其实也是没有具体时间确定的，"一个早晨"可以是任何一个早晨——它要我们以为这个故事刚刚发生，是前几天的事，前几个月的事。

莫言，《生死疲劳》："我的故事，从一九五〇年一月一日讲起。在此之前两年多的时间里，我在阴曹地府里受尽了人间难以想象的酷刑。每次提审，我都会鸣冤叫屈……"它设定了时间，而且除了这个貌似确定的时间，它还提示了"在此之前"——他在开头就为自己叙述的腾挪建立了巨大的空间。如果我们将"一九五〇年一月一日"那个讲述时间确立为叙述开始的"现在"的话，那，这个"在此之前"就是向后的，他给自己的向后，向历史和记忆做了充分的预留；开始讲起，他要讲在一九五〇年一月一日后来又发生的故事，它是向前的时间轴，会和叙述一起向前走……莫言为自己的故事在开头部分确立了"现在",然后又拉出了向前、向后两个方向的时间,他可能会在现在、过去和将来之间来回穿梭——事实上也确是如此。我们看马尔克斯《百年孤独》的开头也是如此做的,"面对行刑队"是叙述的现在,回想起的"那个遥远的下午"是回忆是过去,那接下来的发生将是向前的、还没有来到的将来时。

关于确定一个写作者预想的"现在",所有的故事都是向后的、都是言说过去的事的这一说法来自萨特,他在《处境种种》中的文章《福克纳小说中的时间:〈喧哗与骚动〉》给了我启发。在这里,我的意思是,作家在写作开始之前会预先地"想好"整个故事,他会站在这个故事结束的时间点上开始讲述——需要我们注意,故事结束的时间点绝不是小说叙述所确立的"现在",它们是两个很不同的节点——从这个意义上来说,的确,所有的故事都是过去时,都是从前的发生。马尔克斯《百年孤独》所写下的是一个处在拉丁美洲的虚构之地的百年发生,那么漫长的故事那么漫长的时间,但在马尔克斯开始着手写作时,这个百年的故事已经到达终点,他是站在终点向回望的;《生死疲劳》同样如此,它至少有五六十年的时间跨度，莫言在写作它的时候也一定事先预设了它的时间终点，然后站在这个终点上，向我们讲述那个故事。所有的小说都是如此，写作者在写作的开始之前就会事先想好故事终点，他的"现在"是在这个终点之上或之后，他的"现在"绝不是故事中呈现的那个现在，绝不是。为什么强调这一点？强调它的必要性在哪儿？我觉得写作者意识到这点和没有意识到这点是有不同的，意识到这点，作家会潜意识地进行时间掌控和叙述掌控，有了这个掌控，小说的面目会清晰得多，无论时间、空间如何交叉、改换，它都不会变得没头绪，会有暗暗的逻辑构成，即使你写下的是像《喧哗与骚动》或《百年孤独》那样时间交织得像一张巨大的网的小说。

小说在开头的时候，还会定下它的自我的"逻辑"和规则，这，也是一种"规定性原则"。小说可以是现实的，可以是幻想的，可以是历史的，可以是穿越的，可以是未来的，可以是具体可感的，可以是无中生有的、天马行空的……然而小说一旦开始，一旦进入它在开头就确定下来的规则和逻辑，那，它就必须在自我的规则和逻辑中进行了，所以弗拉基米尔·纳博科夫才说作家要再造一个真实但必须接受它的"必然后果"。我不多谈那些太现实主义的小说，因为这类小说的自我逻辑和生活逻辑基本重合，用它们来佐证基本上是用水来证明水，不太具备"典型"意义。我要说的是另外的、差别的和不同的，这些另外、差别和不同也基本遵循这一规则，它在规定性原则确立以后，就必须接受必然后果。

我先列举卡夫卡《变形记》，它确定格里高尔变成了甲虫，事实上从开始就确定了"故事不是真实发生"，是想象之故事，但在格里高尔成为甲虫这一"事实"发生之后，所有的故事逻辑都是顺着这一事实展现的。我们看到甲虫和旧生活的关联还在，而且是一种紧密的存在，甲虫还得接受格里高尔的家人和这种关系，在变成甲虫之后内心的爱和担心没有丝毫减损和变化，造成减损和变化的是另外的因素。我们看到甲虫需要接受甲虫的生活包括开门时带来的不便，包括不再吃人类的食物，等等。在开头一段，我们察觉甲虫依然有人的思想，于是这个"人的思想"就一直延续到格里高尔死去；小说设定了这只甲虫没有翅膀，它不是"煤筒骑士"——那，翅膀至格里高尔死去也没能长出来，它不会在作家突然希望它飞走的时候就能长出来，因为它会违反预设的逻辑。

卡尔维诺《树上的男爵》讲述一个人一生生活在树

上，那，他所接受的也将是他这一行为的所有必然后果。在小说中，卡尔维诺曾不断地向我们解释：他的吃怎么解决，他的穿怎么解决，他的拉撒怎么解决，他的洗澡怎么解决，他的情欲怎么解决，他的阅读和知识提升怎么解决，他想走向远方该怎么解决……凡是我们可以想到的难题卡尔维诺必须事先都想到，并给出合理的、可行的解释，让我们看到柯希莫男爵攀登到树上之后所承担的符合规定逻辑的必然后果。

故事的发展逻辑，会是在小说开头的时候就设定好的，一旦设定就会变成不能溢出的规则，之后的发生都会在规则之内，即使你像布尔加科夫在《大师和玛格丽特》中所做的那样设定一个几乎无所不能的撒旦。撒旦的"无所不能"注定他不会被车撞死，不会掉进河水中窒息……这也是规则。何况，他所不服的上帝也依然是另一种力量，他的"无所不能"也有某种边界在。

这是原则：我们在小说开头设定的故事发展逻辑，一定要贯穿到结束，它一旦确定就不能再轻易移动。

小说在开头的时候，会确定叙述的角度，会确定使用的人称，会尽可能地让小说中的主人公和他（她）的故事出场，会确定人物关系。有时候它会把诸多后面将要出现的"点"在开头的时候就埋伏下来,让我们在之后的阅读中恍然。也就是说,有些小说,会在最初的时候把它所要涉及的线段都尽可能地攥在手里,并且一直攥到结束。

小说开头,往往会尽可能多地让线索呈现,尤其是现代小说。

像莫言《檀香刑》的开头:"那天早晨,俺公爹赵甲做梦也想不到再过七天他就要死在俺的手里,死得胜过一条忠于职守的老狗。俺也想不到,一个女流之辈俺竟然能够手持利刃杀了自己的公爹。俺更想不到,这个半年前仿佛从天而降的公爹,竟然真是一个杀人不眨眼的刽子手……"这里主人公出场,故事也跟着出场,几个"想不到"其实是重要线索,它将是故事发生的节点。它用"俺"来说话,一个确立言说者是"俺",一个有地域特征的女性,也确立了言说方式将采用东方化的说书人的样式,仿佛是口述史,同时它绝不会太文艺腔。

我们再来看萨尔曼·鲁西迪在《摩尔人的最后叹息》中的那个繁复、喧哗的开头:

我从瓦斯科·米兰达恐怖的疯狂城堡(它位于安达

卢西亚的山村贝南黑利）逃脱之后的日子，我都已经没概念了。当初我借助夜色的掩护，逃离死亡的威胁，临走时在门上钉下了一封书信。自那以后，在我饥肠辘辘、热得头晕眼花的路途上，还有更多匆匆写下的文字、锤子的敲击和两英寸钉子的犀利呼号。很久以前，当我还青葱的时候，我的情人曾爱怜地对我说："哦，你这摩尔人，你这奇怪的黑小子，满肚子都是论纲，却找不到一扇教堂的门去钉。"（她自称虔诚的非基督徒的印度人，却拿路德在维滕贝格的抗议开玩笑，来逗弄她那绝不虔诚的印度基督徒情人。故事传播的途径多么奇异，最终会落到什么样的人嘴里啊！）不幸的是，我母亲偶然听到了这话，像蛇咬人一样迅猛地抢过话头："你的意思是，满肚子都是粪吧。"是啊，母亲，关于这个问题，最终也是你说得对。不管什么问题，你从来没有错过。

曾有人把她俩——我母亲奥罗拉和我的情人乌玛——称为"美利坚"和"莫斯科"，用两个超级大国的名字给她们取绰号。大家说她俩长得很像，但我从来不这么觉得，一点儿都不觉得。她俩现在都死了，都是死于非命。而我身处一个遥远的国度，死神在我背后穷追不舍，她俩的故事在我手上。在我最后经过的地方，我传播这故事，将它们钉在门上、篱笆上、橄榄树上。这个故事,指向我自己。在逃亡途中,我把世界化为自己的私人藏宝图,它充满了线索,径直引向最后的宝藏,也就是我自己。追赶我的人循迹而来的时候,会发现我已经毫无怨言、气喘吁吁地等待,已经做好了准备。我就站在这里,别无他法。

这个开头,它打开的简直是一个宇宙,它将讲述逃亡,将讲述恐怖和疯狂,将讲述宗教(非基督徒和基督徒)和虔诚的话题,将讲述属于城堡的记忆和印度,将讲述摩尔人的故事,以及母亲和情人(女性的两种形态:母性的和情人的)的故事,"美利坚"和"莫斯科"其实更是复杂性的双关隐喻,她们都有巨大的坚硬,分属于"两个阵营",像和不像当然也是双关隐喻的。它还将讲述不同国度,我想我们也不能忽略"论纲"(theses)和"粪便"(feces)在英语中发音相近,它在这部庞大的小说中的作用其实也是统摄的、纲领性的,它将一边庄重建立一边暗暗消解。"我就站在这里,别无他法"是宗教改革家马丁·路德于一五二一年在沃尔姆斯帝国会议上表明心迹的名言,小说的化用并非仅仅是戏仿、恶作剧,它包含了某种摧毁性因素,其实也是小说故事发展的脉络终点。也就是说，这个开头，其实包含了小说在之后的几乎全部要素。

我的小说《镜子里的父亲》的第一章，开头，也是这种总括式的，我在这一章节中将父亲从出生开始一直写到"时下"，每一个节点都让一枚镜子完成"交代"：

第一枚镜子里，父亲哭着，闭着眼，像所有的婴儿。他在咒骂中出生，哭得那么声嘶力竭却难以说明真的有什么不满，紧攥的左手里面没有糖果也没有钱币，而右手则是伸开的，里面是无，同样的无也应当存在于左手。第二枚镜子，一出滑稽的戏剧出现于其中，父亲像牵线木偶那样移动，躺倒，把自己摔出了泪水。第三枚镜子，他在深不可测的水中挣扎，恐惧淹没了他紧张的嘴巴。有个跑得越来越小的背影，看上去，应该是我的大伯……第五枚镜子，它先照见父亲的大眼，然后朝下，出现鼻子和嘴。镜子里的父亲相当瘦小，几乎可以被风吹倒，几乎像照片一样薄，几乎是，一把干枯的骨头。镜子里的父亲还是少年，他在镜子里露出牙齿，在牙齿宽大的缝隙里埋伏着：饥饿。一片鲜艳的红色在波涛中漫卷，如同风大浪急的海洋，父亲在十五枚镜子的一侧，他的脸色也如同火焰……

我在这里，其实也是让后面所要涉及的故事都用线索的方式呈现了出来，它会勾连后面的几乎全部故事。我承认这种方式是从《红楼梦》第五回、第六回警幻仙姑那里关于"金陵十二钗"的隐喻性的诗中得到的，只是被我改造得面目全非了。

小说开头的设计，有时会从以下一些方面来考虑。

所有的小说开头设计都会从吸引力上作出考量，只是方式和方法有不同。"开头如爆竹"的说法具有它的普适性。种种方式，都会在吸引力建设上下大功夫，努力让它更有魅力，更有趣味，更为生动和更有内涵。

一是建立带入感。它要能把阅读者"带入"，抓住你，吸引住你。譬如，很古典的《巴黎圣母院》："距今三百四十八年六个月零十九天，巴黎万钟齐鸣，旧城、大学城和新城三重城垣中的市民个个惊醒。"我们仿佛听到了钟声，它把我们带入巴黎，带入那个钟声响彻的日子里，虽然雨果接下来很真诚地提示我们说："一八四二年一月六日在历史上并无重要意义，清晨万钟齐鸣惊动市民也不足道。"这个在历史上并无重要意义的一天对我们这些阅读者来说变得重要得不得了，因为在这一天，由主显节和胡闹节拼合在一起的日子，我们进入巴黎，将见证一段生活的开始。它如果不写钟声,那种带入感或许就会弱得多,我们需要让自己的耳朵有所听见。

威廉·福克纳是写故事的高手,他的小说在文字开头带入感都是极强的,他会让我们随着他所建构的几乎是一下子就进入他的故事里去。譬如在《我弥留之际》,小说的开头是以"达尔"这个安斯·本德仑次子的角度来讲述的:

朱厄尔和我从地里走出来,在小路上走成单行。虽然我在他前面十五英尺,但是不管谁从棉花房里看我们,都可以看到朱厄尔那顶破旧的草帽比我那顶足足高出一个脑袋。小路笔直,像根铅垂线,被人的脚踩得光溜溜的,让七月的太阳一烤,硬得像砖。小路夹在一行行碧绿的耕种过的棉花当中,一直通到棉花地当中的棉花房……

这个开头像电影的镜头,这样的叙述仿佛是让我们在看一场电影。这里,两次提到棉花房,这座建筑物成为重要的坐标,它那里应当安装有一台摄像机,我们也许就在那台摄像机的旁边。

再譬如,歌德的《少年维特之烦恼》,它是以书信体

写成的,所以那种对话式的讲述带入感更强:

我多高兴啊,我终于走了!好朋友,人心真不知是个什么东西!我离开了你,离开了自己相爱相亲、朝夕不舍的人,竟然会感到高兴!我知道你会原谅我。命运偏偏让我结识了另外几个人,不正是为了来扰乱我这颗心吗?可怜的蕾奥诺莱!但我是没有错的。她妹妹的非凡魅力令我赏心悦目,却使她可怜的心产生了痛苦,这难道怪得到我?然而——我就真的完全没有错吗?难道我不曾助长她的感情?难道当她自自然然地流露真情时,我不曾沾沾自喜,并和大家一起拿这原本不可笑的事情来取笑她吗?难道我……

以书信体开始,这里会有个"你",作为阅读者很容易把自己假想成是那个"你",也就是说它仿佛是写给我的,说给我的,我会自然地把自我融入故事。还有,在这里,故事的"前史"是没有故意交代的。"可怜的蕾奥诺莱!但我是没有错的。""然而——我就真的完全没有错吗?"我们在阅读这个开头时当然不明就里,然而小说却预设我们明白,仿佛是我们经历的一部分,是我们知道的——在我看来这也是带入感的一部分,它的魅力也在于故意预留的突兀和不明就里，让我们不自觉地悄然说服自己：我参与了，经历了，应当明白（其实我们必须通过对后面的阅读才能明白）。

二是营造氛围。小说的氛围感非常重要，它会带入作家的独特艺术气息。譬如卡夫卡《城堡》的那个开头：

K到村子的时候，已经是后半夜了。村子深深地陷在雪地里。城堡所在的那个山冈笼罩在雾霭和夜色里看不见了，连一星儿显示出有一座城堡屹立在那儿的光亮也看不见。K站在一座从大路通向村子的木桥上，对着他头上那一片空洞虚无的幻影，凝视了好一会儿。

关于这个开头，吴晓东教授在他的北大讲稿《从卡夫卡到昆德拉》中有段很是深入的描述："可以说一开始，卡夫卡就赋予了城堡双重含义，既是一个实体的存在，又是一个虚无的幻象，像一个迷宫，所以小说一开始就营造了一种近乎梦幻的氛围。这种氛围对于读者介入小说世界有一种总体上的提示性。"城堡在上，是一种凌驾和压制，是一种无法忽略的真实和具体，但同时它又有其空洞和虚幻的"看不见"。卡夫卡精心地安排K在后半夜来到村子，黑暗是巨大的，但他也安排了雪的反光，让我们又有似是而非的看见，同时感受到冬夜的冷，那种寒意也贮藏在小说的氛围里。

在这里，我也想带大家一起看看另一个作家的开头，而这个作家——布鲁诺·舒尔茨往往会让人联想到卡夫卡。我选择的是他的《鸟》。

昏黄的冬日来临了，四处弥漫着无聊。铁锈色的大地上铺着一层白雪，犹如一条磨得露出织纹的寒碜的桌布，上面满是窟窿。这张桌布不够宽大，有些屋顶依然暴露在外，它们就这样屹立在那里，有的呈黑色，有的呈棕色，有的是木椽顶，有的是茅草顶，像一艘艘载着被煤烟熏黑的大片阁楼的小舟。这些阁楼如同密布着肋骨似的椽子、屋梁和桁梁的漆黑的大教堂，椽梁就像冬天的阵风用来呼吸的黑黝黝的肺……

那种氛围感应当是更为强烈些，我们能从这段文字中读出它贮含在其中的冷、孤寂和无聊，包括一种惨淡与惨败。

三是具有某种的"总括性"，让人感觉到厚与重，从而产生深入的兴趣、探究的兴趣。像《双城记》的开始即是如此，它甚至不是故事的，在这一段，故事的主人公和他要经历的事件没有都出场——然而它建立的是一种具有深邃意味的总括，会让人思忖：它会讲述一个怎样的故事？而在这个故事里，会呈现怎样的和时代的关系？它如何能让故事在两个"最"之间摆荡又同时呈现它的两面？它告知我的还有什么？这个开头让我们愿意继续我们的阅读，因为它对我们构成智慧上的博弈，有一个很大的敞开。

玛格丽特·尤瑟纳尔的长篇《何谓永恒》的开头是这样的：

米歇尔孤独一人。说真的，他一直是孤独的。他的孩提时期可能并不孤独。小时候，他有个姐姐叫加布里埃尔，就是在一些旧照片中站在他身边的那个女孩儿，但姐姐早夭。他后来又有一个妹妹，当他与家庭一刀两断的时候，妹妹还只是个孩子。除了同父亲在一起，他总是孤独的。与父亲在一起的时间是美好的，但十分难得。他父亲好像被一个既不爱丈夫也不爱丈夫的儿子的母亲藏在了什么地方。不久以前，他同两个妻子生活在一起的时候也是孤独的。他同原配有欢乐也有争吵，与第二个夫人生活在一起虽然充满温情，但也有酸甜苦辣（他为人太忠厚，分不清两个妻子有什么不同之处，甚至在悲痛的时候也是如此）。他同原配生的儿子在一起也是孤独的。他很少见到这个愁眉苦脸的儿子。他不应该把儿子寄养在远离家乡的古里古怪的祖父母家里。他与刚刚出生两个月的女儿在一起也是孤独的。他只在早晚各去看她一次，看着她洗澡，吃奶，拉屎，撒尿。他女儿只是在世事风云的变幻过程中被送在他手上的一只小动物，他没有理由爱她。他从前与年轻的英国情妇在一起的时候也是孤独的……

这个开头让我着迷，它除了叙述的总括之外还有很多的未尽之意，我感觉作者的每一句貌似平静平淡的话都有很阔大的外延，她不肯止于对故事的叙述。这一段，核心是米歇尔（他的原型是尤瑟纳尔的父亲）的孤独感，本质上也是人类的孤独感，是那种和世界和生活和情感都无法真切融入而且个人似乎也没有完全融入的孤独感。它书写的是个人，但又会和每个人的内心连通，让人愿意继续读下去。像前面谈到的萨尔曼·鲁西迪的《摩尔人的最后叹息》、我的《镜子里的父亲》，也是此类。

四是从一个具有魅力的、中间段的"小高潮"直接开始，迅速地进入故事。它取消了故事的前奏部分，而是将需要介绍的东西打碎，做成小楔子，一点点地塞到后面的叙述中。这个样式，在我看来做得最为精妙的应是胡安·鲁尔福和马尔克斯，尤其是胡安·鲁尔福，像他的《塔尔巴》。塔尔巴应是一个地名。小说是这样开始的：

娜达丽雅扑到她母亲的怀里，哀声痛哭了许久。她早想痛哭一场，但一直忍着直到我们回到辛松特拉，她见到她母亲，开始感到需要痛哭一场的时候。

然而，在过去那漫长而艰难的日子里，我们不得不把丹尼罗埋葬在塔尔巴一个土坑里。当时没有任何人帮忙，她与我两人齐心协力，徒手扒土挖坟，我们想尽快将丹尼罗埋在土里，免得尸首腐烂，臭气熏人。那时候她没有哭。

后来在回来的路上，她也没有哭。那时我们不停歇地赶着夜路，睡眼蒙眬，摸黑前进，踏着沉重的脚步，每一步都像是捶打着丹尼罗的坟墓。娜达丽雅像是铁了心，仿佛把自己的心紧紧地压住，不让它在胸中翻腾。她的眼睛没有掉过一滴泪。

只有到了此地，在她母亲的身边，她才痛哭起来……

这个开头，明显有许多没有介绍的地方：娜达丽雅和"我"是什么关系？那个被"我们"合力埋葬的丹尼罗又是谁？"我们"为什么要去塔尔巴？小说中说，"娜达丽雅像是铁了心，仿佛把自己的心紧紧地压住，不让它在胸中翻腾"——这话里仿佛有话，有言外之意。这个充满着魅力的开始一上来就显得"有故事"，是从娜达丽雅扑向母亲怀里哭泣的动作开始的，它唤起的是我们的疑问：为什么？为何如此？《塔尔巴》，小说重点介绍的是"我们"带着丹尼罗去找塔尔巴圣母为丹尼罗看病的一路过程，娜达丽雅是他的妻子，在路上，"我们"成了情人，直到无可救药的丹尼罗进入死亡。大部分的故事发生在娜达丽雅扑向自己母亲怀中之前，但小说却没有从"我们三个人一起上路去塔尔巴为丹尼罗治疗"开始，胡安·鲁尔福将它变成了"前史"。那些需要介绍的因素，是在叙述中一点儿一点儿地渗出来的，那么随意、自然，仿佛是水到渠成——这一技法曾让我深深着迷，它，也曾深刻地影响过中国的先锋小说家们。从一个有故事、有魅力的小高潮开始，这样既避免了臃长的背景介绍，避免了叙事上的疲惫，又极为出彩，构成吸引，但它对作家叙事能力的考验也是巨大的。事实上，没有一件事是轻易的，无论哪种方法，要做好要做得精妙都很难，都需要大耐心。

我们再举另一个例子，马尔克斯的中篇《没有人给他写信的上校》的开头：

上校打开咖啡罐，发现罐里只剩下一小勺咖啡了。他从炉子上端下锅来，把里面的水往地上泼去一半，然后用小刀把罐里最后一点儿混着铁锈的咖啡末刮进锅里。

上校一副自信而又充满天真期待的神态，坐在陶炉跟前等待咖啡开锅，他觉得肚子里好像长出了许多有毒的蘑菇和百合。已是十月。他已经度过了太多这样的清晨，可对他来说，这天的清晨还是一样难挨。自上次内战结束以来过了五十六年了，上校唯一做过的事情就是等待，而等到的东西屈指可数，十月算是其中之一。

小说开始于一个电影镜头式的场景，我想象它的色调昏黄，甚至有意识显得旧一些。显然，它不是故事的开始，故事开始应当是在五十六年之前，否则这个上校和他的等待就没有意味了。那之前发生了什么？上校到底在等什么？小说中提到的内战又曾发生过什么？五十六年的光阴是如何过的？这一切，是小说前史的部分，它将会在小说叙述中慢慢地渗出,然而这篇小说同样不是从故事的开始处开始的。

五是直接从大高潮开始,然后倒叙故事。这种方式和上一种较为类似,不做细谈。直接从大高潮开始,它最初的吸引力会是巨大的,然而后面的起伏也不能有太大的衰减,否则故事就变得头重脚轻。这是个难度。

六是猜度阅读者的阅读期待,故意用调侃、反讽、破坏或嘲笑等方式反着来,它说你猜得不对,然而又同时唤起你非要看看我如何不对的阅读兴趣。像 J. D. 塞林格《麦田里的守望者》开头:

你要是真想听我讲,你想要知道的第一件事可能是我在什么地方出生,我倒霉的童年是怎样度过的,我父母在生我之前干了些什么,以及诸如此类的大卫·科波菲尔式废话,可我老实告诉你,我无意谈论这一切。

你们想知道吗?不好意思,我不讲。

莫言有篇小说,《藏宝图》,小说开头的第一句话是:"这个故事从头到尾只有一句真话——这个故事从头到尾没有一句真话。"你们想听真实的故事,想在故事中寻找现实的影子和它的发生，不好意思，这里没有。没有，你还看不看？当然要看，我们可能更想看看，你开诚布公地说自己没有一句真话的小说是怎样完成的，我要是在其中找出真话来呢？它变成了某种博弈，在这点上，作者和阅读者达成默契。

当然还有其他的小说开头方式，从其他的方面考虑的。小说，终有无限的可能，而随着时间推移它的可能会越来越多。我也希望我们一起加入探索者的行列，去发现、开创新可能。

有人说，好的开始是成功的一半，小说开头的重要性也多得到作家们的重视。有许多作家曾谈及，他对小说的人物、故事、结构都已成竹在胸，然而只是苦苦寻不来"第一个句子"，于是他反复斟酌，反复推敲，写下又销毁，直到某一天某一个机缘，他突然找到了这个句子，于是一切都顺流而下，顺理成章……就我个人的写作而言，此言，大致不虚。有时的写作，其关键的打开点就在这第一个句子上。它值得占用课时，值得多下点儿功夫。

第三讲　开头设计

思考题

1. 在被我们言说到的这些开头之外，你是否还能举出一两个让你印象极为深刻的小说开头？为什么它们让你印象深刻？

2. 如果以随意想到的句子为开头，我们是否可以完成一篇很不错的小说？它与我们一直所强调的"设计"是否冲突？

3. 开头的句子和结尾的句子是同一个句子，这样的小说可以如何完成？我们写一篇这样的小说，怎样？

4. 如果我们的小说以喜剧开始，以悲剧结束，那小说开头的锚定性是否就造成了动摇？你认为呢？

第四讲　细节设计

在《故事设计》一节，我们主要谈论的是故事结构，是小说骨髓（主题线）和骨骼（故事线）的"搭建"，而在这一节，我们则进入小说的"内装修"中，完成对局部的掂量、设计。需要特别说明的是，我们在这些局部谈论中将采取极有针对性的"解剖"方式，像医学中所做的那样——也就是说，我们在分析小说的"血管"的时候就会尽可能地抽取属于血管的部分，同时尽可能地不让它带出一毫克的肉来；如果我们试图分析小说的"心脏"，就会尽可能只取属于心脏的部分，同时尽可能地不让它带出一毫克的血、一毫克的肉来……这是技艺分析的必要也是不得不，否则我们无法将任何一种技巧讲得清楚、明白、有感。然而，我们也必须清楚，提醒自己，所有的血液血管、肌肉和脂肪、心脏与肝脏，都与整个肌体紧密相连，它是一架具体的肌体的部分，它不能"独美

第四讲 细节设计

其美",要始终与小说的讲述和讲述诉求无限地"贴",它所呈现出的独特的光芒是与整体的诉求密不可分的。"局部服从整体"是一项基本原则,一项必须始终谨记的原则。

"当一切的结局都已准备就绪,一切情节都已经过加工,这时,再前进一步,唯有细节组成作品的价值。"这是作家巴尔扎克的话,我,深以为然。事实上,我们能够记得的好作品,影响我们的好作品,其中的绝大多数都有细节的力量,甚至,最大可能是——我们记下的就是细节,耐人寻味和具有动人力量的细节。谈及《红楼梦》,和教科书中的给予不同,我们或许可部分地忽略它究竟要说什么,要感叹什么、颂扬什么、鞭笞什么,但我们一下子记起的可能是"黛玉葬花""晴雯撕扇"这类的细节,然后引发感叹;谈及故事繁多、波澜丛生的《百年孤独》,更让我们惊叹和叫绝的可能是奥雷里亚诺上校制造小金鱼然后将它周而复始融化掉的细节,以及俏姑娘蕾梅苔丝乘坐床单飞走、一直上升到"布满了金龟子和大丽花的天空"的细节。谈论一部优秀的、经典的小说作品,细节是最容易被谈论到的,我们可能会忽略或部分地忽略小说的其他议题,但那种独特的、贴切的、具有惊艳之美的细节却从不会被放过——尤其是在作家们的谈论中。好细节太重要了，甚至一个特别好的细节能够"拯救"一篇小说，使它获得卓越的闪光。

有定义说，细节是"文艺作品中描绘人物性格、事件发展、自然景物、社会环境等最小的组成单位"——我不太认可。在文艺作品中，细节有时会是"最小的"部分，甚至可能只是一个词。譬如《阿Q正传》中阿Q在发达之后买酒的细节，鲁迅用出的只是一个词，"扔"，把钱扔在桌上，显示豪迈和发达了的粗犷；而在《孔乙己》中同样有一段孔乙己买酒的细节，鲁迅用出的依然是一个词，"排"，一种具有紧张感的谨慎……但还有一部分细节，则是做得细致、紧密，具有回旋感和铺排感，充溢着不断叠加的细流——它就不能被看作"最小的组成单位"，而是一个极有感染力量的内在组织，自身就有某种完整性：像玛格丽特·杜拉斯在《情人》中、君特·格拉斯在《铁皮鼓》中、马塞尔·普鲁斯特在《追忆逝水年华》中的一些细节描写。谈及细节，其中的"细"和"节"大约都不应被忽视，它要求的是我们在某些重要的节点上，把叙述变成描述和"打量"，细致些，再细致些。

第四讲 细节设计

那,我们为什么要在小说中设置细节,细节可以为小说做什么?

在我看来,细节可为小说做得不可谓不多。

一是参与人物的塑造,让你所书写的人物形象变得更为鲜明。《红楼梦》中,如果没有细节的参与,我们对晴雯的理解、对林妹妹的理解,甚至对刘姥姥的理解都不会那么鲜明,那么深;《水浒传》,鲁智深、李逵等人的形象也是依赖一些印象深刻的细节建立起来的,这些细节甚至为他们"刻画"了鲜明的脸谱;《变色龙》中警官几次对"崭新的大衣"的穿和脱,如果没有这个连绵着的细节,我们对奥楚蔑洛夫这个人、这类人的理解也未必会那么深。参与人物塑造是细节的常见功能,不需要再做更多的举例,这样的例证实在太多了——好的作家会在设计故事细节的时候优先考虑它是否对人物形象塑造有利,至少要做到,这个"唯适的"细节是与人物的心理、性格和故事发展极其妥帖的。

二是奠定叙事的主体基调,具有统摄感和隐喻性。像加西亚·马尔克斯《百年孤独》中上校利用黄金制造小金鱼,然后融化小金鱼让它重新回到金子那个"周而复始"的细节,它暗喻人类和自然不断孕育然后从生到死、再次孕育新生的"周而复始"，暗喻人类在历史进程中且建且毁、且毁且建的"周而复始"，也暗喻某种"意义无效"，它只证实了孤独和价值空无，但我们还必须如此进行下去……莫言的《枯河》中有一段对虎子爬到树上所闻所见的描写，最为核心的，是：

街上的尘土很厚，一辆绿色的汽车驶过去，搅起一股冲天的灰土，好久才消散。灰尘散后，他看到有一条被汽车轮子碾出了肠子的黄色小狗蹒跚在街上，狗肠子在尘土中拖着，像一条长长的绳索，小狗一声也不叫，心平气和地走着，狗毛上泛起的温暖渐渐远去，黄狗走成黄兔，走成黄鼠，终于走得不见踪影。

莫言用极为平静的语调书写一个生命遭遇的疼痛和惊心动魄，它本质上也是这篇小说的整体基调，甚至还暗示了小说主人公虎子之后的可能——他最终，是因为过失而被自己的父亲打死的，在这个过程中，他就像那只黄狗，一声也不叫，"心平气和"地进入自己的死亡。

布鲁诺·舒尔茨的《鸟》一直是我十分喜爱的短篇，他写下，冬日来临，经商失败的父亲变得越来越慵懒，对眼下的事物和"月底该付的账单"了无兴趣。"我们第一次注意到父亲对动物的强烈的兴趣"——父亲在阁楼上养起了鸟。布鲁诺·舒尔茨说，父亲投入大量的精力和钱财，从汉堡、荷兰以及非洲的动物站点购置来各种鸟蛋，然后用从比利时进口的母鸡孵化这些鸟蛋。父亲的努力没有白费，他的饲养是成功的，鸟们被孵化出来同时慢慢长大，这时，那个隐喻性的细节出现了："他有时完全走神，从桌边的椅子上站起来，摆动着两条胳膊，好像胳膊就是翅膀，然后发出一声悠长的鸟鸣音。接着，他表现出颇为窘迫的样子，跟我们一起哈哈大笑而了之，试图把整个事情搪塞成一个玩笑。"——要知道，布鲁诺·舒尔茨书写的是父亲，这个父亲，他脱离了日常，脱离了困囿于日常的我们，脱离了他的债务和责任，而在鸟群中找到了相像。我相信许多读这篇小说的人都会读出某种莫名的心酸。而这，也是整篇小说的叙事基调。

三是形成高潮，让情绪有个爆发点。 它同样也是细节常用的功能之一，甚至可能是最为显赫的一个功能，故事高潮往往会建立在细节上，它们之间的关系极为紧密。我还是先从我们熟悉的文字谈起。都德，《最后一课》，法国的某种"尽头"，被占领中的他和他们是无法想象多年之后法国还会恢复的,所以在最后一课中,包含着巨大的悲切。故事一点儿一点儿,积累,推进,埋伏,揭开,同时也把阅读者的情绪调到一个高度,这时,故事进入它需要的高潮,细节出现了:

"我的朋友们啊,"他说,"我——我——"

但是他哽住了,他说不下去了。

他转身朝着黑板,拿起一支粉笔,使出全身的力量,写了几个大字:

"法兰西万岁!"

然后他呆在那儿,头靠着墙壁,话也不说,只向我们做了一个手势:

"散学了,——你们走吧。"

在这个细节中,我们可以感受到高潮的到来,以及它戛然回收时的回音与溢出,那种经久不息的力量感。

鲁迅的《阿Q正传》中有一段阿Q刑前画押的细节描写:

阿Q要画圆圈了,那手捏着笔却只是抖。于是那人

第四讲 细节设计

替他将纸铺在地上,阿Q伏下去,使尽了平生的力画圆圈。他生怕被人笑话,立志要画得圆,但这可恶的笔不但很沉重,并且不听话,刚刚一抖一抖的几乎合缝,却又向外一耸,画成瓜子模样了。

这个行为细节,具体、形象、生动地反映了阿Q的性格特点——直到死还恪守着自欺欺人的"精神胜利法",它对故事形成了推高,意味悠长。

我写过一篇小说,叫《乡村诗人札记》,写父亲,是一个乡村诗人、民办教师,他固执地写着那些平庸的诗,经历着生活给予的种种挫败,这当然是层层叠加的,他在摆荡,挣扎,自命不凡却又……把他的故事推向高潮的是一个细节,一个我想了很久才设计出来的细节:过年了,父亲给邻居写好了对联而自己家的还没有写。当然他要遭受母亲的唠叨和白眼,这时又有了另一层的挫败,他给校长去送酒但最后是他把酒又原封不动地提了回来。这是压倒骆驼的稻草之一,而这时,它更有重量。

他打开了一瓶酒。我不知道母亲为何没有制止他,他一边写字,一边用酒瓶的铁盖倒酒,他没用杯子。一副,两副。大门的，屋门的，横批。我父亲写得很快，那瓶酒也喝得很快。

还剩下一张纸。他没叫我收起来，而是面对它在那里坐着，一瓶盖、一瓶盖地喝着酒。他站起来，蘸满很浓的墨，那种劣质的墨汁有一股难闻的气味，臭烘烘的。

我父亲，在红纸上写了一首诗。他用的依然是楷体，但比平时减少了一些花哨。他写得并不快，仔细想好了才落笔。至今，我依然觉得那是他写得最好的一首诗。最好的。然而，我记不清它的内容了，只记得那时感觉胸口被撞了一下，有些心酸，有些或浓或淡的味道涌了上来。

我记不清它的内容了，我父亲也早将它忘了，它并没有被抄录到笔记本上。那天晚上，我父亲写完它，又重新看了两眼，然后将倒在碗里的墨汁全部倒在那张红纸上。他一点儿一点儿地将墨汁在红纸上涂匀，让红纸慢慢变成了黑纸。

做这些的时候，我父亲神情平静，心平气和，只是，被酒烧灼的鼻孔没发挥好作用，使他喘息的声音有些粗。

相似的，还有《永别了，武器》中曾被海明威改写了三十九遍的结尾：

>……我往房门里走去。
>"你现在不可以进来。"一个护士说。
>"不，我可以的。"我说。
>"目前你还不可以进来。"
>"你出去。"我说，"那位也出去。"

如果我们仔细阅读，就会发现，几乎所有故事性的小说文本都会有个高潮，而这个高潮的到来，很大程度上都依靠细节的推动。

四是构成深度，让故事变得更加耐人寻味。这是现代小说（或者可以加上现代戏剧）的一个新有设计，当然这个新本质上是从旧有中衍生出来的，只是在现代小说中被大大地强化了。而这部分的设计也较之以往的小说呈现更有设计感和隐喻性，它并非仅仅用以表现生活的细微，并非仅仅用于展现作家对生活情境的熟悉，而是埋伏下深意，让你思索，让你触动。在弗兰兹·卡夫卡的《变形记》中，有一段貌似"复原"的生活场景的细节描写，让变成了甲虫的格里高尔隔着门缝得以看见，父亲、母亲和妹妹围坐在客厅桌子边的家人聊天，以及父亲的瞌睡和两个女人的疲惫。接下来他写道：

父亲脾气真执拗，连在家里也一定要穿上那件制服。他的睡衣一无用处地挂在钩子上。他穿得整整齐齐，坐着坐着就睡着了，好像随时要去应差，即使在家里也要对上司唯命是从似的。这样下来，虽则有母亲和妹妹的悉心保护，他那件本来就不是簇新的制服已经开始显得脏了，格里高尔常常整夜整夜地望着纽扣老是擦得金光闪闪的外套上的一摊摊油迹，老人就穿着这件外套极不舒服却又是极安宁地坐在那里进入了梦乡。

制服，在这里有着双重的象征，一重是身份和工作的象征，也是经济来源和"我"在付出、"我"是有用的人的象征；一重是"父亲"这一称谓的象征，它象征着这个家庭中的威权，具有保护者和惩罚者的双权利。于是，父亲的这一"不肯脱"便产生了耐人寻味的意味，特别是卡夫卡提醒我们，穿着它睡觉并不舒服。制服，在这里具有掩饰感和面具性，父亲对它的"钟爱""不肯脱"本质上是对其象征意味的在意和钟爱，同时又有一种蜕掉制服自己立刻变成软体动物的内在恐惧。同时，三个人的聊天（缺少了格里高尔之后）有一种属于家庭的、温暖和客气的光，它在灯光的渗透下显得那么温情——然而，在这里，依然在"家庭中"的格里高尔却已经是遗弃之物，没人想到他也没人提到他……这里的温情脉脉与本质上的冷酷、决绝形成张力，"温情脉脉"悄然地显现了它的表演性质。

君特·格拉斯，奇妙和魅力非凡的《铁皮鼓》，它书写的是二战，二战时但泽人的生活和小说主人公奥斯卡的生活。第二章，蚂蚁大道，德国战败，苏联军队进入德国，其中有一段对"我家地窖"进行搜查的细节，在那次的搜查中，奥斯卡的"父亲"马策拉特被结束了生命。他之所以被结束生命，是因为一枚纳粹的党徽：它无处藏匿，在最为关键的时刻，我将它当成"糖果"递给了这个"父亲"。

但是，马策拉特想摆脱它，作为厨师和殖民地商品店橱窗的装饰师，他的想象力经常证明是切实可行的，可此刻，除了他的口腔之外，他再也找不出第二个藏匿处来了。
这样一个短促的手的动作是何等重要啊！从手里进入

嘴里，这就足以把一左一右和平地坐在玛丽亚身边的两个伊凡吓一跳，把他们从防空床上赶跑。他们用机枪对准马策拉特的肚皮。这时，人人都可以看到，马策拉特正使劲把什么东西吞下去。

——伊凡，苏联战士的到来和"和平地"坐下是有寓意的，但我们更看中纳粹党徽所携带的寓意，以及马策拉特吞咽它、让它在口中藏匿起来的寓意。马策拉特的"欲盖弥彰"招致了后果，这一后果是有寓意的党徽给的，是一种盲目的从和信给的，它其实寓示着马策拉特难以摆脱的"纳粹性"，"洗脑"对于普通民众的真实和有效。"我"把党徽递回"父亲"的手上，让他在一瞬间进退失据进而"暴露"出自己，被本就敏感的伊凡开枪杀害——它又暗含了西方文学传统中的"弑父"情结，在这里，"弑父"依然是以一种无意和过失的方式来完成的，君特·格拉斯强化了它和传统之间的勾连与互文，强化了它的寓意性……

海明威的小说《永别了，武器》中也有一个很有意味的细节，它写下的是火焰和火海里的蚂蚁。这些蚂蚁，原本是"住在"房梁上的，这时火焰来了，它烧到了房梁,那些木梁纷纷倒在了火海里。亨利看到,成群的蚂蚁相互践踏,在火焰逼近房梁的一端时便疯狂地涌向另一端,而当它们费尽心力爬到另一端时,却发现那里也已经是一片火海。它们不停地来来回回,这个过程中不断有蚂蚁被挤入火海,蚂蚁的数量越来越少而蚂蚁逃命的空间也越来越小,它们没有出路。这一细节当然是人物命运的暗喻,是亨利在战争中的逃避以及无路可逃的暗喻。

事实上,像《百年孤独》中上校利用黄金制造小金鱼,然后融化小金鱼让它重新回到金子那个"周而复始"的细节,像《阿Q正传》中阿Q刑前画押的细节描写也都具有"可怕的"深度。

五是通过细节建立和强化真实感,让阅读者"身临其境",并相信它的发生。《安娜·卡列尼娜》,其中列文和农民们一起去割草那段细节,重点写下的是一个熟练的老人:

遇到小丘的时候,他就改变他的动作,时而用靠近手的刀口,时而用刀尖,以短促的突击从两侧去刈割小丘的草。而当他这样做的时候,他不断地观看和注意呈现在他眼前的事物:有时他拾起一枚野果,吃下去或给列文吃;有时他用镰刀口砍下小枝;有时他去看鹌鹑的巢,鸟就从镰刀下飞走；或者是去捉一路上的蛇，用镰刀挑起，如像用叉子叉起一样，给列文看了，然后把它扔掉。

作家邢军纪曾说过，列夫·托尔斯泰笔下的这个草原，让我们嗅到了青草和花香的气息，品味到了"带点儿洋铁勺子的铁锈气味的微温的水"，以及太阳炙烤脊背的感觉和"散发芳香的草被刈割的时候发出的有油汁的声音"。——这样的细节很容易将我们带入，让我们仿佛自己也置身于它所书写的环境中。

威廉·福克纳，《我弥留之际》：

我们看着他绕过屋角登上台阶。他没有看我们。"你们准备好啦？"他说。

"就等你把牲口套上了。"我说。我又说："等一等。"他停住脚步，望着爹。弗农吐了口痰，人一动也不动。他一丝不苟异常精确地把痰吐在长廊底下有一个个小坑的尘土里。爹的两只手在膝盖上慢腾腾地来回蹭着。他的目光越过断崖的顶尖，越过了田野。朱厄尔瞧了他一会儿，走到桶边又喝了一些水。

"我跟任何人一样不喜欢犹豫不决。"爹说。

"能拿到三块钱呢。"我说。爹背部隆起的地方衬衫颜色比别的地方淡得多。他衬衫上没有汗渍。我从未见过他衬衫上有汗渍……

这段细节描述中充满了电影感,我们很容易就会透过机位上的镜头清晰看到,甚至看到它的光源来自哪里和光线的强度。而"爹背部隆起的地方衬衫颜色比别的地方淡得多"一句则显现了作家对于生活的熟稔,尽管它并不显山露水。

写下生活现实、必须用"仿生学"来处理的此类小说当然要通过细节来强化真实感,而那些明显虚构、从一开始就告诉你"这个故事不是真的"的那类小说,同样需要使用"仿生学"的技巧设计某些细节,给人以带入感,让他们相信这个虚构中的真实和真情。譬如在卡夫卡《变形记》中,有一段格里高尔试图为父亲和办公室主任开门的细节,变成甲虫的他如何使用他不听使唤的、多出的腿,如何使用上下颚来转动门把手,如何不自控地任由口中滴淋下的黑褐色液体滴在门把手上,滴在地上。在那一细节中,格里高尔是以一种真实的甲虫形态出现的,尽管在大脑里还有"人的意识",但身体已经完全是甲虫的，这里的细节设计也是完全按照甲虫的可能来写的。而在被称为"魔幻现实主义"的经典小说《佩德罗·巴拉莫》中，它的某些细节也完全具有"仿生学"意味，尽管里面的主人公已经是死人：

"你想让我相信你是闷死的吗，胡安·普雷西亚多？我是在离多尼斯家很远的那个广场上遇到你的。那时他也在我身边。他说你正在死去。我们将你拖到大门边的阴凉处，你已经全身僵硬，像那些被吓死的人那样全身抽搐。要是如你说的那个夜晚没有供我们呼吸的空气，那我们就没有力气将你拖走，将你埋葬了。你看，我们不是正在埋葬你吗？""你说得对，多罗脱奥。你是说你叫多罗脱奥吧？""叫什么都一样，尽管我的名字是多罗脱阿。反正都一样。""多罗拉阿，确实是那些低声细语杀害了我。""在那里你将找到我的故地，那是我过去喜爱的地方。在那里梦幻使我消瘦。我那耸立在平原上的故乡，绿树成荫，枝繁叶茂……"

这里由两个人的对话构成，而讲述的事件则是，其中一个对话者胡安·普雷西亚多的死亡和后续。然而，作家胡安·鲁尔福还是将这段明显是虚构的对话和场景做得扎实,细节,"有真实感",仿佛生活中真的有这样的故事发生一样。像电影《阿凡达》《星球大战》,像 J. K. 罗琳《哈利·波特》中的一些细节,都会在努力建构真实性上下足功夫。越是有明显虚构性的小说,越是要在细节上落实,才能不使它的阅读者"跳戏",生出怀疑。

六是细节,还可以是艺术魅力、文学陌生感的重要支撑,它构成强烈的趣味性。《百年孤独》,何塞·阿卡迪奥被人暗杀后,马尔克斯为他流出的血安排了这样的细节:

一道血线从门下涌出,穿过客厅,流到街上,沿着起伏不平的便道径直向前,经台阶下行,爬上路栏,绕过土耳其人大街,右拐又左拐,九十度转向直奔布恩迪亚家,从紧闭的大门下面潜入,紧贴墙边穿过客厅以免弄脏地毯,经过另一个房间,划出一道大弧线绕开餐桌,沿秋海棠长廊继续前行,无声无息地从正给奥雷里亚诺·何塞上算术课的阿玛兰妲的椅子下经过而没被察觉,钻进谷仓,最后出现在厨房,乌尔苏拉在那里正准备打上三十六个鸡蛋做面包。

作家为流出的血液安排了神经,让它独自去"寻找回家和报信的路",一下子便让人记住了它。而在《红楼梦》中,刘姥姥初进大观园第一次见到自鸣钟时的细节:

……刘姥姥只听见咯当咯当的响声,大有似乎打箩柜筛面的一般,不免东瞧西望的。忽见堂屋中柱子上挂着一个匣子,底下又坠着一个秤铊般的一物,却不住的乱晃。刘姥姥心中想着:"这是个什么爱物儿?有甚用呢?"正呆时,只听得当的一声,又若金钟铜磬一般,不防倒唬的一展眼。接着又是一连八九下。方欲问时,只见小丫头子们一齐乱跑说:"奶奶下来了。"平儿与周瑞家的忙起身,命刘姥姥:"只管等着,是时候我们来请你。"……

司空见惯之物在作家笔下变得"仿如初见",一下子变得趣味盎然。这类的细节,在必要的时候使用一下,当会让人耳目一新。

七是有些细节的设计,还是作家自我"智力博弈"和让自己获得"创造快感"的方式之一。譬如君特·格拉斯《铁皮鼓》中,作家塞给主人公奥斯卡"唱碎玻璃"的魔幻性细节,它可能并不是出于寓意和深刻的考虑,也不是出于陌生化的考虑，而是——在自己艰难完成一部史诗的过程中释放自己的想象、搏自己快乐的"自私性"想法。他要在一个相对漫长的写作中为自己"寻找"个人自由书写的快感，让自己有气力、有趣味继续下去，投入这一卓绝工作中。我在自己的长篇《如归旅店》《镜子里的父亲》的写作中，也曾有类似的这种"设计"，事实上"留给自己"是许多小说作家会有的预设，只是多数作家可能并不愿意如此承认。作为写作者，我想我知道某些细节的设计完全是写作者的自我游戏，借以抵抗建造过程中的倦怠与疲惫，这一趋向隐晦但又存在着。

八是借助细节的"节点"完成故事的前后连贯，给人留下喘息和小小的凝滞。有时，细节还可以构成有意的闲笔，从故事的核心发展中旁逸出去，它多少会"冲淡"故事到达高潮时的紧张感，但又从本质上加重着即将到来的高潮的重量……我有一个极为固执的偏见，就是反对"本质无用"的闲笔，而这个"本质无用"的闲笔如果太过强大的话则更是我所反对的，挂不到树上的苹果不应当要。但，有些貌似闲笔的细节其实是有迂回感的"补笔"，它其实是有用的。

细节还可以做到什么？我觉得它可以做到的还有许多

许多，以我有限的阅读很难穷尽它的全部，而且任何一种技术运用在后来的大作家那里，都可能会有出人意料、让人惊艳的妙用，让自己的这一妙用成为"未有"的新补充——它，也必须是我们所要的努力。之所以梳理细节在小说中"可以做到的"，其目的是让我们在写作中得以清晰：我在写作这一篇小说的时候、在这里需要一个细节的时候，我将怎样设计？它在这里会更多地发挥哪一方向的作用，能如何裨益小说的呈现？

随物赋形，依然是设计细节的时候要重点考虑的，我们所设计的细节要与故事发展、事件环境、人物性格、人物的处世方式和见解紧密相连，要"量体裁衣"，要符合故事开始前设定的逻辑原则，"接受它的必然后果"。同样是买酒，阿Q的买和孔乙己的买是不同的，是完全不能混淆的，这里的细节设定是根据人物性格、心理和习惯来作出的；刘姥姥进大观园看到自鸣钟的那个细节也只能"专属"于她，换给林妹妹、晴雯、赵姨娘甚至焦大，都是不行的，不合适；林黛玉的葬花一节，那个细节也具有强烈的"专属"性质，如果我们试着将它换成大观园里另外的姊妹也是不行的，尽管有些人与她经历、见识大抵接近。

第四讲 细节设计

唯适性——细节在一部小说里的一次性使用——也是我们要顾及的。在谈论小说的故事结构的时候我们也曾特别地谈及过，唯适性原则是小说的每一设计中都需要遵守的原则之一，它保证故事的新颖和独特。这里不再赘述。

细节之节，它需要安排在重要的、关键的节点上，这里的"节"需要重视。之所以使用细节，就是试图让故事在重要的、关键的点上有所突出，有所凝滞，从而带来情感的打动和对人物命运的审视，是故，选择在哪些点上做细节、做足细节是我们要认真考虑的，它很重要。在一篇小说中，一般而言需要设置细节的点应当会有多处，甚至数十处、上百处（针对长篇），在将细节做细的同时我们还需要仔细掂量，它们之间的对比和平衡，哪些需要在突出的基础上更突出些，要有强、弱、次强等不同的用力。我想我们需要知道，平均用力一定是写作的大忌，如果我们将一篇小说中的细节做得同样壮硕或者同样干萎也是不可取的。

"对小说讲述、故事发展和建立高潮有裨益，对形成情感涡流有裨益，对人物形象塑造有裨益"，这里的"裨益"性也是我们在细节设计过程中要考虑的，甚至是第一考虑——否则我们要细节干吗？细节，一定是小说值得仔细打量、值得反复思忖和值得不断回味的重要的点，是其中被线穿起的珍珠。好的细节就如同是故事的眼睛。有用，有效，同时又是"最佳表达"，是小说细节设计的关键所在。一般而言，诸多作家在细节的有用有效上做得都是不错的，但在"最佳表达"上，则常有匮乏；而它，往往又是决定这部小说是好作品还是大作品的分野之一。如果我们仔细回顾，那些伟大的经典之作，在细节设计上基本都是做到了有用有效并且是"最佳表达"，一旦换成另外的细节，它的魅力感和独特性就会有所减损。

在余华的随笔集《内心之死》中，有一段关于"杀人"的细节比较，两篇作品，都是相当的名篇：一篇是福克纳的《沃许》，短篇，另一篇是陀思妥耶夫斯基的《罪与罚》，长篇。福克纳写下有些年纪的奴隶沃许·琼斯杀了自己的主人塞德潘，原因是，这个六十岁的老爷使他只有十五岁的外孙女怀孕并生下了孩子，可恶的是，塞德潘并不关心女孩的生产，他的关注更多地在马驹的生产上，在他资产的增加上。最终，沃许·琼斯用塞德潘的镰刀杀死了塞德潘。对于"杀人"，福克纳用的是简笔，简得不能再简，甚至，他都没有去写杀人的过程，用出的，只是一句暗示："他的手里握着那把镰刀，那是三个月以前跟塞德潘借的，塞德潘再也用不着它了。"福克纳写下的是"后面"，这个后面的发生也是相当简短有力的。杀人后的沃许显示了出奇的平静，他帮助外孙女喝了水，然后又对她的眼泪进行了安慰。不过他的动作是"笨拙"的，他站在那里的姿态是"硬挺挺"的，而且阴沉。他得到了一个想法，一个与砍死塞德潘毫无关系的想法："女人……她们要孩子，可得了孩子，又要为这哭……哪个男人也明白不了。"然后他坐在了窗口。福克纳继续写道：

整个上午，悠长，明亮，充满阳光，他都坐在窗口，在等着。时不时地，他站起来，踮起脚尖走到草垫那边去。他的外孙女现在睡着了，脸色阴沉，平静，疲倦，婴儿躺在她的臂弯里。之后，他回到椅子那儿再坐下，他等着，心里纳闷为什么他们耽误了这么久，后来他才想起这是星期天。下午过了一半，他正坐着，一个半大不小的白人男孩拐过屋角，碰上了死尸，抽了口冷气地喊了一声，他抬头看见了窗口的沃许，霎时间好像被催眠了似的，之后便转身逃开了。于是，沃许起身，又踮着脚来到草垫床前。

在这里，我愿意抄录余华关于这段描述的阐释：

显而易见，福克纳在描写沃许内心承受的压力时，是让叙述中沃许的心脏停止跳动，而让沃许的眼睛睁开，让他去看；同时也让他的嘴巴张开，让他去说。可怜的沃许却只能说出一生中最为贫乏的语言，也只能看到最为单调的情形。他被叙述推向了极端，同时也被自己的内心推向了极端，于是他失去掌握自己命运的能力，而叙述也同样失去了描写他内心的语言……

在这里，细节不细，福克纳是简的，他有意略过了那个有强烈紧张感甚至血腥的节点，故意不着力，而把笔墨重点放在"细节之后"，"沃许砍死塞德潘之后，福克纳的叙述似乎进入了某种休息中的状态，节奏逐渐缓慢下来，如同远处的流水声轻微和单纯地响着"。

——现在，我们进入另一个杀人的故事中，看同样的细节陀氏是如何处理的。余华说：

……陀思妥耶夫斯基则是让拉斯柯尔尼科夫"把斧头拿了出来，用双手高高举起，几乎不由自主地、不费吹灰之力地,几乎机械地用斧背向她的头上直砍下去"。

紧接着,陀思妥耶夫斯基令人吃惊地描叙起那位放高利贷老太婆的头部,"老太婆和往常一样没有扎头巾。她那带几根银丝的、稀疏的、浅色的头发照常用发油搽得油光光的,编成了一条鼠尾似的辫子,并用一把破牛角梳子盘成了一个发髻。这把梳子突出在后脑勺上"。

陀思妥耶夫斯基以中断的方式延长了暴力的过程,当斧头直砍下去时,他还让我们仔细观察了这个即将遭受致命一击的头部,从而使砍下的斧头增加了惊恐的力量。随后他让拉斯柯尔尼科夫再砍两下,"血如泉涌,像从打翻了的玻璃杯里倒出来一样,她仰面倒下了……两眼突出,仿佛要跳出来似的……"。

陀思妥耶夫斯基噩梦般的叙述几乎都是由近景和特写组成,他不放过任何一个细节,而且以不可思议的笨拙去挤压它们,他能够拧干一条毛巾里所有的水分,似乎还能拧断毛巾。没有一个作家能够像陀思妥耶夫斯基那样,让叙述的高潮遍布在六百页以上的书中,几乎每一行的叙述都是倾尽全力,而且没有轻重之隔,也没有浓淡之分。

图财害命的拉斯柯尔尼科夫显然没有沃许·琼斯的平静,或者说陀思妥耶夫斯基的叙述里没有平静,虽然他的叙述在粗犷方面与威廉·福克纳颇有近似之处，然而威廉·福克纳更愿意从容不迫地去讲述自己的故事，陀思妥耶夫斯基则像是在梦中似的无法控制自己，并且将梦变成了梦魇。

——不只是余华，有许多的作家都愿意在他的阅读中，把某一主题相似、内容相似的细节放在一起比较，我也愿意建立起这样的习惯，也希望真正有志于写作的朋友们建立这样的习惯，我相信它会更加迅速地让我们进入文学内部，理解并掌握其中的设计，理解细节设计的多样性。

继续以"杀人"的故事为线，马原在他的讲稿《虚构之刀》中列举了海明威短篇《弗朗西斯·麦康伯短促的幸福生活》中的细节，在那里，杀人（女人在狩猎时"失手"杀死了自己的丈夫）是意外还是有意最终也是个谜，这个细节本身已是高潮，然而海明威并不惯常地停止，而是继续推进，用对话推进，用情绪推进，在我们以为已经停止和可能停止的点上又上一步，两步，三步……同样，在马原《虚构之刀》的另一篇文字《另一种悬念》中，他枚举了更多的"杀人故事"：森村诚一的《人性的证明》,加缪的《误会》,杜鲁门·卡波特的《冷血》,诺曼·梅勒的《刽子手之歌》,西奥图·德莱塞的《美国的悲剧》,陀思妥耶夫斯基的《卡拉马佐夫兄弟》,豪尔赫·路易斯·博尔赫斯的《等待》,等等。

这种比较,会让你明白,作家对于细节的把握和其中的差异,差异之间的优势、特点和原因;会让你明白,细节的设计与设计的分寸;会让你明白,细节设计的基本原则和它们之间的融合性、共通性。

在小说的写作中,我们需要的"细节"怎样得来?

一是从日常和生活中获取——当然它未必仅限于个人生活,要知道我们的汲取从来都是综合的、混合的,可以来自记忆,可以来自当下感受,可以来自道听途说和新闻报道……可对生活的仔细观察从来都是需要的、必要的。我们的日常,在我们生活着的每一天,都有大量"细节"出现。对它们的观察和记忆很可能会在某一时刻"突然地"补益到我们的创作,而它们,有时会更有力量和丰富性。史铁生的《我与地坛》《合欢树》《几回回梦里回延安》中大量动人的细节就是例证。宁肯的《天·藏》,一只狗趴在教室里"聆听"书声的细节,孩子将自己的鞋子投放水上看着它漂走的细节也都源于生活和生活观察。来自生活的这些细节往往会生动、有趣，有某种"毛茸茸"的东西在。当然，从生活中获取的细节并不是不需要设计和改变，它往往是一个源头，而我们的细节往往会发展为湖泊。我的小说《那支长枪》中有一个父亲编织粪筐的细节，这个细节源自生活，源自我的姥爷——在我一系列关于父亲的小说中，姥爷的因子更重一些，我更多是参照他和他的习性在"父亲"的身上"添油加醋"的。在我的记忆里，姥爷是一个木讷少语的人，他的确编过粪筐，而且不止一个，我姥姥对他的技能很是不屑，得承认，姥爷是个笨人。好，在写作这篇关于父亲的小说时，我将这一细节从生活里拿来，然后根据需要加以改造，重新赋予。其中有这样一段：

在这次枯井中的自杀结束之后父亲平静了一段日子，他身后那影子淡了又淡，在那段日子里他开始专心致志地对付自己身上的病痛，在他身上的那种怪味中又增加了一些草药的气味，这让他更加难闻……他注意的只是编的过程。在这个过程中，我父亲对付那些柔韧的柳条一直是咬牙切齿，他仿佛跟柳条有着巨大的仇恨。进而，他跟编好的粪筐也有了巨大的仇恨，在每编完一个之后他都狠狠地踢上几脚,在粪筐散架之前放到一边,再也不看它一眼。

咬牙切齿是我给的,在生活中我的姥爷从未如此;踢过去的那几脚也是我给的,在生活中他也从未如此。不只如此,后来,出于需要,我又加了一段:

……再后来,张大瘸子家的又坐了一会儿就离开了,我父亲继续编织他仇恨着的粪筐。他的粪筐对他也具有同样的仇恨,它丑陋极了。最后我父亲和它之间的战争终于爆发了,父亲把它抢了起来重重地砸在地上,他跳上去对着那些柳条踩着,踩着,地上一片柳条折断的声音。这时我母亲回来了,父亲没有理她。他继续着刚才的动作,折断的声音在他小腿下面响成一片,他大口大口地喘着气,喘着气。

这场所谓的爆发完全是我的添加,生活中没有出现,但,我相信它有出现的可能。我把"可能"抓在手上,让它成为故事里最有意义和意味的细节。

二是依据人物性格特征、事情发展逻辑来设计细节。这里的"专属性"会更强,特色也更鲜明。在查尔斯·

狄更斯的《荒凉山庄》中，有一个关于弗莱特小姐养鸟的细节，她养了二十笼鸟。

她说道："头先我养这些小生灵是为什么呢？身为被监护人的都懂。我有意将它们放生。等我的判决下来的时候。是——啊，话虽这么说，它们却死在牢里了。傻东西，可怜见的，它们的命比法庭程序短得多，于是一个个地死去，一笼笼地死去，不知死了多少了……"

这些关在笼子里的鸟儿，和弗莱特小姐几次重复的三个词"青春""希望""美貌"构成内在的关系，"而鸟笼的围杆仿佛投下阴影，把青春、希望和美貌的象征拦在樊笼中"，弗拉基米尔·纳博科夫在《文学讲稿》中如是说。弗莱特小姐关在笼中的鸟儿和她的漫长诉讼，以及她反复说出的那三个词，是依据人物性格特征来设计的。

伊塔洛·卡尔维诺《分成两半的子爵》中"坏子爵"那些破坏性的细节：

……仆人们一路小跑，来到一棵梨树下，头一天傍晚他们还看见那上面晚结的果子尚未成熟。"你们看那上面。"一个仆人说。他们朝在曙光逆照中挂着的梨望去,都惊呆了。因为梨都不是完整的了,变成了许多个被竖切一半的梨,每一个还都挂在各自的把柄上,而且每只梨都只剩下右边的一半(或者说是左边的一半,这要看从哪边望过去了,但是都留着相同的半边),另外那半边不见了,被切掉或咬掉了。

之后,他们还发现了跳跃着的半只青蛙,绿叶掩藏着的半个甜瓜,一个个切成一半儿的蘑菇……这些细节的出现是依据半身的梅达尔多设计的,小说要借此呈现率先归来的梅达尔多的性格特点和看世界的个人眼光,因为在他看来"这个世界只有在被破坏之后才会变得更完整",小说用细节的方式建构起故事的"寓意"。我们前面提及的《变色龙》也是如此。它未必是来自直接的生活,而是来自生活感受,它们是将感受在一系列复杂、深刻的变动之后复还给生活,成为故事中的细节的。

三是依据故事的"象征性"和人物的"命运性",设置具有预言感的细节,从而形成某种呼应。我们前面提及的海明威在《永别了,武器》中蚂蚁在燃烧的房梁上来回奔跑踩踏的细节,马尔克斯《百年孤独》中上校利用黄金制造小金鱼，然后融化小金鱼让它重新回到金子那个"周而复始"的细节，莫言在《枯河》中写下的小黄狗拖着自己的肠子一声不吭地走成黄兔、走成黄鼠最后消失不见的细节，均属此类。在福楼拜的《包法利夫人》中，有一段关于爱玛·包法利处理自己婚礼花束的细节：

有一天，预备动身，她归理抽屉，有什么东西扎了手指。原来是一根铁丝，捆扎她的结婚的花束用的。橘花已经在灰尘中变黄了，银绳条缎带沿边也绽了线。她拿起花，将它扔进了火堆。它烧了起来；比干草还快，随后在灰烬里，仿佛有一堆小小的红树，在慢慢销毁。她望着它燃烧。小纸果裂开，铜丝弯弯曲曲，金银花带熔解；纸花瓣烧硬了，好像一只一只黑蝴蝶，沿着壁炉，飘飘摇摇，最后，飞出烟囱去了。

它其实是在暗喻包法利夫人几年之后的自尽，与这个结局构成内在呼应。中国的古典小说也极其喜欢设置这样的暗示性细节。

四是为呈现思想性和思想深度而设计的细节。这是现代主义小说、后现代主义小说最常使用的一种设计方式，已成为普遍。卡尔维诺《树上的男爵》第二十四章，里面有一段关于柯希莫的写作和印刷的细节，布满了童话般的想象和趣味：

有时候在排字夹柜和纸张之间落下一些蜘蛛、蝴蝶，它们的形象被印到了书上；有时候一只睡鼠跳到油墨未干的纸上，尾巴把整张印好的东西都扫脏了；有时候松鼠拿走字母盘中的一个字母，带回洞里，以为是可以吃的东西，比如大写的字母Q，它那圆而带把儿的形状被当成是一只水果。柯希莫在这种情况下，只好在一些文章中用大写的C凑合着代替……

略过想象和趣味，我们直接进入象征：蜘蛛和蝴蝶被"意外"地印到书上，成为书上的图案和内容，在我看来，它其实象征的是"书写的丰富和意外"，是阅读者根据自己的经历经验和感受来完成的填充，它不是"文字之里"，但是读者能够读出的；印好的东西被扫脏了，有了污痕，文字的洁净度（纸张的，背景的）受到了损害，它是否暗示文字中的模糊、幽暗和不明？它是我们语言的一个限度？而丢掉了Q用C代替——我认为，卡尔维诺要说的是，在这部（包括所有）"关于理想、梦想和幻想"的书中，言说都是不够彻底的，表达和文字表面总存在着差异和"误读"，许多的想说和说出之间距离明显，有时，它们还不得不依赖象征、比喻和寓言的方式来阐释、替代……

《铁皮鼓》，"演讲台"那一节，君特·格拉斯试图通过他设计的细节来展示和认识纳粹，宣传历史和它的反抗。我们先看一个轻质的细节，那就是，贝布拉亲吻了"我"的额头，对"我"说："奥斯卡，切莫站在演讲台前。像我们这样的人，应当站在演讲台上！"——演讲台，其实是权力，是言说的口，是居高，是对他者的指挥和召唤，这点无须过多解释，它的意味深长处在于，这个贝布拉是个侏儒，是一家马戏团的团长。侏儒，马戏团团长，和象征权力、指挥的演讲台联系在一起一下子就有了更多，就有了深度，有了对二战时德国、纳粹的多重反讽。马戏团团长进入权力和指挥中，他会如何使用他的这一权力？会指挥上演怎样的马戏？侏儒，畸态的矮小者，凭借演讲台他会高大起来吗？进而，宣传与言说，战争和侵略会使一个二流时代的矮子获得高大形象吗？接着，君特·格拉斯顺着贝布拉"切莫站在演讲台前"的忠告而

第四讲 细节设计

让奥斯卡蹲到了演讲台下，小说用奥斯卡的口吻这样解释：

> 我想提个建议，所有的人在他们聚集于演讲台正面之前，应当先了解一下演讲台背面是什么模样。不论是谁，只要从背面看过演讲台，而且看个仔细的话，他就立刻被画上了护身符，从此不再受演讲台上任何形式的魔术的诱惑……

蹲在演讲台下面的细节其本意是反思的，从另外角度观察的。接下来，君特·格拉斯再进一步，让蹲在演讲台下的奥斯卡敲起鼓，他的鼓声干扰了少年队和希特勒青年团的鼓手，音乐改变了，宣传场所最终变成了一场有欢快感的舞会，"严肃"被大大地消解：

> 在五月的草场上，那些还没有跳舞的男人都争先恐后地去抓还能找到的女舞伴。唯有勒布扎克（作者按：小说中格赖泽尔区的纳粹党的训导主任，一个驼背）只好驮着他的隆肉跳舞，因为他周围都是穿男上装的人，而且都有了舞伴……但他还是跳起舞来了，这是那块隆肉给他

出的主意。吉米音乐（作者按：指美国狐步舞曲《老虎吉米》）尽管可恶，他脸上却装出了喜欢的样子。

整个章节的故事和细节都应是作家设计出来的，如果按照生活发生的逻辑，一个人对历史的这种干扰几乎是不可能的，但在文学中、在文学的设计中它却可以出现，并建立起显著而卓越的深刻。在这里，纳粹本以为的"庄重、正确"因为欢乐音乐的加入而变得失控，强大的控制感也遭受到消解。

在设计细节时，作家们往往会"综合考虑"：这一细节既要顾及真实感也要符合人物的性格和故事走向，同时它又具备新奇感，富有象征和深度……基本上，没有多少细节的设计会只考虑单一向度，它会照顾到更多的面。同时，我们要懂得，细节不一定使用繁多的笔墨才算，有时它使用最经济的简笔，也能达到更佳的效果。譬如马尔克斯《没有人给他写信的上校》最后一段，处在饥饿、衰老和贫困中的上校和妻子关于"这些天我们吃什么"的争执，小说写："上校活了七十五岁——用他一生中分分秒秒积累起来的七十五岁——才到了这个关头。他自觉心灵清透，坦坦荡荡，什么事也难不住他。他说：'屎！'"

还需要强调的一点是,重要的细节,有突出功效和特点的细节,往往在文字中出现不止一遍,它会有前后、轻重的分配,它会有前后的呼应,重要的细节一定要致力于榨干它的全部价值,包括全部的"剩余价值"。如果一个人钻进了一个箱子,那在小说中,他肯定会一次次钻进这个箱子,这个箱子的内涵也会越来越丰富;如果一个人有一双长腿,这双长腿也必须一次次用于奔跑,直到碰壁直到折断为止。

思考题

1. 想一想让我们记忆深刻的小说细节，说出来，并试图追问：我为什么会记下它？

2. 试着找一找，阅读时觉得赘余，影响阅读兴趣的那些细节，再掂量一下，说出你认为的赘余、烦琐和无聊之处。如果交给你来写，你会怎样"修改"它？

3. 在你看来，小说细节可以起到怎样的作用？

4. 有没有你觉得没有细节或者细节不细的小说？你能说出它这样做的理由吗？

5. 给你一个关键词，譬如"悲伤""痛苦""欢快""冲突""激烈冲突""内心冲突"——你能联系小说的上下文，设计出一个良好的、适用的、让人叫绝的细节来吗？试一试。

第五讲　高潮设计

在小说中，特别是传统小说中，"高潮"是故事设置的核心所在，是要与主题、故事一起锚定的关键，它往往在作家开始写作之前就有一个或明晰、或模糊的基本构想，而这个构想将成为最为重要的牵引力量——在小说中（特别是传统小说中），"高潮"是否有爆发力，是否立得住，能否发挥好它的锚定作用，往往又会直接地影响小说的格，甚至直接决定着小说是一般的平庸作品还是一部佳作。而某些貌似有意反传统、反故事、反结构的"后现代"小说，其实它有时也会设置一个预留的高潮的存在，尽管这个高潮可能是以"反高潮"的方式来呈现的。后面我们也将专门提及。

小说的"高潮"设计是关键——我之前强调了故事的关键性，强调了结构的关键性，强调了开头、细节的关键性……我想我们需要承认，对于小说写作来说，要求精心掂量、预先设计的关键点实在太多了，每一处，都可能会影响甚至严重影响小说的格，大意不得。如果接受比喻，我愿意将小说设计看作中国画中的"画美人"：无论是脸形、头发，还是眼睛、鼻子、嘴巴，都要"倍加小心"，安排得妥当，它们都是重要的关键点，多或少、长或短都会影响甚至严重地影响其效果，哪怕它只是貌似"非要点"的眉毛；即使不在这些重要的关键点上，哪怕是在面颊、下巴或者耳朵边上的小小污损，也会影响画面的整体美感。小说写作中的种种设计也是如此，每一个点都需要统筹考虑，每一个点都需要认真仔细，每一个点也都有它牵一发而动全身的重要性。当然，在诸多的"重要性"中，小说的高潮设计应属于"重中之重"，更值得预先地、审慎地设计好。

小说的高潮往往出现于小说的"尾部"，临近故事结束的时刻或者就是故事结束的时刻。譬如《卖火柴的小女孩》，在小女孩死去、她的灵魂跟着奶奶"飞到那没有寒冷，没有饥饿，也没有痛苦的地方"的高潮出现之后，小说也就接近了尾声，后面的部分只是一个继续的交代：她，被冻死在了街角，人们在第二日的凌晨发现了她带有笑容的尸体。而海明威《老人与海》，也是在桑地亚哥老

第五讲　高潮设计

人"丧失"了大鱼的全部鱼肉、只拖回了硕大的鱼骨之后结束，它也是在高潮出现之后到达终点。弗兰兹·卡夫卡的《在流放地》，以执行刑罚的军官自己走向行刑机器、完成自己愚蠢的"献祭"为高潮，在这一高潮完成之后，小说也就只剩下余后的剧情交代：旅行者准备离开，他登上了船，但拒绝了跟过来的士兵和那个被判决的人……我想我们会发现，大多数的小说（尤其是中短篇小说）会在极有力量的高潮出现后接近尾声，后面的文字或是交代，或是让主人公走向"下一场景"，但它们统一性地会改变之前的节奏，变得迅速而克制，甚至略有急促。停在高潮之上、不再加任何"尾巴"的小说也有许多，最有代表性的在我看来应是加西亚·马尔克斯的《没有人给他写信的上校》：

"那也得鸡斗赢吧，"妻子说，"可是它也许会输。难道你没想过它可能会输吗？"

"这只鸡不会输。"

"可如果输了呢？"

"还有四十五天才轮到考虑这件事情呢。"上校说。

妻子绝望了。

"那这些天我们吃什么？"她一把揪住上校的汗衫领子，使劲摇晃着。

"你说，吃什么？"

上校活了七十五岁——用他一生中分分秒秒积累起来的七十五岁——才到了这个关头。他自觉心灵清秀，坦坦荡荡，什么事也难不住他。他说：

"屎！"

小说在高潮结束之后再做小的延展，它强调的是回声感，是故事的完整性；而小说在到达高潮的时候立即结束，则强调的是力量，是爆发的冲撞，是"胸口的重重一击"。

小说的高潮，指的是矛盾冲突最强烈最紧张的故事节点，是所有的积累积累到一个顶点的聚集处，是情感情绪形成涡流并完成旋转的支点，是……在以往的文学理论书籍中，有这样一个说法：故事的高潮，除了一般性的往往出现在结尾处之外，还有一种特别的设计，就是小说的开始即是高潮——譬如在小说开头的部分即是极具爆发力的节点：一个人的死亡，一场战争的开始，或者类似的充满着"紧张"和"悬疑"性的情节，等等。但我们如果仔

第五讲 高潮设计

细而审慎地推敲,就会发现这样的表述其实值得商榷。在我看来,这类"紧张"的、"悬疑"的和"爆发性"的设置并不是所谓的"高潮提前",而是一种有意的"假高潮",它们往往不是矛盾冲突最强烈、最紧张的故事节点(事实上在小说开始的时候所有的矛盾和冲突都还未曾交代,我们甚至不知道真正的主人公究竟是谁),而仅仅是悬疑性的开始,但有意的调高期待是它所要的。悬疑小说的故事往往是以一具尸体的出现、一个人的突然失踪或者相类似的、具有惊悚因素的情节展开故事,它从一开始就让紧张感涨满……但在阅读中我们会慢慢发现,这个所谓的高潮本质上是假性的,它赖以吸引和影响我们的并不是这个"事件"本身,而是这个"事件"的影响,它要我们在接下来的故事中将自己的注意力放到它的"悬而未决"上,真正吸引我们的是事件出现之后的"未解之谜",譬如谁是真正的凶手,是哪种原因让凶手选择了杀戮,他又是怎么掩盖的,而小说中的智者和我们又是如何从蛛丝与马迹中寻找到线索并把线索最终指向……同样,在使用了紧张、悬疑或类似元素为开始部分的经典小说中,它们所要的也并非事件(案件)本身,而是后面它们要言说的那些更有逻辑性和延展性的内容,它们真正的高潮还是在后面。譬如马尔克斯的《枯枝败叶》，它以希腊剧作家索福克勒斯的《安提戈涅》的一段充满着死亡气息的文字为引文：

至于惨死的波吕涅刻斯的尸体，据说已经出了告示，不准任何公民收殓，不准为他掉眼泪，就让他暴尸野外，不得安享哀荣，任凭俯冲而下的兀鹫吞噬他，饱餐一顿。

然后小说正文的第一句则是：

"这是我第一次看见死尸。"

它从死亡和个人的尸体开始，然而小说所真正关注的不是"具体的死亡"，故事中矛盾冲突最强烈最紧张的点也并不在此，而是一个孤独之乡的看与被看，"个体之恶"和"群体之恶"，这片地域的可能和未来，在信与不信之间的精神难题，等等。事实上，大夫的死去只是提供了"起点"，只是这一"起点"的温度较一般的文字要高了许多，而已。

奥尔罕·帕慕克的《我的名字叫红》，也是以一位细

第五讲 高潮设计

密画家的死亡为开始的,它的第一章是《我是一个死人》:

如今我已是一个死人,成了一具躺在井底的死尸。尽管我已经死了很久,心脏也早已停止了跳动,但除了那个卑鄙的凶手之外没人知道我发生了什么事。而他,那个混蛋……

死亡在这里同样是建筑在高音声部上的起点而不是真正的高潮,它真正要追问的甚至不是这起案件的侦破。

我们要知道,小说的高潮指的是矛盾冲突最强烈、最紧张时的那个节点,是所有的积累积累到一个顶点的聚集处……之所以重复它,是因为它涉及小说设计中真正高潮和假性高潮的基本判定。在所有的那种"高潮提前"的小说中,我们会发现真正的矛盾在那时并未充分展开,当然就谈不上是冲突最强烈、最紧张的节点了。还有一点,小说的高潮出现必定是与故事的主题部分紧密相连的,它会在关键点上推高主题,充分地展现情感的力量、矛盾的力量和思考的力量,而所谓"高潮提前"的小说,我们会发现它们与小说的主旨表达并不强力融合,譬如前面提及的《枯枝败叶》或《我的名字叫红》，这里的所谓"高潮"并不处于小说主题的主干上，它并不能让事件、情感和思考力量同时爆发。再者，就小说的设计而言，小说的高潮最大限度地影响着故事的走向和起伏，小说的脉络往往是在高潮确立之后"倒推"着设计出来的（这一点在后面我们还要专门阐释并举例说明），而那些所谓"高潮提前"的小说并不符合这一规律，故事的真正起伏并不以这个假性高潮为最终汇集点……它们，只是故事开始的起点而非终点，不过这个起点有意调高了声部，是从副歌的高音点开始的。

从小说接受心理的角度分析，如果真把"高潮提前"也并不符合心理接受原则，因为阅读者在刚刚打开一本书的时候并不会在瞬间调高自己的阅读期待，即使他对这本书抱有先期的阅读热情——这时，你立即给予他一个矛盾冲突最强烈、最紧张时的爆发点他是"接不住"的，他的情感情绪调不上来，并不会与你发生共鸣共振——那，作家的精心设计会损失掉至少大半的"预期效果"，得不偿失。而且，如果小说开始即以最大的高潮出现，它会给后面的叙述造成巨大的困难，因为后面部分的魅力感在减弱，故事强度在减弱，给人一种不断下泻的感觉。这同样得不偿失，一般不会采用。我们再以《卖火柴的小女孩》为例，如果小女孩在小说的开头第一根火柴划亮的时候"看见"的就是死去的奶奶，那后面的故事该怎么继续？它还会获得层层推进、我们配合着作家一次次"残忍地"扑灭小女孩手中火柴直到她进入死亡的那个效果吗？不能，肯定不能。

"效果最佳"从来都是小说设计的基本原则，高潮设计的原则当然也是如此。小说开头有意的"假性高潮"的出现，其目的同样是"效果最佳"的考虑，因为它的紧张感和悬疑感，因为它会产生强烈的吸引力让阅读者急于知道为何如此，是什么样的原因和动机造成了这一事件……但它，绝大多数时候并不是故事真正的高潮，并不是小说言说的核心。

接下来，我们要谈的是，小说的高潮设计是不是有一个"类型"可言？它们的呈现，如果使用简单的归纳方法，会有哪些类型或方式呢？

在我看来，大抵有下面的几种方式。

一种是问题获得解决的"大团圆"方式。 中国的传统小说尤其是传统戏剧喜欢使用这一方式，它们以团圆为高潮和结局，让事情获得解决或者暂时的解决。这一方式在现代思维中常受诟病，但我们依然需要承认，任何理论和方法，只要它的其中包含有合理性，"如果它们是重要的，通常总可以在其原来的叙述形式被驳斥之后又以新的形式复活"。我想我们需要承认，让事情获得解决哪怕是暂时的解决一直是我们的心理期待之一，它里面具有强大的力量感，是能够作用于我们的情感的；问题获得解决也是压抑的情感获得有效释放的重要手段，它在小说设计上具备势能，是一种可用的、好用的方法。真正的问题是，它会以怎样的形式"复活"，这种"复活"的合理和有效如何保证。

若泽·萨拉马戈的《失明症漫记》，小说在一种弥漫开来的白色失明中开始，随后是"盲目"带来的种种灾难，它唤醒了人性中隐藏的几乎全部的恶，权力、罪恶完成媾和与合谋，也唤醒了未泯的良知和反抗……小说最后的高潮，是以人们开始逐渐复明、他们为自己重新"看见了"而欢愉起来为终点，它"刺破"了压抑和压抑所带来的种种痛苦。但作为以"新的形式复活"的大团圆式写作，萨拉马戈有意在小说的结尾处预留了一个小小的"不和谐音"——

医生的妻子站起身，走到窗前，看看下边，看看满是垃圾的街道，看看又喊又唱的人们。然后她抬起头望望天空，看见天空一片白色。现在轮到我了，她想。突如其来的恐惧吓得她垂下眼帘。城市还在那里。

这一方式使得高潮的出现产生了特别的张力，其意味变得更为悠长。

莫泊桑的《项链》，玛蒂尔德以十年的时间和精力"偿还"朋友被她弄丢的一条项链，等她把所有债务还完并将实情向朋友弗莱思节夫人说出时，故事的高潮来了：惊讶的、激动起来的弗莱思节夫人抓住她的手，"哎呀！我可怜的玛蒂尔德！我那串可是假的呀。顶多也就值五百法郎！……"在这里，依然是一个"圆满"的结局，它的圆满在于我们获得了答案，而这答案似乎并不那么坏——得知实情的玛蒂尔德将和我们一样百感交集。

威廉·福克纳的《我弥留之际》，故事的讲述以为艾迪·本德仑送葬的"苦难历程"为主线，一路上，磨难始终紧紧相随：大水差点儿冲走棺材，大火几乎把遗体焚化，拉车的骡子被水淹死，儿子卡什失去了自己的一条腿，而二儿子达尔住进了疯人院，三儿子失去了心爱的马，女儿杜威·德尔的打胎计划最终也未完成……但故事最后,具有些"亮色"的高潮是,一家之主的安斯·本德仑配上了假牙,并娶回了一位新太太。

"这是卡什、朱厄尔、瓦达曼,还有杜威·德尔。"爹说,一副小人得志、趾高气扬的样子,假牙什么的一应俱全,虽说他还不敢正眼看我们。"来见过本德仑太太吧。"他说。

"大团圆"式的高潮一般而言会有两个很不相同的向度,一是达成心理抚慰,完成我们对于善好结果的期许,一是暗暗扩展我们的"不满足",短暂的问题解决反而更大地、更内在地激起了我们的不满。

一种是"死亡"方式,以主人公的死亡或走向死亡为高潮。这在小说的高潮设计中有着甚至"过多"的例证,它是小说高潮设计中较为好用、相对而言容易唤出爆发力的方式。《安娜·卡列尼娜》是以安娜走向铁轨、结束生命为高潮,《包法利夫人》以爱玛·包法利的自杀为高潮,而海明威的《永别了,武器》,也是以主人公的女友凯瑟琳的难产死亡为高潮……马尔克斯的《迷宫中的将军》,是以西蒙·玻瓦利尔将军"漫长的死亡"为故事的主架构，直到死亡真正地来临而走向了高潮。鲁迅的《阿Q正传》，阿Q在长衫人物递来的纸上画圆圈和他示众后的死亡为高潮：

> 这些眼睛们似乎连成一气，已经在那里咬他的灵魂。
> "救命，……"
> 然而阿Q没有说。他早就两眼发黑，耳朵里嗡的一声，觉得全身仿佛微尘似的迸散了……

伊萨克·巴别尔的《盐》，其高潮也是以死亡的面目到来的，只是它是以"施暴"的方式、惩罚的方式来完成的：

> 我要承认，我把这个女公民扔下了飞驰的列车，可她却像铁打的一样，坐了一会儿，拍了拍裙子，又去走她那条卑劣的路。我看到这个女人居然平安无事，看到她四周满目疮痍的俄罗斯、颗粒无收的农田和遭到凌辱的姑娘，看到那么多的同志杀奔前线，生还的却寥寥无几，我想跳下车去或者自杀，或者把她杀死。可哥萨克们舍不得我，劝我说：

"给她一枪。"

于是我从壁上拿下那把忠心耿耿的枪,从劳动者的土地上,从共和国的面容上洗去了这个耻辱。

还有一种,是以情感情绪的"爆发"为高潮。这也是小说设计中的一种普遍,它同样属于具有力量并使阅读者能够"感同身受"的方式之一。一般而言,小说的高潮需要一个"爆点",它可以是故事的、情感的也可以是思考性的,而情感上的"爆发"则是所有设计中最容易达至并最具感染力的那类。

玛格丽特·杜拉斯的《情人》,它的故事高潮即建筑于情感涡流之上,那一段杜拉斯写得绵长而飞扬,充满着气息:

肌肤有一种五色缤纷的温馨。肉体……

开始是痛苦的。痛苦过后,转入沉迷,她为之一变,渐渐被紧紧吸住,慢慢地被抓紧,被吸向极乐之境,沉浸在快乐之中。

大海是无形的,无可比拟的,简单极了。

…………

城市的声音近在咫尺，是这样近，在百叶窗木条的摩擦声都听得清。声音听起来就仿佛是他们从房间里穿行过去似的……

文字在这里都具有一种小小的烧灼感，每个词都有它可变的温热。

尤迪特·海尔曼的《红珊瑚手镯》，通篇都以一种平静的、略含冷酷的低热度语调展开叙述，始终有着特别的克制，与她小说中所说的"疲乏无力，还有空虚无聊、平静无奇的日子"相称，与"我"的男友的那种"我对自己也没有兴趣"的慵懒倦怠相称，然而它在叙述到"我"去见男友的心理治疗医师并失去了红珊瑚手镯的时候达到高潮，在那时，文字的温度、速度和表达方式都有了某种变化：

我想到了尼古拉·塞尔格耶维奇，我在想，要是他没送给我曾祖母这些红珊瑚就好了，要是他没射中我曾祖父的心口就好了；我想到了弓腰驼背的伊萨克·巴鲁夫，我在想，要是他没离开俄国就好了，要是曾祖母没有为了他而把火车拦下来就好了；我想到了我的恋人，那条鱼，我在想，要是他不再老是不吭声就好了，那我现在就不会非得在治疗医师的写字台下面来回乱爬了。我看见治疗医师的裤腿、合拢的双手，都能闻到他身上的气味，我一头撞在了写字台桌面上。我在写字台下面搜集着红珊瑚，又爬到亮处，接着满屋爬，右手捡起珊瑚搁在左手里，我哭了起来。跪在柔软的海蓝色、深蓝色的地毯上，我看着治疗医师，治疗医师看着我，是从他坐着的椅子上看，还合拢着双手。我左手满把都是珊瑚珠，可是四周还是在发光闪烁，我在想，我怕是得花一生的时间才能捡起所有这些珊瑚；我在想，恐怕我永远都捡不完，这辈子都不行。我站起来，治疗医师俯身向前倾，拿起桌上的铅笔说："今天治疗就到这儿。"

我把红珊瑚从左手倒腾到右手，珊瑚发出一种悦耳柔和的响声，像是发出一阵浅笑，我举起右手猛地把红珊瑚甩向治疗医师，治疗医师缩成一团，红珊瑚噼里啪啦地打在他的写字台上，连同这些珊瑚珠一起，整个彼得堡、大小涅瓦河、曾祖母、伊萨克·巴鲁夫和尼古拉·塞尔格耶维奇、柳条筐里的祖母、恋人、那条鱼、伏尔加河、卢加河、纳罗瓦河、黑海、里海还有爱琴海、波斯湾、大西洋都在噼啪作响。

第五讲　高潮设计

所有的与红珊瑚有关的一切一切，与个人情感和血脉经历相关的一切一切都在这段句子中聚集，以一种简略、短促、不加解释而又百感交集的方式聚集，形成合流然后迸裂，并使得之前的平静和冷酷也陡然增添了尖锐之声。

我写过一篇中篇《乡村诗人札记》，故事的最终高潮也是以一向怯懦的父亲的情绪爆发为支点，而最终，他的爆发也更多是"向内"，依然是以一种人兽无害的方式获得展现，在谈论细节设计的时候我曾提及过它。

我还写过一篇短篇小说《碎玻璃》，它的高潮同样建筑在一个爆发点上，不过这个爆发多少是"向外"的，显现了些许的抗争：

徐明盯着胡老师的眼睛："我还想和你说一件事。你办公室里的玻璃不是我打碎的。"徐明始终没看我们一眼，"那事不是我干的。"

"不是……不是就好，"胡老师的嗓子有些沙哑，仿佛塞进了一些棉花，"我……我也没有认定是你干的。"

徐明冲着胡老师笑了。他的笑容慢慢僵硬起来，慢慢变得有些狰狞。我们看见，徐明的手飞快地伸向他的书包，他掏出了里面的砖头，飞快地朝着教室的玻璃砸去。

随着一声脆响。

破碎的玻璃掉了下来,像一场白花花的雨,它们纷纷坠落,闪着银白色的光。有几片玻璃的碎片在那白色的光里晃了几下,像余震一样再次落了下来。寒冷的风和阴沉的天色透过没有玻璃的窗子涌进来,它让我们打着寒战。

与之相称,**还有一种方式是以情感情绪的"归于平静"为高潮,它貌似接受了一切,但内在的涡流反而可能变得更为汹涌**。列夫·托尔斯泰的《安娜·卡列尼娜》,米兰·昆德拉曾以简述的方式提及小说中的一个"非常优美的小插曲":

在列文的庄园,一男一女相遇了,两个孤独、忧郁的人。他们相互间有好感,暗中希望能将两人的生活结合到一起。他们只等着能单独待在一起的机会,以相互表白。有一天他们终于在没有第三者的情况下同处一个小树林。他们在那里采蘑菇。两人内心都很激动,一言不发,知道时机来了,不要让它溜走。当时他们已经静默了很久,女人突然开始说起蘑菇来了。这完全是"违背她意愿的,意想不到的"。随后,又是一阵静默,男人掂量着字眼想表白，可是他没有谈爱情，"出于一种意想不到的冲动"……他也跟她谈起蘑菇来。在回家的路上，他们还在谈着蘑菇，一点儿办法也没有，心中充满了绝望，因为他们知道，他们永远都不会谈到爱情了。

我将这个插曲看作此类的高潮，它具有高潮的一切品质，只是不是上升的、爆发的，而是下沉的、绝望的，断送了未来和可能的……它的里面包含着清晰可见的涡流。

赫尔曼·布洛赫的《梦游者》，乔基姆·冯·巴塞诺夫的新婚之夜。这里出现的高潮是：巴塞诺夫在妻子伊丽莎白的身侧躺下，两个人都表现得相当克制和漠然，他知道，伊丽莎白并不爱他，从今日开始他将进入平静的、无望的、充满着鄙视和轻视，唯独没有爱意的未来。他在她的面前一无所有，现在是，未来也是，这样的念头使他更为窘迫。高潮出现于那一刻，可怜的他在躺下的时候并没有脱掉衣服，这"使他的军服弄皱了一点儿。上衣下摆张开，露出了里面的黑裤子，但巴塞诺夫一注意到这一点，就马上把衣服重新整理好，把那地方盖上。他并拢双腿，免得自己有光泽的皮靴碰到床单。他还努力地把脚搭在床边的椅子上"。它没有高潮的惯常爆发而是在下沉，仿若平静而冷酷，但其中的包含则颇让人唏嘘。这类的高潮，重在它贮含在内部的悠长回声。

在情感情绪的积累点、故事发展的积累点之前停下，在即将爆发而未爆时停下，也是高潮设计的一种方式。它有意让阅读者的情绪不断地调高，一步步上升，但到那个关键点之前结束，将真正的高潮交给空白——它重点经营的，是前面的铺垫。托尔斯泰的《战争与和平》，它在战争开始之前对战争的紧张、残酷、引发的恐惧和关于勇气、人道主义、如何与邪恶斗争等话题有着特别的、纠缠的甚至繁复的叙述，不断地进行情绪推高，但战争真正到来时，托尔斯泰又变得简洁、迅速，简笔带过——这不仅是托尔斯泰"扬长避短"能力的某种有效的避和扬，更主要的，是他有意让阅读者参与，用自己的想象和延展补充小说中的未有，并达至想象的高潮。

我将卡夫卡未能完成的《城堡》也看作这一类设计的其中之一，K在进入村庄之后就一直为"进入城堡"积累着、推进着，无论是情感情绪还是故事发展都积聚了充分的"势能"，但进入城堡一直遥遥无期，而如果它真的如马克斯·布洛德所言那样，其结局是K在临终前终于获得了城堡的准许得以在村庄里居住，而他所想的愿望依然渺茫的话，那这也会是在爆发之前停下的那类设计。

詹姆斯·乔伊斯的《阿拉比》，书写少年失恋的小说，故事几乎简单得可怕，然而它对少年的孤独感和朦胧的、纤细的爱恋感的描述是那样到位——这个少年，在与自己暗恋的少女对话时，少女可能无意地提了一句阿拉比的集市，她说："你真该去看看。"少年终于到达平静、无聊、"几乎所有的棚摊都关门了，大半个厅黑沉沉的"阿拉比集市，看到一个卖货女郎和两位年轻先生模模糊糊地交谈着什么……故事在这里结束，尽管它的结尾句是：

我抬头凝视着黑暗，感到自己是一个被虚荣心驱使和拨弄的可怜虫，于是眼睛里燃烧着痛苦和愤怒。

在后现代的某些文本中，反高潮的高潮设计也是一种普遍。 有时，它们本质上并不是对高潮的拒绝，而是以"消解"的方式来呈现它，作出不信任的姿态：生活中的某些真实相貌也恰恰如此——仿佛什么也未曾发生，又仿佛真正地、具体地发生过什么，然而无论是有是无，你总是捕捉不到它。譬如阿兰·罗布-格里耶的短篇《密室》，以一种近乎静物画的方式（据说它所言说的即是法国画家古斯塔夫·莫罗的一幅绘画，而在文章前面的题记中写的也是"献给古斯塔夫·莫罗"）介绍着一具裸尸和她一侧的男人，以及周围的一切，细致得仿佛要展现其中的每一个细胞……它是无高潮的，因为在这篇短短的小说中没有行动的人，更没有行动的延续，有的只是镜像式的展示。

在萨缪尔·贝克特《等待戈多》的戏剧中，属于故事性的高潮也是匮乏的，它有意拒绝了那种激烈，而将情感和思考分散于整部戏剧中，这种方式是与此类戏剧的呈现和作家的表达相匹配、相呼应的，他要的不是"等来"的时刻，不是解决，甚至不是"戈多"的具体命名，而是那种状态。

极有意思的是詹姆斯·瑟伯的一篇小说，《沃尔特·米蒂的隐秘生活》——它可以说是"高潮"不断，开始的部分即具有那种假性高潮的紧张感：

"我们一定要冲出去！"大队长的声音像块正在碎裂的薄冰。他穿着全套军礼服，一顶满镶着金线的白色军帽神气地斜压在一只冷酷的灰色眼睛上。"我们办不到，长官。飓风马上就来，要是你问我的意见。""我没有在问

第五讲　高潮设计

你！伯格少尉。"……

而小说的中段,沃尔特·米蒂伸出手来轻轻一挥,吵吵嚷嚷的律师便不再出声了。

"我能够用任何一类枪支在三百英尺外使左手把葛利高雷·费佐斯特打死。"他平静地说。

…………

……"炮轰使小拉莱昏晕了,长官。"中士说。米蒂上尉透过乱蓬蓬的头发望望他,"把他抱到床上去,"上尉疲惫地说,"让他跟别人一起,我一个人去飞。""但是你不能去,长官,"中士急切地说,"要两个人才能驾驶轰炸机,而且高射炮火在上空又那么厉害……"

小说的尾段,他狠狠地最后吸了口烟头,啪的一声扔在地上。接着,在嘴唇上带着那种淡淡的一掠而过的笑容,面对行刑队,他挺直而屹立,自傲而轻蔑,"永不战败"的沃尔特·米蒂到了最后关头还是不可思议的。但事实是,这位沃尔特·米蒂先生只是一个城郊的平民,他一向循规蹈矩,谨小慎微,懦弱无能,所有的高潮部分都是他分神时的想象，在小说中属于真实的情节不过是，他和妻子去市里买东西，因为车开得快了些而遭到妻子的责骂，以及留在旅馆休息室里等妻子的日常过程。就是在他的高潮式的战争幻想和杀戮幻想中，也不过是惊险小说、战争电影中最最陈腐的那部分——詹姆斯·瑟伯对故事高潮的消解本质上是对日常英雄的消解，是对怯懦者的英雄想象的消解，别有深意。

蒂姆·奥布莱恩的《士兵的重负》，这篇极具后现代特征的小说保留了惯常性的高潮，它的高潮在于一个美军战士特德·拉文德的死亡和这一事件对其他战士的影响。不过它被打碎了，被有意在小说中一遍遍地、从不同的角度提及，有五六次之多，分散于小说叙述的各个部分。它构成具有力量的统摄的线，掩藏于同样不断被重复言说的"大兵们的携带之物"中，那些物构成了言说的核心，也建立起了一个不带情感色彩和不断冲淡感情色彩的"物"的丛林。它有意冷冰冰，和战争中的情绪、氛围相近，和老兵们被磨砺出来的样子相近，但特德·拉文德所象征的死亡，那个具有高潮性的力量还是穿透了这一切。它貌似通过打散、通过言说太多的物、通过冷静的叙述语调来"消解"高潮，然而却从更深的意味上建立了它，夯实了它。

对于小说的故事设计，萨特说过一句特别的、内部的、极有敏锐度的话，他说小说家们会"把故事结束的时间看成是'现在'，然后回溯着写起……"。绝大多数的小说写作符合这一规律，而把故事结束的那刻看成现在，则意味着小说的高潮部分是预先想好了的，至少是，一个朦胧的、模糊的想法，但它具有某种的锚定性。"预先想好"是我认定的高潮设计原则之一，尽管它可能并不具备唯一规定性。就我个人的写作经验而言，在大多数时候我是会把小说的高潮预先想好的，有了它，并确信它的独特性和爆发感之后，我才会开始写作，而这时写作心里是稳的，有一种光的可靠吸引。偶尔的时候，少数的时候，我也会想好了主题和基础的故事脉络之后开始写作，在一步步的推进过程中"寻找"高潮——这样的过程有时会遭遇塌陷，有时会丧失推进的势能，让故事变得虎头蛇尾。正是基于个人经验和审慎的思考，我认为主题、故事和高潮需要三重锚定，有了它们的基本锚定，故事的质量、走向和完成度就有了保障。

譬如我写作《碎玻璃》，它的灵感首先来自对米兰·昆德拉的阅读，他在一则随笔中谈及发生在捷克的俄罗斯士兵偷梨事件，然后谈到俄罗斯士兵作为侵略者对于捷克市民真诚的爱——它对我构成着触动，我忽然地意识到"爱"原来可以如此，它可以是惩罚的一部分并且是紧密的一部分，"爱"的里面包含惩罚的、规训的、移情的甚至更为复杂的东西，当然也包含着本质的、未加审视的虚假和反向，包含着"不爱"。这时我想到我在日常生活中对儿子的惩罚，它也是以"爱"的名义进行的，是以"我惩罚你、殴打你是为了你好，是为了你的未来"的名义进行的，它包含着试图规训，包含着以自我意志为中心，也包含着（暗暗地）对于弱小者施虐以彰显自己的权威性的快感，包含着（暗暗地）对自我受挫的减压……我确认，它应是一个好主题，而且是未被别的作家早已"审明"的好主题，我可以将我的思考和发现注入进去。有了它，我开始设计故事，最初设计的就是我和儿子，就是一个怯懦的、无能的、要面子的父亲对儿子的规训和惩罚，但在反复的思虑中总感觉它缺少些什么，有些我想到的点、"爱的惩罚"中或可深究的点在这样一个故事中无法完全地、恰当地表达出来。在经历反复的、反复的掂量之后，我决定写一个老师和学生的故事，我决定，让这个学生是转学而来的，他并不能马上适应这个老师的规训制度；

第五讲 高潮设计

这个老师是有爱的,她相信自己的说辞并时时会有自我感动,但,惩罚又是她最为相信、最愿意使用的手段,并且在她刻意保护的权威性中没有预设纠错机制,于是……有了主题,有了故事,我也就预先设想了故事的高潮,高潮的部分在前面已经提到,这里便不再赘述。

而在写作《爷爷的"债务"》时,我预想了一个美德故事和它可能的遭遇,预想了故事的开始和基本走向以及矛盾的出现,但小说的高潮并没有预先设定,只有一个模糊的想法:它需要积攒矛盾,它需要有一个合适的出口让矛盾有所爆发,它需要……我是在写作的过程中慢慢找到的高潮,但在前面的每一步设计、每一个细节的使用过程中,总是会想一下:它会推进高潮吗?它和故事的高潮会有怎样的联系?我如何强化这种联系?说实话,在写作的过程中寻找高潮多少有些"惊险",我有数篇未完成的或遭我遗弃的小说,都是因为高潮推进上的匮乏和缺憾。在这里我再重复一遍:高潮设计会直接影响小说的格,甚至直接决定着小说是平庸作品还是佳作。

我说小说的高潮往往要"预先想好"其实还有第二个理由,它涉及小说的故事结构——小说(尤其是中短篇小说)的故事走向、波澜设置往往是与小说高潮的设置紧密相连的,其中的一波三折都要与小说的高潮紧密融合,甚至是因为它的存在而完成的推进性设计。高潮影响着故事的波澜,牵动着故事的波澜。《老人与海》,海明威预先设定了故事的高潮(筋疲力尽的桑地亚哥老人伤心地目睹着鲨鱼们对大鱼的吞噬,无能为力),然后向回设计:这个渔夫经历怎样的困难才抓到了他一生中最大的一条大鱼?鲨鱼们什么时候来,分几次来最为合适?这条大鱼的肉在鲨鱼们的到来过程中怎样一次次撕裂,一次次减少?等等。《卖火柴的小女孩》,安徒生也应是预先想好的故事的高潮(小女孩的死亡;她在这个世界上最珍视,也可能是最早消逝的情感,"被疼爱",在火柴的映照下显现然后消失,奶奶将带走这个孩子),然后根据这个高潮和它所需要的而设计了前面的波澜:第一根火柴,第二根火柴,第三根火柴,各次的看见各有不同,各有代指。

同时我们也会注意到,高潮是与细节紧密相连的,在小说中,往往高潮的点也是细节做得最为充沛、丰盈的点,只有这样,高潮的力量感和说服力才能更为有效地发挥出来。就小说的一般设计而言,细节(尤其是相对铺排的大细节)是为高潮的设置而设置的,它的存在就是为了区别轻重，使重点的点突出出来。像《情人》中的情感高潮；像《安娜·卡列尼娜》中安娜在纠结中偶然地走向铁轨的高潮；像《静静的顿河》中，阿克西妮娅被征粮队哨兵打死、爱着她的格里高利万念俱灰的高潮；像《铁皮鼓》中，奥斯卡和臆想的"波兰父亲"扬·布朗斯基在"邮局保卫战"中的高潮，它们都是由铺展的细节支撑起来的。高潮和细节的相连，还有一种有意的变体方式，就是把相关的细节打碎，分成数个小片段、小细节在前面进行埋伏，而到真正高潮出现的时候它就可以将前面的铺垫一并"链接起来"。莫言《透明的红萝卜》即是这样的做法，它在小说中数次提及这个和黑孩的饥饿感紧紧相连的、真实的或具有臆想性质的红萝卜，从小说的开始部分，到中间部分、过渡部分，直至高潮部分……红萝卜和对它的疯狂想象慢慢在细节中变大：

那个金色红萝卜砸在河面上，水花飞溅起来。萝卜漂了一会儿，便慢慢沉入水底。在水底下它慢慢滚动着，一层层黄沙很快就掩埋了它。从萝卜砸破的河面上，升腾起浓浓的迷雾，凌晨时分，雾积满了河谷，河水在雾下伤感地呜咽着。几只早起的鸭子站在河边，忧悒地盯着滚动的雾。有一只大胆的鸭子耐不住了,蹒跚着朝河里走。

....

黑孩趴累了,舒了一口气,翻了一个身,仰面朝天躺起来。他的身下是干燥的沙土,沙上铺着一层薄薄的黄麻落叶。他后脑勺枕着双手,肚子很瘦的凹陷着,一个带着红点的黄叶飘飘地落下来,盖住了他满是煤灰的肚脐。他望着上方,看到一缕粗一缕细的蓝色光线从黄麻叶缝中透下来,黄麻叶片好像成群的金麻雀在飞舞。成群的金麻雀有时又像一簇簇的葫芦蛾,蛾翅上的斑点像小铁匠眼中那个棕色的萝卜花一样愉快地跳动。

....

……他想让自己睡觉,可总是睡不着。他总是想着那个萝卜,那是个什么样的萝卜呀。金色的,透明。他一会儿好像站在河水中,一会儿又站在萝卜地里,他到处找呀,到处找……

高潮,是黑孩的"破坏时刻",它有一种令人惊异的爆发性:

黑孩走出桥洞,爬上河堤,钻进黄麻地。黄麻地里已

第五讲 高潮设计

经有了一条依稀可辨的小径，麻秆儿都向两边分开。走着走着，他停住脚。这儿一片黄麻倒地，像有人打过滚。他用手背揉揉眼睛，抽泣了一声，继续向前走。走了一会儿，他趴下，爬进萝卜地。那个瘦老头不在，他直起腰，走到萝卜地中央，蹲下去，看到萝卜垄里点种的麦子已经钻出紫红的锥芽，他双膝跪地，拔出了一个萝卜，萝卜的细根与土壤分别时发出水泡破裂一样的声响。黑孩认真地听着这声响，一直追着它飞到天上去。天上纤云也无，明媚秀丽的秋阳一无遮拦地把光线投下来。黑孩把手中那个萝卜举起来，对着阳光察看。他希望还能看到那天晚上从铁砧上看到的奇异景象，他希望这个萝卜在阳光照耀下能像那个隐藏在河水中的萝卜一样晶莹剔透，泛出一圈金色的光芒。但是这个萝卜使他失望了。它不剔透也不玲珑，既没有金色光圈，更看不到金色光圈里苞孕着的活泼的银色液体。他又拔出一个萝卜，又举到阳光下端详，他又失望了。以后的事情就变得很简单了。他膝行一步。拔两个萝卜。举起来看看。扔掉。又膝行一步，拔，举，看，扔……

可以说，莫言在进入故事、让小铁匠将红萝卜丢进河中的时候就开始以细节的方式铺垫这个高潮，整个故事不同的相关细节都在朝向这个高潮用力，直到它积聚起最大的力量。

在设计小说高潮的时候，我们还需要始终注意，它要出现在故事的主线上，而不应在分叉的支线上，它要构成对主题、对故事的"合力"而不能形成分散或拉扯。我依然想举罗丹创作巴尔扎克像的那个著名的例子。罗丹，用尽了几乎全部的激情和才华创作了一座巴尔扎克雕像，然而前来参观的人都对雕像中巴尔扎克的两只手赞不绝口，它们实在太生动了，太吸引人了。最后，罗丹不得不将巴尔扎克的两只手从雕像中"砍去"，这样人们的注意力才重新被吸引到对巴尔扎克而不是那双手的注意上。小说的高潮设置，也应特别注意这一点。在长篇小说的写作中，高潮可能是分散的，它需要有多重的、多处的高潮设置，而像博胡米尔·赫拉巴尔的《我曾侍候过英国国王》《过于喧嚣的孤独》，君特·格拉斯的《比目鱼》《铁皮鼓》，以及一些使用块状结构、每一章节都相对独立的长篇小说，每一节都会有一个相对的高潮围绕，而在故事行进至后半部分大高潮到来的时候，它们应会具有合力的感觉，就是之前的小高潮也或多或少"参与"着这个大高潮的建筑，它们有一个相对统一性的朝向。

第五讲 高潮设计

小说的高潮,它是矛盾冲突最强烈、最紧张时的那个节点,是所有的积累积累到一个顶点的聚集处。在完成高潮设计的过程中,我们可能还需要有下面的种种考量。一是设置矛盾,想办法将矛盾做足,我们必须在高潮到来之前设置一波又一波的阻力,同时又让故事在前行的颠簸中冲破这些阻力,"制造矛盾、解决矛盾、再制造矛盾、再解决矛盾"是多数小说的基础做法,也是为小说高潮积累势能的有效做法。二是要努力将小说高潮设置成一个"爆点",即使它属于将爆未爆或者归于平静的,也要预先把"爆点"想好,至于处理成将爆未爆还是归于平静,那是技术手段而不是本质性的。既然是高潮,它的高和潮都要细心想好。三是一定要照顾好故事中的逻辑关系,故事能达至高潮不会是一个孤立的事件,而是在一层层推进的过程中积累达到,它需要整体性的配合,从始至终的合力感。前面的举例中已经有所涉及,这里我们依然不再赘述。

思考题

1. 是不是所有的小说都需要高潮？为什么？

2. 如果，我们预设了小说高潮，那个高潮是大家可以想得到，同时故事情节也铺展充分的，然而，在到达高潮之前，小说的叙述有意结束，这样是否可以？

3. 按照东方化的审美，我们可以接受一种平静、平淡但有意味和回味的故事，是否可以说，我们的"东方故事"是可以反高潮的？

4. 主人公或者小说中的核心人物的死亡，一定是小说的高潮吗？

第六讲　角度设计

就"小说角度"的议题而言，它其实包含三个方面且互有渗透的内容：第一种指的是"叙事视角"，即上帝视角（第三人称，"他"或"他们"，全知性的）、经历者视角（"我"，第一人称，半遮性的，或半遮与全知混用）和对话者视角（"你"，第二人称，半遮性的）——这是我们提及小说角度时一个侧重言说的部分；第二种指的是"观察视角"，即俯瞰、平视和仰视，其中俯瞰和平视在小说设置中常见，仰视式的文字则极为"稀缺"；第三种指的是这个故事交给谁来讲述，同样的"这个故事"是交由故事中的张三来讲还是李四来讲，是交给孔乙己来讲还是作为酒店学徒的"我"来讲，或者是由咸亨酒店的老板来讲，还是另设一个全知的讲述者来讲……这是个问题，它当然也需要仔细地掂量，认真设计，我们可以将其称为"角色视角"。

——似乎还有一种视角区分角度，是从社会学角度来谈的，譬如"男性视角""女性视角""老人视角""儿童视角"……在"小说技法"系列，在以技术解析为主的话题中，我不准备对它专门地涉及。

第一方面的内容（叙事视角）在诸多的叙事学文章中有较多涉及。第二方面的内容（观察视角）多与第一方面的内容交融着言说，不专题论述，在这里我也将采取类似的方式，因为它往往是与叙事视角紧密相连的。第三方面的内容（角色视角）在以往的文字中则鲜有提及，但它对小说的表达有着相当大的影响，甚至可能是"质"的影响，其实也是不可忽略的。一般而言，在小说"酝酿"过程中，我们锚定了主题、故事、高潮和大体的细节之后，会接着设计小说的叙事视角，然后在确定了叙事视角后确定角色视角（也可能是同时），确定具体的讲述者——之所以说"也可能同时"，是因为如果确定使用全知的"上帝视角"的话，叙述者即作者，它不用再去特意设置角色视角；还有一种可能，就是写作者在确定叙事视角的同时也确定了角色视角，他从设想的伊始就认定由故事中的哪一个角色来讲述，并且不准备更换。就"小说角度"的议题而言，叙事视角的设置和角色视角的设置往往是统一考虑的,个别的时候则需要区别掂对。

我们将在后面的解析中仔细地抽丝剥茧。

下面,我们从叙事视角的角度来进行解析。

一、上帝视角

作家勒萨日在他的小说《瘸腿魔鬼》中讲述:马德里有一个大学生,无意之中把封在瓶子里的魔鬼放了出来,魔鬼为了报答他,带他飞到市区的上空,揭开一家家屋顶:于是,他得以看到房间里发生的一切,人世间只于密室的隐情让他尽收眼底——我将它看作这一视角的有力隐喻。飞行在上空,从上面揭开屋顶,得以俯察人与人的关系以及他们之间的发生:它强调了全知性,同时也提示了俯瞰的意味。事实上,跃至人类(人生)的上空对那些个人和事件做一种整体性的、有发现的观察,是小说得以存在(尤其是在哲学、社会学和科学不断演进、丰富着的今天)的重要理由之一,我们总是要提醒人们"事情并不像你想象的、看到的那么简单"。作家和具有魔法能力的"魔鬼"(隐喻现实感受和虚构能力)联合,发现并审视我们在日常中的不识不察、遮遮掩掩,甚至深入从不肯示人的那个"幽暗区域"——这当然也是小说得以存在的重要理由之一,尽管这两条之一都不是唯上帝视角所独备的。这一视角,核心词应当是:(1)全知,叙述者几乎可以是一个简写的"上帝",他应当早早地就对故事的发生了如指掌,知道其来龙去脉,知道其中每一个人的命运,甚至是每一个人的基本心思和打算。在这一视角中,叙述者的把控感是最强的。(2)俯瞰,它和全知紧紧地联系在一起,在这一视角中可以对人物的命运进行"指点",可以进行某种有效总结,可以发出整体性的感慨,而这是其他的视角不易做到的。同时,它也可在故事开始的时候即点出故事的"未来发生"然后穿插讲述,故事的整体感可在叙述中悄然强化。(3)阔大或恢宏,它可以把诸多人物和他们的时代"一起打量",可以完成复杂故事的总括性讲述,可以对一个或多个人物进行跨度巨大的生存追踪,甚至可以完成"史诗性"建构……它适合或者说更适合大题材。(4)故事——无论从哪个叙事视角、哪个观赏角度或哪个角色视角,都可以完成故事,都可以是故事的,但我想我们必须承认,全知视角的小说对故事性的依赖却是所有角度中最强的,故事性是上帝视角的小说完成度的第一考虑。

此视角，作家更多是充当说书人的角色，他在讲一个陌生的、我们大致并不了解而他知道甚多的故事，而他是了如指掌的那一个……这一视角，是我们传统小说中采用最多的一种方式，它更有叙述性，更容易展示故事。我们可以看到，《荷马史诗》是全知性的，叙述者甚至知道诸神的想法，他是在一个更高处同时揭开了阿尔卑斯神庙的屋顶；塞万提斯的《堂吉诃德》也是全知的，这种全知让它能够把整个故事娓娓道来；加西亚·马尔克斯的《百年孤独》依然是全知性的，凭借这份俯察的全知，蛛网式的故事构架才得以建立……可以说，适合书写具有史诗性的大题材是这一视角的特点，但我们也不可否认，某些具有"小"和"局部"感的小说同样可适用这一视角，它仍然有施展之地。譬如，弗兰兹·卡夫卡《变形记》采取的视角也是全知的，作家借用具有俯视感的全知做的却是探微的工作，将人性的微点、被我们忽略的部分放置于显微镜下，让它呈现出庞然大物的形状，进而让我们审视。

二、经历者视角

它也可称为"主人公视角"，即由"我"来讲述的故事,"我"在这里承担着双重的身份:一是叙述者身份,一是经历者身份。正是这一双重性使这一视角得以在全知讲述和半遮讲述之间游刃有余,在我看来它可能是现在最为便捷、最容易掌控的一种视角。让"我"出场、以"我"作为主人公同时兼有叙述者视角的讲述方法,是随着时代的演进,具体的日常生活和个人命运越来越被重视而渐渐获得凸显的,如果我们略加审视,就会发现,在较为古老、远古的时期小说讲述多使用上帝视角(甚至可以说,几乎全部是上帝视角),当时的人们更愿意了解和认知"远比我们的力量大得多的"神灵们(在他们的身上被赋予了自然的神性)、英雄们(或者是神灵的人类之子,具有半人半神的性质)和帝王们所代表的"巨力故事",个人尤其是平民的生活往往不被注意——我们可以简单回溯一下,在神话时期还是史诗的时期,"我"和由"我"来讲述的故事几乎是不存在的,更遑论经典性的文本留下了。而伴随着科学和哲学的关注变化,"人"的存在被放置在了强光之下,"我"这一经历者视角也就渐渐发育起来,并成长为卓然的大树。

经历者视角的独特性在于,第一,它可以在全知的叙述者身份和半知的经历者身份之间来回"转换",而这是

第六讲　角度设计

上帝视角和对话者视角所不具备的。我们看荷马的《伊利亚特》或《奥德赛》，我们看马尔克斯的《百年孤独》，这里的叙述声音来自对故事讲述了如指掌、滔滔不绝的作家，明显的上帝视角，一旦进入叙述，叙述者那种超越性的全知视角便被固定下来，他们只能"记录"故事的进程而不会参与故事进程，更不会在某个时刻下场替代其中的哪一位人物言说"内心秘密"……上帝视角的讲述不进入人物内心，是它应当遵守的基本律令之一（不过这一律令偶尔会不那么严格地执行）。在对话者视角中，叙述者讲述（或者指证）"你"的故事，这里的视角也是固定的、"有限"的——然而使用第一人称"我"来叙述的故事，则可以在进入和跃出之间来回转换，至于什么时候完成这样的转换，则完全看故事需要，以及最便于作家的发挥。

以大家有着普遍记忆、耳熟能详的鲁迅的小说《孔乙己》为例：叙述者是"我"，一个"从十二岁起在镇口的咸亨酒店当伙计"的男人，小说开始以全知的叙述者身份来谈的："鲁镇的酒店的格局，是和别处不同的：都是当街一个曲尺形的大柜台，柜里面预备着热水……"及至对孔乙己的介绍，他是站着喝酒而穿长衫的唯一男人等，这里依然采用的是全知性视角，而中间插的那句

"掌柜说,样子太傻,怕侍候不了长衫主顾,就在外面做点事罢"即为"我"的半知性遮蔽做了小铺垫,接下来的叙事中"我"可以完全地忽略作为鲁镇"上层人"的长衫主顾,而将注意力始终放在酒店外间的种种发生上——鲁迅也确是这样做的。

就这篇小说而言,鲁迅可以说充分地利用了"我"这一视角的便捷与"每一种有效",譬如充分留白("我"只能在孔乙己来到酒店的时候才可以介绍他的行为和独特处,而其他的相关只有只字片语,而且是通过其他人的言说"说"出来的,给人留有大量的想象空间),譬如有意回避(孔乙己的偷和偷到丁举人家被打断腿的具体情节。这一情节在小说处理上极有难度,而且太过写实也容易伤到小说的意蕴和丰富,但从"我"的角度听人半遮地说出,则可能是最佳选择),譬如冷静的观察感(众人问孔乙己"你当真认识字么?"和"你怎的连半个秀才也捞不到呢?"时孔乙己的表现和众人的欢愉,这里面带有小小的讽喻性),譬如唤起更强感受的在场感(孔乙己考"我""茴"字怎么写和"回"的四个写法的时候,孔乙己最后一次来酒店的时候)……

第二,可以充分利用"在场感",将阅读者更为直接地拉入故事之中,唤起他更强的"感同身受",进而诱发共鸣——这同样也是经历者视角的"长处"之一。

威廉·福克纳,《我弥留之际》:

> 爹朝屋子里走去。雨忽然倾盆而下,没有打雷,也没有任何的警告;他在门廊边上一下子给扫到门廊里去,卡什片刻之间就浑身湿透了。可是那把锯子还是毫不迟疑地拉动着,仿佛它和胳膊都怀着一种坚定的信心在行动,深信这场雨不过是心造的幻影。接着卡什放下锯子,走过去蹲在那盏灯的边上,用自己的身子遮挡它,他那件湿衬衫使他的背显得又瘦又是肋骨毕露,仿佛一下子他衬衫什么的全都里外翻了个个儿,以至把骨头都露到外面来了。
>
> 爹回来了。他自己穿着朱厄尔的雨衣,手里拿着杜威·德尔的那件。卡什还是蹲在灯的上方,他把手伸到后面去捡起四根木棍,把它们插进地里,又从爹手里接过杜威·德尔的雨衣,把它铺在四根棍子上,给灯架起了一个屋顶。爹瞧着他。"我不知道你自己怎么办,"他说,"达尔把他的雨衣带走了。"

弗拉基米尔·纳博科夫,《洛丽塔》:

星期天。我的心仍然怦怦乱跳。我仍在局促不安,为回忆的困窘发出低吟。

脊背影像。T恤衫和白色体操短裤之间闪亮的皮肤。弯下身探出窗台,摘下窗外白杨树叶,一边和楼下送报的男孩(我猜想是肯尼思·奈特)滔滔不绝地交谈,那男孩儿刚刚把《拉姆斯代尔日报》准确地扔到前廊上。我朝她匍匐而去——像哑剧演员说的"一瘸一拐"地向她爬去。我凭借四肢的凸面——但不是依赖它们——我是靠着中性交通工具缓慢前行:亨伯特,受伤的蜘蛛。我要花上几小时才能到她跟前:我好像是从望远镜错误的那端看她,朝她肌肉紧张的后背移动,我像软骨病患者,四肢软弱扭曲,却又可怕地专心专意。最后终于到了,我有个不幸的想法,想唬她——抓着她的颈背之类摇她,以掩盖我真实的伎俩,谁知她竟战栗着哀叫道:"放开!"——真凶,这个小淫妇,亨伯特·亨伯特只好面色如土地咧嘴笑笑,沮丧地撤退下来,她继续朝街上扔着俏皮话……

《我弥留之际》的这一部分,以达尔的眼光看到,叙述者一侧仿佛有一台固定摄像机,它拍摄到了达尔看到的和可以看到的,并带出了顺着镜头不断滴下的雨水的气息;《洛丽塔》,则以亨伯特·亨伯特的视角为支点,它连接着主人公"沉默着的幽暗区域"的神经末梢,将那种迷恋和欲望勾勒得淋漓。《我弥留之际》强化出的是外在的"身临",而《洛丽塔》则铺展了"心临",进而引发我们的理解至少是部分的理解。

第三,可以铺展自我情绪,强化自我情绪,甚至可以部分地展示"经历者偏见",这是惯常的"上帝视角"所要回避的部分,而在经历者视角中,它则获得充分的允许。

玛格丽特·杜拉斯,《情人》:

吻在身体上,催人泪下。也许有人说那是慰藉。在家里我是不哭的。那天,在那个房间里,流泪哭泣竟对过去、对未来都是一种安慰。我告诉他说,我终归是要和我的母亲分开的,甚至迟早我会不再爱我的母亲。我哭了。他的头靠在我的身上,因为我哭,他也哭了。我告诉他,在我的幼年,我的梦充满着我母亲的不幸。我说,我只梦见我的母亲,从来梦不到圣诞树,永远只有梦到她,我说,她是让贫穷给活剥了的母亲,或者她是这样一个女人，在一生各个时期，永远对着沙漠，对着沙漠说话，对着沙漠倾诉，她永远都在辛辛苦苦寻食糊口，为了活命，她就是那个不停地数说自己遭遇的玛丽·勒格朗·德鲁拜，不停地诉说着她的无辜，她的节俭，她的希望。

整个铺排的章节，写她和自己中国情人的最初情爱与感受，而这一部分的插入使故事有了更深的延绵。

博胡米尔·赫拉巴尔，《过于喧嚣的孤独》：

三十五年了，我置身在废纸堆中，这是我的 love story。三十五年来我用压力机处理废纸和书籍，三十五年中我的身上蹭满了文字，俨然成了一本百科辞典——在此期间我用压力机处理掉的这类辞典无疑已有三吨重，我成了一只盛满活水和死水的坛子，稍微侧一侧，许多蛮不错的想法便会流淌出来，我的学识是在无意中获得的，实际上我很难分辨哪些思想属于我本人，来自我自己的大脑，哪些来自书本——因此，三十五年来我同自己、同周围的世界相处和谐，因为我读书的时候，实际上不是读而是把美丽的词句含在嘴里，嚼糖果似的嚼着，品烈酒似的一小口一小口地呷着，直到那词句像酒精一样溶解在我的身体里，不仅渗透到我的大脑和心灵，而且在我的血管中奔腾，冲击到我每根血管的末梢……

这里"自我言说"的感觉是相当凸显的，它带有强烈的"个人情绪"和个人理解。

三、对话者视角

"你"是小说中的主人公，在这里我要完成的是与"你"的对话，我试着讲述"你"的故事或者我向"你"倾诉我的故事。这是一个极具新颖感和艺术魅力的角度，但同时也是一个最为冒险、最为匮乏和难以有大施展的角度，而在这一角度中，作为故事经历者和讲述者的"我"其实还是悄然在场的，它与第一人称的视角其实很难截然分开（当然也有观点认为，基本不存在第二人称视角这一方式，这一说法大抵也是有道理的，属于片面深刻）……没错，以"你"为主人公、专心讲述关于"你"的故事的小说屈指可数，而能够完成得卓越的则更是稀少；但有一部分小说（像书信体的小说），作家在写作的伊始就特别地设置了一个对话聆听者"你"的存在，它有强烈的对话意识,并将"你"设定为对话的预设目标——我愿意将这类小说也看作对话者视角的容纳类型。譬如,我们可以把茨威格《一个陌生女人的来信》看作对话者视角,因为它的核心主体是"一个陌生女人"写给"你"(著名小说家)的信,核心是说给"你"来听:

> 我想同你单独谈谈,第一次把一切都告诉你,向你倾吐;我的整个一生都要让你知道,我的一生始终都是属于你的,而对我的一生你却始终毫无所知。可是只有当我死了,你再也不用答复我了,现在我的四肢忽冷忽热,如果这病魔真正意味着我生命的终结,这时我才让你知道我的秘密。假如我会活下来,那我就要把这封信撕掉,并且像我过去一直把它埋在心里一样,我将继续保持沉默。但是如果你手里拿到了这封信,那么你就知道,那是一个已经死了的女人在这里向你诉说她的一生,诉说她那属于你的一生,从她开始懂事的时候起,一直到她生命的最后一刻。作为一个死者,她再也别无所求了,她不要求爱情,也不要求怜悯和慰藉。我要求你的只有一件事,那就是请你相信我这颗痛苦的心匆匆向你吐露的一切。请你相信我讲的一切,我要求你的就只有这一件事:一个人在其独生

子去世的时刻是不说谎的。

我们也可以把歌德《少年维特之烦恼》看作对话者视角的另一范例,它的里面有对于倾听者"你"的预设:

> 我的朋友,你问是否需要寄书过来。看在上帝的分儿上,千万不要用那些书来搅扰我的心吧。这颗心已经如此躁动了,我不希望它再受到指引、激发,或鼓舞。有我的荷马,就已经足够了,我也时常哼吟这首曲子,它可以使我的热血冷静下来。我亲爱的朋友,你所见过的任何东西,都不像我这颗心那样阴晴不定,喜乐无常。要知道,你曾无数次地见到我忽而从忧愁转为欢乐,从伤感转为雀跃,并因此为我担心。而我呢,也对这颗心有求必应,把它当成一个生病的孩子。别把这些话告诉别人,否则一旦传出去,我一定会被骂的。

对话者视角的优势在于:(1)它会进一步(相较于经历者视角)强化阅读者的在场感,会有更强的"拉入"和"抓住",因为它是与"你"来对话甚至是讲述"你"的故事的,"你"或者就是故事的主人公,或者是作家心声的聆听者,是他最为亲近的朋友或家人;(2)它会更多地展现心里波澜和被放大的感觉,艺术微妙在其中可以获得更自如的表现,更便于抒情也更便于引发议论;(3)陌生化效果,时时会让人有一种耳目一新的感觉;(4)一般而言,对话者视角会有意保持"唯一声部",也就是始终是言说的那个人(作者,故事中设定的倾诉者)的滔滔不绝,有一种流水连绵的感觉。

但我们不得不承认,这一角度的"限度"和"难度"也是极为明显的:(1)它是在讲"你"的故事或者是与"你"对话,它不得不反复地"创造"一些有关"你"的经历或者"你"与讲述者共同的经历,在这个过程中它很可能遭到阅读者的强烈对抗:我不这样想,我不会做这事,我真的和你很熟吗?我为什么会为你遮掩?为你……一旦把控不好,小说的说服力反而锐减,造成阅读者"反复地跳戏",不肯信以为真。(2)它往往是唯一声部,是一个人的倾诉,这样很容易造成故事讲述的单调;它需要保持始终的"对话"形态,那,它在语词上的用力、在细节铺展上的用力都必须克制,要保持顺畅和大致的"口语化",这样的做法也会造成叙述魅力的衰减。(3)它与经历者视角(第一人称)的讲述方式在基本操作方法和可能达到的效果上（除了陌生化这一点）大致等同，然而却为此增加了不少操作难度和叙述限度，多少有些得不偿失，而且很容易有炫技过度之嫌……

一般而言，上帝视角的写作往往采用俯瞰式，"从高处"向下，可以带有更强的审视和总括的意味；经历者视角的写作因为它的便捷，可在俯瞰式和平视式之间调换，可以融合使用，有较佳的自由度；对话者视角多采用平视，个别情况下可以采取俯视——譬如玛格丽特·尤瑟纳尔《哈德良回忆录》中"偶尔"展示出的。之所以这里有部分的俯视性，是因为这部《哈德良回忆录》是假借古罗马皇帝哈德良之口，写给他"亲爱的马可"，即马可·奥勒留·安东尼皇帝的回忆文字，略包含前辈说给晚辈听的"经验传授"和"训诫"感。

仰视视角，在小说写作中也是较为稀缺、不会惯常采用的一种方式，就我有限的阅读，可以列举的大约只有《苏格拉底的审判》、《歌德谈话录》、圣·奥古斯丁的《忏悔录》、纪伯伦和泰戈尔的一些文字，还有像《圣经》《古兰经》等书中对至高的神的赞颂。这一视角，多是对神、对国王或皇帝、对崇敬的先师的，而在其中仰视的角度也多有区别。但它在小说中少之又少。这一视角对作家来说考验巨大，因为叙述中你"需要"被你所塑造的人物所压住，而这一压住感不仅会让作家不舒服，也会让阅读者不舒服，所以很少有人采用。在经历者视角中，以第一人称、由一个孩子来讲述的故事，可以部分地采取仰视，仰视那些大人们的生活和事件处理——但多数时候，叙述者的"我"会站在事情早已发生过的过来人角度，用平视或微俯视的视角看待旧日发生。

下面，我们要谈的是角色视角的话题。

严格来说，角色视角的选择设计多集中于经历者视角确立之后，也就是说，它往往是确立了"这个故事将由'我'来讲述"的前提之下，再作出选择：这个"我"是谁，是故事中的 A 还是 B，如果让 C 来讲述是不是更合适，等等。我说对它的选择设计不可轻视，是因为交由谁来讲述本质上关乎小说的质量和新颖度，关乎小说能否达到它所可能的"最佳"，也关乎作家是不是更"有话要说"，更能施展自己的长处。

继续回到鲁迅的《孔乙己》。小说的题目直接就是"孔乙己"，他是小说言说的核心甚至是唯一核心，而在小说中出现的"我"（咸亨酒店的学徒伙计）本身故事性不强，是被弱化的一个存在——那故事为什么不交给

第六讲　角度设计

"孔乙己"来自述,而非要让一个被弱化的、几乎就是旁观者的酒店伙计来讲述呢?

如果交给孔乙己"自述",它似乎可以更直接、更真切地言说自我生活,但他一定会不断地为自己"讳",不断辩解自己的行为,并有意忽略或篡改某些发生,尤其是被丁举人带人打断腿的那节——这,势必会伤害到小说的主题,减弱鲁迅在这里要带出的强烈反讽。无论哪种方式、哪种视角选择,尽可能地表达好小说主旨永远是第一要务,一切技术手段本质上都是围绕它来完成的——是故,把讲述者设为"孔乙己"并不是最佳方案。

不交给孔乙己"自述",那"我"是否可以是咸亨酒店的老板?这一角色视角与酒店伙计的视角大致类同,而酒店老板又有对于经营、对于时事的丰富感触,同时因为酒店是他的,那种"在场感"会更强一些,他能"一枝一叶更关情"……我们承认这是一个选择,但它同样并不是最佳方案。因为如果是老板,那么他的注意力不能仅集中于"孔乙己"身上,他必然也必须在小说中有旁顾旁骛,这样会影响故事的集中和主题的集中;孔乙己来酒店反复赊账的戏码就会有所加强(毕竟,这是老板的店,赊的是老板的钱),但孔乙己教小伙计"回字的四种写法"的情节就不便像现在这样展开——而这,极大地牵扯着小说的主题要义,是动不得的设计。

除了交给小说中的"我"来叙述,还可以一个全知的叙述者来完成,以上帝视角的方式言说孔乙己的一生,这种角度能够让故事更完整、更有起伏,孔乙己所遭遇的某些事件也可以得到充沛展示……但它同样不是最佳方案。强化故事性不是鲁迅在这篇小说中的核心诉求,而且一旦全知,小说有意的概括性和宽阔的留白都必须舍弃,悠长的、耐人寻味的意味也会损失。再有一点,一旦用全知的方式、故事性结构,小说就势必会拉长,势必要设计层层波澜,那样的方式又不是鲁迅所长,更不是他的所喜。至于小说在视角上的最终选择,在前面的阐释中已有部分解释,不再赘述。

沈从文有篇短篇小说,《丈夫》,聂绀弩认为这篇小说像普希金"写出了伟大俄罗斯的忧伤"那样写出了伟大中国的忧伤。它的故事极为简单,写新出嫁的妻子迫于生活不得不来到妓船上"做生意",而这样的情况在"黄庄"也是普遍。小说以前来探视的丈夫在船上的目睹为视角,叙述的是妻子几次做生意的过程,最后,夫妻俩返回了乡下……我在《匠人坊:中国短篇小说十堂课》中

第六讲 角度设计

对此有过分析:

我猜测,在小说写作的最初,沈从文也许不会第一个想到"丈夫",因为在妓船的生活中一般而言丈夫是缺场的——他是在反复的掂量、比较之后突然地想到了丈夫,而这,让他豁然开朗。这个角度,非同一般。为什么这么说?

如果站在老七的角度、妓女的角度来讲述这个故事,它会强化屈辱和"受害"的力度,波澜感会有所增强,而且可以有内心波澜,带出更为直接的好恶来——许多的底层小说、控诉小说就是这样写的,这当然是一个可以成立却特色不彰显的角度。而且,这小说一旦强化了控诉的力度,它就会部分地滑向问题小说,向度就单一了,就不会再具备这篇小说的宽厚度。还有一点,就是沈从文的文字性格问题,我谈及的是"文字性格"——文字中的沈从文难有控诉和特别尖锐的东西,他狠不下来,也毒不起来,这不是他的优势。他如果写一篇控诉小说,在那个年代较之其他作家也不会出色,反而显拙。那从大娘也就是老鸨的角度呢?它会带出客观、冷静,可以直面种种的不堪,在小说中所说的"猪狗"之事便可较直接地描述了,冷静和残酷会带出来，而温情的、羞愧的部分则必然减损，而这，又是作家想要的。水保的角度，五多的角度，包括客人的角度……小说依然可以完成，但某些的减损会更大。

从丈夫的角度——他不会是一个冷静的观察者，他必然地带有波澜，但却只得任由发生，甚至不会在妻子面前有更多表现和发泄，这自然有了更强的张力；丈夫的无力和无可为会最大限度地唤起同情和悲悯，进而让我们思索何以如此，为何如此，这样的社会这样的生活……

角色视角，它选择不同的主人公作为讲述者会"自然"地带出这个人物的个性和语言习惯，带出他对事件发生的不同理解和认知，甚至由此带出不同的情感、情绪……有些作家会充分利用角色视角能够带来的差异和丰富，他们会在一篇小说中设置多个故事讲述者，在 A 将故事讲述了一遍之后再由 B 站在自我的角度重讲一遍，C 和 D 同样如此……福克纳的《喧哗与骚动》，康普生一家的日常悲剧和他们"失落的天真"，作家先让家里的兄弟三人（班吉明、昆丁、杰生）各自讲述了一遍自己的家族故事，随后作家又以全知的上帝视角将故事讲述了一遍，补充了迪尔西的部分故事；小说出版十五年后，福克纳又写了一个"附录"，把康普生一家人的情况和境遇重新补充。康拉德·艾肯认为："这本小说有坚实的四个乐章的交响乐结构，也许要算福克纳全部作品中制作得最精美的一本，是一本詹姆士喜欢称为'创作艺术'的毋庸置疑的杰作。错综复杂的结构衔接得天衣无缝，这是小说家奉为圭臬的小说——它本身就是一部完整的创作技巧的教科书……"他的另一部小说《我弥留之际》采用的也是多个主人公以"我"的视角来作出讲述的方式。

而对于小说家奥尔罕·帕慕克来说，同一事件、同一生活交给不同的人物来反复讲述大致是他最为依赖、最习惯操作的手段，《我的名字叫红》和《我脑袋里的怪东西》均采用的是这一方法。在《我的名字叫红》中，可谓是"众声喧哗"，出场的人物（是人或物）有二十几位，在小标题中作出分别的注明：（1）我是一个死人；（2）我的名字叫黑；（3）我是一条狗；（4）人们将称我为凶手；（5）我是你们的姨父；（6）我是奥尔罕；（7）我的名字叫黑；（8）我是艾斯特；（9）我，谢库瑞；（10）我是一棵树；（11）我的名字叫黑；（12）人们都叫我"蝴蝶";(13)人们都叫我"鹳鸟";(14)人们都叫我"橄榄"……而《我脑袋里的怪东西》则以麦夫鲁特、萨米哈、苏莱曼、拉伊哈等不同的"我"来讲述贩卖钵扎的小贩麦夫鲁特一家在伊斯坦布尔的艰难生活,讲述他的人生、冒险、幻想和朋友们。

这种同一事件、同一生活从不同的角度来讲述、"我"的角色变化而带来种种变化的设计方式可看作角色视角的一个变体,它所能带来的优点是:(1)多角度,丰富性和复杂性都可以获得叠加,从而使小说变得浑厚;(2)趣味性强,其中因讲述者的不同而带来的语感变调引人入胜,艺术感会充足;(3)不同角度的叠加与拼贴会使故事的背景因素(时代的、政治的、流行思潮的、器物的,以及一切"毛茸茸"的东西)得到充沛而立体的展示,更便于阅读者建立画卷感;(4)它也可容纳对同一事件、同一命运的不同见解,可展示在同一事件中的不同发现,从而使它歧义丛生、向度丰沛,带给我们的思考也会多出许多;(5)它可以使故事的脉络更为清晰,但也可使故事脉络变得更为混浊、含混不清,这要看"故事的需要"。

在这里我再次重复我的一个观点:小说写作需要设

第六讲　角度设计

计,它的每一处美妙和动人的支点都是设计出来的,甚至包括其中的每一个语词;越是在小说中显得天衣无缝、看不出半点儿设计感来的文字,作家在这里的用力可能越多,它的设计精心可能也越强。就小说的角度设计而言同样如此。我们必须清楚,从不同的叙述角度出发,会生出不同的"故事"来,其效果和设计策略也要随之变化……在我的小说创作学课上,我曾和同学们以及一些作家朋友们做过一个设计游戏,试着从不同的角度改写艾萨克·巴什维斯·辛格的著名短篇《傻瓜吉姆佩尔》中的一段叙述。其原文是:

> 我去拉比那里求救。他说:"书上写着:当一辈子傻瓜也比做一小时恶人强。你不是傻瓜。他们才是傻瓜哩。凡是令其邻人感到羞耻的人,自己就会失去天堂。"可是拉比的女儿也照样骗我。我离开拉比圣坛时,她说:"你吻过墙了吗?"我说:"没有,吻墙做什么?"她答道:"这是法律。你每来一次都必须吻墙。"吻就吻呗,吻一下墙好像并没有什么害处呀。她于是大笑起来。她可真会捉弄人。她确实把我诓了。

然后，我设计了拉比的角度：

他走出门去，看得出，我的解释让他满足。"吉姆佩尔，"小艾卡喊住他，她竟然只扎了一半儿的辫子，"你吻过墙了吗？"吉姆佩尔直着眼珠，"没有，吻墙做什么？"

一定是吉姆佩尔的呆相激起了小艾卡恶作剧的天性。"这是法律。"我听见孩子说，"你每来一次都必须吻墙。"

呆头呆脑的吉姆佩尔竟然信以为真。他朝圣坛的方向望了一眼，没等我出来制止，就径自朝墙角走过去。现在，吉姆佩尔让自己变得极为可笑：衣服上的面粉和嘴角的那层灰，加上那副木木的表情——小艾卡晃动着半条辫子，咯咯咯咯地笑了起来。

拉比女儿的角度：

傻瓜出来了，他走得就像一只大笨鹅。我可不能让他轻易走掉。"哎，等会儿。"我从椅子上跳起来，用最快的速度截住他。"吉姆佩尔！"我对他说，"你吻过墙了吗？"

第六讲 角度设计

"没有,吻墙做什么?"

"这是法律。"邻居达尔曼叔叔探着头朝我们的方向走过来。"你每来一次都必须吻墙。"我说。

这只笨鹅实在笨得可以,如果不捉弄一下他,上帝也不会原谅。他朝墙角走过去的时候,达尔曼叔叔也赶到了。我们看着,他的头和身子都贴在了掉着墙皮和白灰的墙角上。

转过身来,傻瓜已变成了一个土人儿。嘴角的灰如同小丑脸上没有贴好的胡子。

我笑得肚子都痛了。

还有,一个旁观者的角度:

远远地,当我看到拖着半条辫子的艾卡截住吉姆佩尔的时候,就知道有好戏看了。

"吉姆佩尔,"她叫住他,"你吻过墙了吗?"

吉姆佩尔望着她:"没有,吻墙做什么?"

"这是法律。"鬼精灵艾卡故意严肃地说,然后她悄悄地向我挤了挤眼,接着对吉姆佩尔说,"你每来一次都必须吻墙。"

吉姆佩尔这个榆木做的傻瓜，他竟然信了，竟然以为拉比的女儿也掌握着法律的解释权。只见他背过身子，真的去吻墙角了。当然会有他好看——他的嘴角、鼻头、下巴，沾上了一层灰，然后，他一本正经地转过了脸。七岁的艾卡，抖动着她脸上显得刻薄的小雀斑，小母鸡似的咯咯咯咯地笑了起来。

不同的叙事角度自然会带来叙事方式的不同，甚至是语调上的不同。我们先看原文，辛格在写《傻瓜吉姆佩尔》的时候，是站在吉姆佩尔的角度来叙述的，所以我们看到的文字是那个样子。吉姆佩尔是个容易相信、有些呆的"傻子"，脑袋不太灵，在写下这段文字的时候，辛格是顺着吉姆佩尔的可能而不是写作者的可能写下来的——这点异常重要。这样的文字，一是不能华丽，不能超出"范围"；二是不可有强思辨，它只能记述；三是多少要显出些呆气，打碎惯常逻辑，但绝不能把整篇文字带傻了，相反，它要时时刻刻记得保持差异性的灵气和暗暗的并一贯的逻辑。鲁迅的《狂人日记》中的狂人、福克纳的《喧哗与骚动》中的班吉明、阿来《尘埃落定》中的那个"我"，均是有效的参照。

而另外的角度，则全属于"正常人"的角度，不过在叙述中它们还是有所不同。拉比，这个负责阐释法律、宗教教义的人，语调上会严肃呆板些，因其身份，他看待傻子的"呆"会有小小的克制，尽管他在心理上对吉姆佩尔也有暗暗的轻视，而对自己女儿的行为，也多少会有些"维护"，所以他的叙述一定得留出这个盲区来。我设计拉比那个来不及制止，很可能是"自我辩解"，在那一时刻他也许根本没有想过"制止"，但在叙述的时候悄悄加了进来。当视角转换为拉比的女儿，即一个孩子的眼光时，她在恶作剧中的语调一定要灵动快乐，而在她眼里，这个用来捉弄的傻瓜是出奇地好玩，以她为视角的叙述要带出对吉姆佩尔强烈的嘲笑来。而如果转换成旁观者的视角，由他来叙述，那么对拉比女儿的维护就没有了，所以他会观看到拉比没有"看到"的小雀斑，以及看到小孩子嗫瑟着的刻薄。旁观者对吉姆佩尔的态度，嘲弄的心也是有的，但，在这里不必强化，维持住貌似的客观即可。

鲁迅在写作《狂人日记》的时候，那种对狂人心理、心态的把握掌控，他的言说趋向的寓指，无一不是经历着精心设计的。萨特的《死无葬身之地》，如此"理念沉重"的戏剧在人物对话的设计上也足见精心，他让每个人都掌握着属于自我的行事准则和逻辑，在那里作家并没有指定哪一个人（或者这个各怀心事的群体）是他思想的代言人，而是，他为他们设计了各自的角度和声部，让他们的声音和视角都带有强烈的"自我"。

小说的角度设计……如果我们将所有的"视角"再次统归为"角度"，它的设计原则有哪些呢？

我以为，第一原则是新颖，别致，意外。小说角度的"奇和新"会让小说生辉，甚至部分小说的成功很大意义上是角度设计的成功。君特·格拉斯的《铁皮鼓》，写二战，写德国，如果君特·格拉斯不设计那个叙述者奥斯卡，不从那个能唱碎玻璃、不肯长高的侏儒的角度来写，这部小说也许依然会是不错的小说，但它可能会陷入艺术平庸，它的魅力定会遭受大大的贬损。我以为，缺乏艺术魅力的小说再深刻再复杂，也未必比一部阐释哲学、社会学的小册子更有效。福克纳的《我弥留之际》，那种多视角的变化让小说有了多声部的参与，一下子变得阔大许多，它的卓越和成功，我以为"角度新颖"所起到的作用不可小觑。乔叶有一篇小说叫《轮椅》，她故意让小说的主人公"降低"至一米，坐上轮椅。这样，从主人公的角度看，我们的日常生活就需要"仰视才见"，那些日常的、平常的事情就变得波澜丛生起来，所以这篇小说的成功很大程度上也取决于角度的新颖。阿来的《尘埃落定》、鲁迅的《祝福》、阿兰·罗布-格里耶的《嫉妒》、海明威的《白象似的群山》，等等，无一不是如此……

第二原则是效果最佳。我想辛格在写作《傻瓜吉姆佩尔》的时候一定也设想过从旁观者的角度、从拉比的角度或者其他的什么角度进入，在上帝视角、经历者视角、对话者视角中经历过掂对，然而权衡之后，他选定从吉姆佩尔这个"傻瓜"的角度进入是最合适最恰当的，这是最能展现他的想法同时获得最佳效果的路径。从傻瓜的角度写，在语感上会有意外之奇，当然这不是重点，重点是，他越认同吉姆佩尔，越认同吉姆佩尔的行事，那种悲剧性的力量就越强，这是其他角度所难以达到的效果。

第三原则是最能够让作家腾挪、发挥、施展。它得让作家有话可说、有话能说、有话好说，这一原则对写作者来说是暗含的，然而却又是极重的一条原则，没有哪个作家不肯遵循它。

思考题

1. 你认为，叙述角度的不同会对小说的完成和高格有多大的影响？

2. 威廉·福克纳习惯在同一小说中多次转换视角，让不同的人物对同一事件和同一经历作出不同的理解，像《喧哗与骚动》《我弥留之际》等。是否所有的小说都可以如此？为什么？

3. 我们把沈从文的《丈夫》进行多角度改写，让里面所出现的所有人物都延伸他们的主视角——它会使小说更丰富吗？

4. 在叙述视角的选择中，最能表现情感涡流、最有打动人的力量的那个视角是否就是最佳选择？

第七讲 情节设计

"情节是一个过程，不是一个物体"，罗纳德·B·托比亚斯这样谈到。他的意思是情节是动态的而非静态的，它需要一个明确的"移动过程"或者"发展过程"，是小说中最具核心力量的故事连接……是的，我们有时会把小说的细节和情节相互混淆，但罗纳德·B·托比亚斯提示我们，细节是故事中凝聚的点，而情节，则是至少两个细节之间延绵的、发展的部分，甚至可以包含这两个分居于故事两端的不同细节。而在孙绍振看来，情节是"从因果性开始的形式一体化的进程"，"情节，从通俗词源学上看，就是两种以上的感情中间的关节。没有两个以上的层次的情感便谈不上情节"。他在细节因素之上加入了情感因素，在我看来也应是一种有益、有效的补充。

情节，包含着顺序性（故事、情感的发展脉络，时间上的更变），也包含着因果性（这是小说写作有意而用心的添加，强调着事件导致和情感导致），它是一种有序的连绵，并在这个动态过程中完成故事上的、情感上的双重推升，直至达到高潮。在情节的设置中，我们首先会设置压力，让人似乎唾手可得的愿望落空或他的正常生活被某个事件打碎；我们会设置对抗和强化对抗来加重这个压力，同时也悄然地强化主人公的坚固和固执，使这一对抗在一波三折中获得强度的加重。之后是高潮，或者出现翻转，或者形成重击力量，或者在某个关键点上戛然而止——我们发现，"情节"这个词，似乎又与故事结构太过近似了——"在某种意义上，情节就像是个容器，什么都可以装进去。构思好的故事框架，加上所有合适的细节，然后就像混凝土或凝胶一样，一切就绪了。"罗纳德·B·托比亚斯的这段话在"命名"何谓情节的同时也回答了我上面提出的近似问题，他向我们指认：情节，应当也包含着结构性的故事框架，但同时又包含细节。情节是它们之间的"整合力"，是像混凝土或凝胶一样的黏结物质。

E. M. 福斯特在著名的《小说面面观》中，有一段极为精彩而卓越的论述，他是区别情节和故事的：

我们还是先给情节下个定义吧。我们已经给故事下过

第七讲　情节设计

了定义：对一系列按时序排列的事件的叙述。情节同样是对桩桩事件的一种叙述，不过重点放在了因果关系上。"国王死了，后来王后也死了"是个故事。"国王死了，王后死于心碎"就是个情节了。时间的顺序仍然保留，可是已经被因果关系盖了过去。我们还可以说："王后死了，谁都不知道是什么缘故，后来才发现她是因国王之死而死于心碎。"这非但是个情节，里面还加了个谜团，这种形式就具有了高度发展的潜能。它暂时将时序悬置一旁，在不逾矩的情况下跟故事拉开了最大的距离。对于王后的死，我们听的若是个故事，就会问："然后呢？"如果这是个情节，我们就会问："为什么？"这就是小说这两个侧面最根本的不同之所在。

之所以用如此多的篇幅、从不同的角度来阐释"何谓情节"，是因为这个词本身包含着太多的模糊之处，尽管我们在谈论写作的时候会不断地提及它。作为作家，我习惯或者说尊重某些概念的模糊性，有时这种模糊恰恰能使文学生出丰富、歧义和多重的可能，但如果一个概念"过度地"模糊以至于我们总是在言说中混淆那就是问题了，它会让我们进入一种"迷雾之中"而难以有更为有效的触摸。是故，基本理清的工作也是必须做的，虽然在这个理清的过程中我们依然不能把它变成确然的"一"或者"二"，那种模糊性依然有它的弥漫。

下面，我们将要涉及情节的种类议题了。第一种说法是"成千上万"，它是无法确然归类的，因为不同的作家一直在创造不同的情节类型，而随着时代的、认知的演变它们也变得更为丰富多样。第二种说法源自鲁德亚德·吉卜林，六十九种，它强调的是情节模式。第三种说法源自卡洛·戈齐，也是对于模式的分析，他认为基本的情节模式一共有三十六种。第四种说法来自罗纳德·B·托比亚斯，他概括为二十种，"它们只是最基本的二十种情节，任何一个积极创新的人都可以发现更多"。而学者普罗普则以民间故事、童话主题为研究核心，从"结构—功能"的角度为民间故事建立了三十一种功能，他认为所有的民间故事都是对这三十一种功能挑选后组合而成的。普罗普的这一方法对于我们理解更为宽阔、芜杂的小说叙事学同样重要，提供着一种可能向度。

是的，我们知道，小说写作是一种全然的创新性劳动，它不能也永远不应被模式所困囿，它应当永远地、永远地朝向未有，甚至要以一种"灾变性"的方式强行地揳入文学史学,"所谓文学史,本质上应当是文学的可能史",这一漂亮而锐利的断语一贯有效,但理解和了解前人已经提供的创造和可能又是极为必要的、有效的,我们大约无法在匮乏前人经验的前提下完成所谓的创新创造,更难保障这一创新和创造真的是新的而不是发明之后的发明。与此同时,我也愿意重申:模式并不都是坏的,或者它本身不坏,它是前人在不断试错过程中得到的经验总结,是我们现有的集体审美最可接受的基本标准,部分地也可看作钟表时针准确运行时精妙的"内部结合"。言说情节的种种基本类型也正是出于这样的考虑。在这里,我重点介绍的是罗纳德·B·托比亚斯在《经典情节20种》中的模式划分(当然我也做了一些归纳和压缩)。

经典情节一:探寻

所谓探寻情节,是主人公尽心竭力地寻找一件"重要之物",它或是一个人、一个地方,或是一件东西、一种对自己有益有效的思想,有形的或是无形的;主人公专门(而非顺便)地寻找这个他希望获得的东西,借此给他的人生带来重大转变。《吉尔伽美什》《堂吉诃德》《愤怒的葡萄》即是这一类型中的代表作。它需要首先塑造一个有血有肉有性格的主人公，探寻情节的立住很大程度上依赖它的主角；主人公要寻找的目标在很大程度上反映了他的性格，而这一过程也往往会以某种方式改变他的性格，从而影响人物的变化，在故事的结尾我们会明晰，这一变化是何等重要。在这类情节中，主人公往往始于家园，最后也终于家园；这趟行程的目标（而非寻找的目标）本质上是，智慧，是对自我和世界的重新认识，是满足或者教训……从本质上说，这些故事多是插曲性的。

经典情节二：探险

它与探寻情节的不同之处在于：探寻情节是人物情节，是思想的情节；而探险情节却是动作情节，是身体的情节。探寻情节焦点始终是人，它关注的是踏上旅程的那个人；而在探险情节中，焦点则是旅程，是旅程本身。探险情节，要的是新鲜和奇特、曲折和冒险，是那些我们或许从来不会做的（但小说中的主人公替代我们完成），以身试险然后全身而退的故事。在这里，事件比人物更重要，主人公的性格有无发展、改变并不是此类情节要关心的，但我们选择的主人公的性格一定是适合于探险的那类人。他要进入的是"陌生世界"，这个陌生可能是新的大陆或海洋，也可能是另一个星球或者地球内部，或者是一个完全属于想象的世界。这一类型中的代表作有《海底两万里》《海狼》《鲁滨逊漂流记》《格列佛游记》《怒海余生》等。

经典情节三：追逐

追逐情节就是文学版的捉迷藏。它的前提很简单：一个人追逐另一个人。它是一个身体情节，所以追逐这件事远比追逐的参与者更为重要。一般而言，在情节的第一阶段，确定追逐比赛的规则、情境、动因以及可能的有效赌注（死亡、坐牢、结婚等）；第二阶段，纯粹的追逐，在这个阶段，需要多次的无限接近和合情合理的再次挣脱，在追逐过程中，作者想方设法制造意外，让阅读者始终被追逐的过程吸引；第三阶段，结局部分，逃跑者被追逐者抓住，或者他远远地逃之夭夭。《悲惨世界》中的沙威警长对冉·阿让的穷追，夏洛克·福尔摩斯在整个系列故事中对莫里亚蒂的穷追不舍，都可看作这类情节的典范之一。电影中这类情节发展得尤其令人瞩目,太多的类型电影采取追逐情节并大获成功。

经典情节四:解救(略)
经典情节五:逃跑(略)

经典情节六:复仇

弗朗西斯·培根将"复仇"称为野蛮的公正,在文学作品中,这种情节的主要动机要解释得一清二楚:主人公因为真实的或想象中的伤害而对敌手作出反击。它的诱人之处在于:我们会因为小说中的不公正行为和类似的种种而怒发冲冠,希望看到这种现象被纠正过来——难题是,主人公的反击通常会超越法律的界限,然而正是这一"越界"更能牵动我们的心。"复仇故事曾是希腊人的最爱,但却在十七世纪伊丽莎白和詹姆斯一世时期的悲剧中达到顶峰。"莎士比亚的《哈姆雷特》、亨利·切特尔的《霍夫曼悲剧》、欧里庇得斯的《美狄亚》等作品即是这一类型。复仇动机始终支配着小说(或戏剧、电影)中的人物,而复仇动机也往往会让我们看到两面:一种是,深切同情，对小说中的主人公始终心生怜悯，这种怜悯甚至会对他的暴力行动进行宽宥；另一种是，寻仇的执念在异化和扭曲着人物的价值观，使他变成他不认识、我们也不肯认可的"另一种人"，从而使我们对此心生警惕。

经典情节七：推理故事

推理故事，其核心必须围绕一道难以破解的矛盾谜题来展开。它的要点是，故事情节的重点是评价和解析事项（人物、事件、地点、时间以及原因）。事实并非如其表面所见，而线索隐匿在字里行间。答案并非显而易见，但它又是确然的真实存在……推理故事一贯的传统原则往往是，答案见于明眼处。罗纳德·B·托比亚斯刻意地提醒我们，"若非深思熟虑，绝对不要着手写推理故事"，"此类故事需要极大的智慧以及欺瞒读者的能力"。爱伦·坡的《被窃的信件》、赫尔曼·梅尔维尔的《班尼托·西兰诺》、法兰克·R·史塔顿的《美女，还是老虎?》，甚至弗兰兹·卡夫卡的《审判》，以及阿加莎·克里斯蒂、雷蒙德·钱德勒等人的作品被认为是这类作品的典范。

经典情节八：对手戏（略）
经典情节九：落魄之人（略）
经典情节十：诱惑（略）

经典情节十一：变形记

这类情节以"变化"为中心。这个"变化"可涵盖多个领域，但在变形记这类情节中，"变化"具有特定性，故事主角往往要在外形上发生实实在在的变化，而这一变化也深入地影响着他的情感变化。它的故事梗概通常是，在故事伊始，小说主人公是以动物的外形存在的，然而到达适婚年龄之后，他便会蝶变为翩翩少年，或者恰恰相反——两种不同进程所要达到的"变形"是一致的，是人与动物之间的相互转换。《狼人》《变形记》《青蛙王子》《美女与野兽》等即是此类作品。变形记这一故事情节的关键在于向读者展示变形（或变形失败）的过程。这类故事关乎故事中的人物描写，是故，我们会更为关注故事中变形主人公的本质而非其行为、动作。故事发展一般也有三个阶段：（1）我们会认识被施了魔咒的故事主角和可能的反面人物。(2) 变形的主人公和反面人物之间关系的转变。"尽管反面人物还会反抗,但是,不管是出于对变形主角的同情、恐惧,还是被其掌控,他的意志都已经不如开始时那么坚强"。(3) "诅咒能否得到破解"则处于最为关键的时候,双方(两种力量之间)即将面对宿命的安排,"而此时,往往需要某个意外的发生,从而催化变形主角的外形得以改变——这是故事发展的最高潮,也是故事发展的方向所在"。

经典情节十二:转变(略)

经典情节十三:成长(略)

经典情节十四:爱情故事(略)

经典情节十五:不伦之恋(略)

经典情节十六:牺牲(略)

经典情节十七:自我发现之旅(略)

经典情节十八:可悲的无节制行为(略)

经典情节十九、二十:盛衰沉浮(略)……

罗纳德·B·托比亚斯《经典情节20种》立足于小

说文本和电影文本的结构范式,立足于某种的"通俗性",向我们详解了小说(和电影)在情节设置上的二十种类型取样,在我看来颇有参照价值——它告知我们小说(和电影)的情节设计可以进行分类梳理,从不同的题材、主旨和功用的角度展开;因为题材、主旨和功用的不同,情节的基础叙事构成也是不同的,它们都有一个相对完善的基本范式,虽然这些基本范式未必对所有的作品(包括经典作品)都适用。当然他的分类方式也有缺陷:它有某些片面(譬如他在谈及"变形记情节"的时候总结的故事发展三阶段就难以概括卡夫卡《变形记》的情节走向),太过照顾通俗性,在技术上的用力远大于在思想上的用力。对于文学特别是文学技法设计,我也是一个习惯于分类概括的人,我愿意在这种分类解析中察看设计的种种不同,它们所带来的优势和可能的匮乏,以及对于匮乏、缺陷的弥补办法,等等。罗纳德·B·托比亚斯的分类方式和设计解析在我看来颇有参照价值,较为详尽,而且具有颇多洞见之处,是故,我将他所提及的二十种经典情节的类型一一列出(尽管出于篇幅和原创要求,我部分采取了略去主体内容而保留小标题的方式)。当然,在他提及的这二十种经典情节之外,我们似乎还可以加入

第七讲　情节设计

一些出现于经典小说中的不同经典情节，譬如"创世情节"，它以在一片崭新土地上的新生活和新建立为主体内容，是一个族群出于希望而远离故土和旧生活，并依靠自己的力量开始、完成一种理想化或不那么理想化的不同生活，主要作品有《圣经》《百年孤独》《天路历程》等。又如"内心搏斗情节"，它看重的不是故事的发展而是非行动的内心波澜，两个不同自我之间的相互撕咬、相互说服，它注重的涡流发生于一个个人的内部。它偶尔会有"行动"的变体，譬如一位警察临危受命去寻找杀手，但迟迟没有进展。受害者出于同情暗中协助，而他侦查到的结果是，杀手与警察是同一个人，而这位在车祸中幸存的警察也慢慢地发现了自己的另一面：白天，他恪尽职守，努力办案，而一到夜晚他就成了"另一个人"，成了他的反面，一个杀手……是的，没有人能够完整地概括出小说情节的全部面貌，它总是有不及和未尽，但这一梳理对我们理解文学和它的内部极度有效。在罗纳德·B·托比亚斯的分类方式中，我们约略可以看出情节对于主题的依借性，它们几乎是围绕着小说的主题性功能展开的；我们也约略可以看出不同类型的情节对于小说结构和故事展开的不同诉求，情节影响着小说的结构，这一因素很可能是最容易被我们忽略的。是关注于人物还是关注于行动，是关注于外在的事件和冒险还是关注于内心波澜，也是小说在情节设置时不得不仔细进行的考量。

我想我们也应注意到，作家们在构思故事情节的过程中，时常会"不满足"于现实生活的表面呈现，"不满足"于讲述一个猎奇故事，而以一种深度解剖的方式深入它的内部，包括沉默着的幽暗区域——他开掘，从而通过故事情节告诉我们"事情远不像我们以为的那么简单"。《狄德罗美学论文选》中有一段叙述，狄德罗现身说法，谈及他是如何构思小说情节并对它进行反思和深化的——小说的情节在我看来不过是极为普通的爱情故事：一家中有兄妹两人，有了各自的爱情，起初的时候他们遭遇到家长的警惕和反对，但经历父亲的仔细观察后，父亲最终同意了他们的恋爱并促成他们进入婚姻殿堂。但这，始终与这家人的一个亲戚（妻舅）的看法相左，那个人时常到来并坚定地阻挠……它部分地符合罗纳德·B·托比亚斯提出的爱情故事的设计方案，但这不是重点，重点是，狄德罗为了情节的合理和故事的完整提出了十三个问题：

1. 为什么女儿会暗暗地爱上那个青年？

2. 为什么她所爱的男人就住在她的家中？他在这里是做什么的？他是怎样的一个人物？

3. 儿子所爱的这个不知道名字的姑娘是谁？她怎么会落魄到如此贫困的境地？

4. 她是哪里人？既然出生于外省，那为什么到巴黎来了？是什么事情促使她留在这儿了？

5. 那个亲戚，妻舅，又是一个什么样的人？

6. 他为什么在这个家庭中具有权威？

7. 为什么他要反对父亲认为合适的两门亲事？

8. 戏剧不能在两个不同的地方展开，那个生于外省的年轻姑娘要怎样才能进入这个家庭？

9. 父亲，是怎样发现女儿和住在他家里的青年人相爱的？

10. 他为什么不愿意透露他的意图？

11. 那个还不知道名字的姑娘又是如何让父亲中意的？

12. 作为亲戚，妻舅设置了怎样的障碍来反对他的计划？

13. 这两门亲事，又是怎样突破障碍得到实现的？

这十三个问题会"深入"小说的情节、细节和故事脉络中，它们会始终影响着故事的发展，同时构成推动和压力。在这里我愿意再次重复 E. M. 福斯特的那句断语："我们听的若是个故事，就会问：'然后呢？'如果这是个情节，我们就会问：'为什么？'这就是小说这两个侧面最根本的不同之所在。"在狄德罗为自己埋下的追问中，它们更倾向于为什么，为什么——正是在这样的追问中，故事的严谨、情节的合理和言说的有效得以充分地建立。

下面，我们进入"情节设计"的环节。在情节设计中，我们应当有怎样的考虑和处理？我们怎样才能保障它的设计有效？

在我看来，第一，要根据我们的预设主题（罗纳德·B·托比亚斯提及的情节类型）来作出合适的、恰应的情节设计。在这点上，我们甚至可以部分地参照罗纳德·B·托比亚斯所提供的基本方案，并尽量避免它的通俗性。情节设计，可以根据不同的类型诉求而作出不同的设计调整。譬如我们要写一个关于"探寻"的小说，探寻不竭，探寻像爱情和生死一样是文学的永恒母题，如吴晓东在《从卡夫卡到昆德拉》中所言："可以说，每一代人都在重写一个追寻的故事，追寻的故事既是生命的个体的故事，同时在总体上又构成了人类的故事。"我们书写探寻,"需要塑造一个有血有肉有性格的主人公"便成为我们在设置中的首要因素,他,只能是他和他这样的性格,才会触动这个故事的发展和内在议题,即"寻找和呈现一种智慧"的议题才能得到充沛呈现。在经典的小说中,歌德选择了"浮士德",卡夫卡选择了"K",而伊塔洛·卡尔维诺则选择了哥哥柯希莫而不是"我"——要知道,柯希莫在故事中的能够承担和"我"在故事中的能够承担是不一样的,而卡夫卡的"K"则更为特殊:他不是具体的名字而是一个符号,一种行为的统称式表征,但其中的那份固执和在随遇而安中的不放弃则是最初的确立,并持续到最终。我想我们在书写探寻的时候还应知道,明确地知道,在这个故事中人物要在"行动中成长",它的成长性和"思想性情节"在设计中应是重点考虑的因素。我们设计的故事架构,绝不可让行动的精彩盖过人物的成长诉求和弥漫于其中的智慧因素,有时,我们不得不在故事性和思考性的取舍中略倾于思考性的一方。

而如果我们试图写下的是一个"爱情故事",那它可能会围绕着"如何产生了爱情"(或恋人相遇)、"恋人分离"、"恋人再续前缘"之类的情节展开,我们会悄然地在这个爱情故事中建立波澜,悄然地撒下一些悲剧的粉末，有时这些粉末到小说的结尾处还未散尽。我想我们可能还要注意到罗纳德·B·托比亚斯略含调侃地提醒："似乎某部作品在文学殿堂中的等级越高，其主角的爱情故事就越为不幸……意大利歌剧中死去的女人好像比黑死病造成的死亡人数还要多。"这一调侃式的提醒也让我们始终注意爱情故事中的悲剧意味，同时尽可能地不把故事中的女主人公写死。在爱情故事中，我们可能还要注意，要将重心放在主要角色的构思上，一定要想办法使他（她）能够招人喜欢并且让人信服，同时譬如使用一成不变的人物特征——这是故事说服力重要的褒有之地，同样，不止一次，我说过作家应当是而且必须是一个好的心理学家，你要熟悉、洞察你小说中人物的心理及其表现，也要熟悉、洞察阅读者的心理，要努力使他能够身临其境并信以为真，悄然地把自己放置在故事之中。

第二，为所有情节建立可信、有效的逻辑链、情感链。在这里我愿意像弗拉基米尔·纳博科夫那样强调，在小说中，我们要"建立一个真实并接受它的必然后果"。情节的逻辑链、情感链并非生活的自觉提供，而是作家们在写作中根据生活经验（体验）而完成的有意建筑，是只有小说（包括电影、戏剧艺术）才可能发生的添加……"如

第七讲　情节设计

果一桩桩事情是意外的发生而彼此间又有因果关系，那就最能（更能）产生这样的（按：引起恐惧或怜悯之情）效果。这样的事件比自然发生，即偶然发生的事件更为惊人。"亚里士多德在《诗学》第九章中的提及依然值得铭记。我们的情节设计应是，为我们想言说的主题（或者罗纳德·B·托比亚斯提及的情节类型）建立起情感上、故事结构上、行动方式上的逻辑之环，并使精心打磨过的它们成为天衣无缝的符合，从而达到效果上的最能和最强。

当然，我说"建立一个真实并接受它的必然后果"，绝不意味着要在小说中剔除异常、偶然和非理性影响的因素，有些小说的核心言说就是对它们这些异常、偶然和非理性因素的认知，这种认知是何等重要，对于小说的陌生化和歧义性又是何等重要！"情节的一体化是在一种背逆效应中产生的。这种背逆效应在心理上的作用就是既有对正常的必然性（或可能性）的期待，又有对异常的随机性偶然性的发现和惊奇。""一切情节都是在必然与偶然、期待与发现的反复运行中，在多个交叉点上形成、发展的。过分的异常偶然，不能导致'发现'向人物心理纵深推进，过分的正常必然，又使发现和惊奇完全消失……"孙绍振的这一说法颇有见地，他强调了必然性和偶然性之间的存量调和关系，它们如同镍币的两面是无法简单割开的，但这一说法中似乎也包含某种我并不那么认可的疏漏：小说中是能够有效纳入异常、偶然和非理性因素的，但，这些因素一旦进入小说便会自觉地"接受控制"，而不再是纯然的异常、偶然与非理性；一旦进入小说，便如同进入一个解剖课的实验场中，它们，会成为考察和实验的对象，而实验过程则一定是科学的、逻辑的和严谨的。鲁迅的《狂人日记》包含明显的"受虐狂心态"，但它始终经受着作家理性的、逻辑的控制，所有的表现都是在充分展现这一实验中"精神反常"的可能反映，其中作家理性的逻辑链从未有半点儿松动；在陀思妥耶夫斯基的小说中充满着偶然和激情下的变数，甚至，在他的小说中，许多主要人物都是精神变态者，斯塔夫罗金是"道德疯狂"的例子，罗果静是色情狂的牺牲品，拉斯柯尔尼科夫是"神志清醒的偏执疯狂"，伊凡·卡拉马佐夫也是半疯状态，而女性主角像《白痴》中的娜斯泰谢、《罪与罚》中的卡特琳娜——纳博科夫向我们指认，"这些人物都明确表现出了人格分裂的症状，或歇斯底里的倾向"，然而在陀思妥耶夫斯基的小说中，诸多主人公的疯狂并没有使小说也变得痉挛、疯狂和不知所云，它的言说始终在一个强悍的理性的逻辑轨道上运行,它的整体叙述依然是理性的、严谨的、可推导的。

"由于因果链(作者按:逻辑链)的作用,小说形象的完整性空前地提高了。"

第三,为小说情节设置种种悬疑性埋伏,添加草蛇灰线的预设勾连,甚至有意添置能够牵连全部内容、构架的"道具",是情节设计中有意而必要的部分,它会使小说的结构变得更为精妙、有序,并增添起诱人的魅力。要知道,"一部结构高度严密的小说(如《利己主义者》),其中描写的事件往往是相互关联、互为因果的。理想的观察者绝不会妄想瞬间将它们一览无余,他知道要等到最后,等他登高望远时才能总揽全局,理清所有的脉络。这种意外或者说神秘的因素——经常被粗率地称为侦探因素,在情节中意义重大"。E. M. 福斯特的这段话是从阅读者的角度来谈的,如果我们换成写作者角度,则会变成这样的要求:有些情节在设计的时候就有意地留下了悬念性的因子,它不在开始的部分充分显露,而是只露一鳞一爪,"全豹"需要在几个连贯的点上慢慢地显出;有些情绪情感也会步步为营,一点儿一点儿地在情节推进的过程中完成它的曲折前行。它同建立可信、有效的逻辑链、情感链有种大致的同构关系，而不同的点则是，这一部分属于埋伏，它不会像逻辑链、情感链那样明晰，而更需要精妙设计。常常被理论家们、批评家们提及的是那个比喻：小说开头，一支长枪挂在墙上，那么到中间环节应当有人将子弹放进去，在结尾的时候我们将听到枪响——如果到故事结束我们也听不到枪响，那这支枪的出现就是无来由的，是"不充分"的设计。

第四，要始终对程式化保持警惕。在谈论小说的设计的过程中，我愿意始终强调我们设计的"唯一性"和"唯适性"，小说设计即使在结构上、情节上部分地"借用"前人经验，但一旦要让它形成新的故事，那就要在任何一处都做"唯一性""唯适性"调整，就是设计只有这篇小说中才有的情节、细节，包括人物形象和他们的对话，也都是全新的，只有"这个人物"才可具有的部分。它需要极度的耐心，更需要强烈的冒险意识。不过在强调这一面的时候我也想同时强调另一面：在情节的设计中，我们应当了解和掌握情节设计的一般范式和规则，在充分理解它的合理性、有效性的基础上开始"去程式化"，开始掂对我们新颖的冒险之旅。程式规范是前人经历不断试错并在大量实践的情况下进行的有效归纳，它并不全然是坏的、不应存在的,所有新的艺术创造应当建立在吸纳前人成果的基础上"推陈出新",只是我们的求新意志必须强一些,再强一些。崔卫平说过,"我们几乎在说任何一句话时,都不能不是腹背受敌的。在刚刚表达完思想的第一秒钟内,就会产生一个念头:需要另一篇文章,来表达与其相反的意思"——言及小说的诸多设计的过程中,我常常也有类似的感觉,仅就一方面的强调是远远不够的。

第五,"情节过于分散"也是我们需要警惕的,太多的旁逸之笔或太多密集的非相关性细节会导致这一问题的产生,它需要作家们"节制"。解决这一问题的"法宝"还在于我们主题线、故事线和高潮点的三重锚定,同时将所有想好的情节始终锚定在主题线上,并让它们构成完整、统一、有说服力的逻辑链关系。也就是说,因由情节的前半部分,便可推导出情节的后半部分,而且这一推导几乎是"注定的"和"必然的",合理性极度强劲;情节的后半部分是在前半部分基础上的"升高",无论是情感上还是行为强度上,这一升高同样经得起反复推衍,让我们相信它是"注定的"和"必然的"。在高潮之前,小说中的一切(包括情节设计)都应是奔赴高潮的原因,而在高潮以后则都成为高潮的结果。在我看来,减少情节设计中与主题和故事前行的非相关因素,并始终锁定每个节点之间的逻辑链,就可较好地解决"情节过于分散"的问题。

第六,小说写作是一个系统的,各环节都要尽可能相互咬合并构成有效推进的庞大工程,它要求甚至是苛刻地要求小说尽可能要做到"哪儿哪儿都合适",增一分减一分都可能影响效果——对于小说情节的设计,我们也要与其他的各个环节统筹考虑,最大可能避免顾此失彼,留下设计环上的缺憾。E. M. 福斯特在《小说面面观》中举了夏洛蒂·勃朗特在小说《维莱特》中一个为了照顾情节而处理不当的例子:

……作者允许露西·斯诺将她发现约翰医生就是她旧年的玩伴格雷厄姆这件事秘而不宣。当真相显露时,我们确实因这次情节上的异峰突起而激动不已,可是付出的代价却是露西性格的受损。一直到这一刻到来之前,她在我们看来都是正直磊落的精神化身,事实上,她就等于承担了一项道义责任,即将她知道的一切坦白给我们听。她这次竟自贬身价不惜有所隐瞒,自然也就难免让人略微有些不悦了,虽说瑕不掩瑜,毕竟还是白璧微瑕。

思考题

1. "情节是一个过程",你认可这句话吗?它不应当是故事类型吗?"情节"这个词,是不是有些概念不清?

2. 如果我们将解救的情节、探险的情节、复仇的情节……尽可能多地融合在一起,并在同一部小说中展现出来,是否能够做到?它们之间会不会相互"争吵",让我们看不清小说的整体面目?

3. 假设,我们有意取消情节,是否还可以完成一篇非常不错的小说?试试看。

4. 如果,我们在大家熟知的《老人与海》中增加一个爱情的情节,让它变得丰富和拉扯,那可以怎么做?

第八讲 对话设计

对于小说文本来说,对话设计是其"内部装修"中极为重要和易于出彩的一环,它的作用绝不可轻视——当然,小说写作从来都是一门综合性的艺术,故事设计、结构设计、开头设计、细节设计、高潮设计、角度设计、情节设计,等等,皆举足轻重,哪一环的弱都可能造成叙事上的不畅、不适或塌陷感,因此需要极为精心和耐心的掂量……那些经典性的卓越文本,在我们苛刻的拆解过程中很可能会显得"哪儿哪儿都合适",都是恰到好处的,而增一分或减一分,或者挪动其中的一个小点,都会给这部小说的完美造成某些减损——至少大抵上如此。阅读那些经典性的卓越文本,有时我们可能会惊叹作家头脑中仿佛有一台像时钟那样极度精妙的仪器,那种运筹和布局的分寸掌握"几乎是天人"——我不会轻易否认任何一门学科"天才性"的价值,但我更愿意强调在所谓天才背后

第八讲　对话设计

的设计精心，还是那句话，"胸有成竹"的前提是胸中有竹，而且是成竹，越是在外表上看起来"天衣无缝"的、水到渠成的小说，越可能在设计上用功尤深。

小说的对话设计是语言设计中的一部分，但又是极为独特的一部分，它于整体的叙述语言而言，在设计上有统一又有独立（更多地具有独立性），因此，我愿意专门拿出章节谈论它的设计。

可以说，绝大多数具有叙事性的小说都会有对话的出现，会让小说中的主人公发声——那，小说中的对话对于小说叙事起怎样的作用呢？

一是形成叙事凝滞点，强化"身临其境"感，拉近我们和故事的距离。凡是有对话的段落，它都或多或少有一个"停顿"，有一个场景的建立，因此它就产生了凝视感；而对话的出现，则更有机会将阅读者拉近作家所创造的情境中，带入感会强。

弗兰纳里·奥康纳，《好人难寻》：

琼·斯塔要听另外的曲子，好跟着拍子跳跳，孩子妈又往电唱机的小洞口投进一枚硬币，于是放出一支节拍快的曲子，琼·斯塔便走进舞池，跳起踢踏舞。

"多么可爱的小姑娘啊!"红萨米的老婆站在柜台后面探身说,"你愿不愿意做我的女儿?"

"不,当然不愿意,"琼·斯塔说,"就是给我一百万,我也不愿意待在这样一个破烂的鬼地方!"她跑回自己的座位上去了。

"多么可爱的小姑娘!"那女人又重复一句,彬彬有礼地做个窘相。

"你不觉得丢脸吗?"老奶奶轻声责备道。

三个人的对话足以将阅读者的疏离感化解得无踪,让我们生出一种也在现场、能听见他们说话的"错觉",甚至可以想象出她们的表情。

而伊凡·谢尔盖耶维奇·屠格涅夫,在他《县城的医生》短篇小说中,则把大段的言说交给那个"县城里的医生",甚至特别点明:现在我就把他的故事传达给我的善意的读者,我努力保留医生原来的语调。

"您可知道,"他用微弱而颤抖的声音(这是纯粹的别列索夫鼻烟的作用)开始说,"您可知道这里的法官巴维尔·卢基奇·牟洛夫吗……不知道……嗯,没有关系。

(他清清喉咙,擦擦眼睛。)我告诉您,这件事发生在——让我仔细想想,哦,——发生在大斋期,正是解冻的天气。我在他家里——我们的法官家里——玩朴烈费兰斯(一种纸牌游戏的名称)。我们的法官是一个好人……"

同样,屠格涅夫通过对话,通过"复原"和"保留"医生的语调的方式将阅读者拉至他的身边,和他一起聆听医生的故事讲述……它甚至构成双重讲述(小说中的"我"是第一讲述者,而记录的医生讲述则将县城医生放在了第二讲述者的位置),更强地拉开了小说的张力。它本可以站在医生的角度直接开始叙事的,但卓越的屠格涅夫选择通过对话和转述的方式更完美地表现了它(至于两种叙述角度的得失比对,我在《角度设计》一节有专门解析,这里不做赘述)。

强化身临其境感,拉近我们和故事之间的距离,是几乎所有的对话都会具有的效果。但生活化的对话在这方面会更强些。

二是突出或强化人物性格,让人物的面目更为鲜明。《水浒传》第二回"鲁提辖拳打镇关西",鲁达结识了史进、李忠之后,结伴到潘家酒楼,鲁达吩咐酒保烫酒,他喊出的是："但是下口肉食，只顾将来，摆一桌子。"接下来便是在酒楼里金老和女儿翠莲的出场，先是哭声，然后是鲁达唤来，问话。"你两个是那里人家？""为甚啼哭？""在那个客店里歇？那个镇关西郑大官人在那里住？"——在听了金老父女的哭诉之后，鲁达"呸"了一声说道："俺只道那个郑大官人，却原来是杀猪的郑屠！"然后是回头看着李忠、史进道："你两个且在这里，等洒家去打死了那厮便来！"这里，我略掉了对话的另外声部而集中于鲁达——这样，他的性格因素会更为跃然地呈现。寥寥几句，他的个性（鲁莽、豪爽、仗义、冲动、有匪气）便获得了较好的塑造，之后只要他出场，我们就绝不可能将他和吴用、林冲有半点儿混淆。

《红楼梦》中，林妹妹的每次说话都带有鲜明的性格特征，贾宝玉、薛宝钗、薛蟠等又何尝不是。最有特征性的，当属刘姥姥初进大观园：

贾母便拣了一朵大红的簪了鬓上。因回头看见了刘姥姥，忙笑道："过来戴花儿。"一语未完，凤姐便拉过刘姥姥，笑道："让我打扮你。"说着，将一盘子花横三竖四的插了一头。贾母和众人笑的不住。刘姥姥笑道："我

第八讲 对话设计

这头也不知修了什么福,今儿这样体面起来。"众人笑道:"你还不拔下来摔到他脸上呢,把你打扮的成了个老妖精了。"刘姥姥笑道:"我虽老了,年轻时也风流,爱个花儿粉儿的,今儿老风流才好。"

说笑之间,已到沁芳亭上。丫鬟们抱了一个大锦褥子来,铺在栏杆榻板上。贾母倚栏坐下,命刘姥姥也坐在旁边。因问他:"这园子好不好。"刘姥姥念佛说道:"我们乡下人到了年下,都上城来买画儿贴,时常闲了,大家都说怎么得也到那画儿上去逛逛。想着那个画儿也不过是假的,那里有这个真地方。谁知我今儿进了这园子一瞧,竟比那画儿上还强十倍。怎么得有人也照着这个园子画一张,我带了家去,给他们见见,死了也得好处。"贾母听说,便指着惜春笑道:"你瞧我这个小孙女儿,他就会画,等明儿叫他画一张如何?"刘姥姥听了,喜的忙跑过来拉着惜春说道:"我的姑娘,你这么大年纪儿,又这么个好模样,还有这个能干,别是神仙托生的罢?"

类似的例证还有很多,几乎所有的小说写作都会注意到这一点——限于此节内容较多,我不再做举例。

三是"借机"将叙事中不好直接交代的事件或其他

内容，以对话的方式说出，形成连贯。这是小说对话的重要途径之一，多数的对话设计都会在这一点上下足功夫。

海明威，《白象似的群山》：

"这啤酒凉丝丝的，味儿真不错。"男人说。
"味道好极了。"姑娘说。
"那实在是一个非常简便的手术，吉格，"男人望着姑娘，"甚至都算不上一个手术。"
姑娘注视着桌腿下的地面。
"我知道你不会在乎的，吉格。真的没什么大不了。只要用空气一吸，就行了。"
姑娘低着头，没有作声。
"我陪你去，而且一直待在你身边。他们只要注入空气，然后就一切都正常了。"
"那以后咱们怎么办？"
"以后，咱们就好了，就像以前那样。"
"你怎么会这么想呢？"

姑娘要做的，是堕胎手术。而男人在对话中隐晦提及，并在整篇小说中使它始终保持这一巧妙的隐晦状态。

一旦太明了，小说的味道就会有大损失，它的张力就会部分地丧失。

余华，《河边的错误》：

……许亮已经骨瘦如柴，而且眼窝深陷。他躺在病床上，像是一副骨骼躺在那里。尽管他说话的语气仍如从前，可那神态与昔日相比简直判若两人。

"怎么办呢？"他自言自语地说着，两眼茫然地望着马哲。

"你有什么话就说吧。"马哲说。

许亮点点头，他说："我知道你们要来找我的，我知道自己随便怎样也逃脱不掉了。上次你们放过我，这次你们一定不会放过我的。所以我就准备……"他暂停说话，吃力地喘了几口气。"这一天迟早都要来的，我想了很久，想到与其让一颗子弹打掉半个脑壳，还不如吃安眠酮睡过去永远不醒。"说到这里他竟得意地笑了笑，随后又垂头丧气起来。"可是没想到我又醒了过来，这些该死的医生，把我折腾得好苦。"他恶狠狠低声骂了一句，"但是也怪自己。"他立刻又责备自己了，"我不想死得太痛苦。所以我就先吃了四片，等到药性上来后，再赶紧去吃，可是已经来不及了。我吞下了大半瓶后就不知道自己了，我就睡死过去了。"他说到这里竟滑稽地朝马哲做了个鬼脸，接着他又哭丧着脸说，"可是谁想到还是让你们找到了。"

"那么说，你前天中午也在河边？"小李突然问。

"是的。"他无力地点点头。

在这里，许亮自杀未遂的细节，只有让他自己说出才更可信，如果交给叙述或医生转述都不会有这么强的"复原感"，很可能构不成细节。他有过错，才想到了自杀，对话中的交代有意让我们"感觉"他也共同参与了疯子的杀人事件，又生出了更多悬念，这个效果，也是通过第三人称的叙述难以达到的。

胡安·鲁尔福，《佩德罗·巴拉莫》：

"您瞧，"赶驴人停下来对我说，"您看到那个形状像猪尿泡一样的山丘了吗？半月庄就在这个小山的后面。现在我又转到这个方向来了。您看到前面那座小山的山峰了吗？请您好好看一看。现在我又转到另一个方向上来了。您看到了远处那隐隐约约的另一座山顶了吗？半月庄就在这座山上，占了整整一座山。常言道，一眼概全貌。这眼睛望得见的这整块土地都是佩德罗·巴拉莫的。虽说我们俩都是他的儿子，但是我们的母亲都很穷，都是在一片破席子上生的我们俩；可笑的是佩德罗·巴拉莫还亲自带我们去行了洗礼。您的情况大概也是这样吧？"

"我记不清了。"

"妈的，见鬼了。"

"您说什么？"

"我说我们快到了，先生。"

"对，我已经看到了。这儿发生了什么事儿？"

"这是一只'赶路忙'，先生。这是人们给这种鸟起的名字。"

"不，我问的是这个村庄。为什么这样冷冷清清，空无一人，仿佛已经被人们遗弃了一般。看来这个村子里连一个人也没有。"

"不是看来，这个村庄的确已无人居住。"

"可是，佩德罗·巴拉莫不是住在这里吗？"

"佩德罗·巴拉莫已经死了好多年了。"

这里面信息纷繁，它介绍了半月庄的风貌和位置，介绍了佩德罗·巴拉莫是两个人"共同的父亲",介绍了佩德罗·巴拉莫的富足和他们母亲的穷苦(说明佩德罗·巴拉莫有许多的女人,这些女人很可能以穷苦人居多),同时也介绍了这里此时的荒芜和佩德罗·巴拉莫早已死亡的事实。"妈的,见鬼了"这句话还包含着复杂的情绪,尽管并未由此展开……

四是增强故事的生动性,让叙事变得更有魅力和趣味。这往往又是一项对话设计中较为普遍的功能,所有的对话都有这样的朝向,尤其是二十世纪以来的小说呈现。在这里任何的举例都会有挂一漏万之嫌,因此我枚举的,是我个人小有偏好的对话。

加西亚·马尔克斯,《百年孤独》:

……他处决蒙卡达将军后第一次到马纳乌雷时,一刻也没延误,就去完成死于己手的受害者的遗愿。将军遗孀接过眼镜、徽章、怀表和戒指,却不允许他进门一步。

"请别进来,上校。"她对他说,"在您的战争里您说了算,但在我家里我说了算。"

奥雷里亚诺·布恩迪亚上校没有显出丝毫不快,但在私人卫队将那位寡妇的家舍夷为平地化为灰烬之后,他的心才恢复平静。"留神你的心,奥雷里亚诺,"赫里内勒多·马尔克斯上校对他说,"你正在活活腐烂。"

伊塔洛·卡尔维诺,《树上的男爵》:

……"早上好,父亲大人。"
"早上好,孩子。"
"您身体好吗?"
"健康与年龄和烦恼并存。"
"看见您这么硬朗,我感到由衷的高兴。"
"我正想对你说这句话,柯希莫。我听说你为镇上谋利益。"
"我心里想的是保卫我所居住的森林,父亲大人。"
"你知道有一段森林是我们的家产,是从你那可怜的已故祖母伊丽莎白那里继承下来的吗?"
"知道,父亲大人,在贝尔利奥那个地方,那里长着三十棵栗树、二十二棵山毛榉、八棵松树和一棵枫树。我有地籍册上所有地图的复制本。正是作为林地家庭的成员,我要联合一切有关人士去保护这些森林。"
"对。"男爵说,他很欢迎这样的回答。但是他补上一句："有人告诉我这是一个面包师、菜贩子和铁匠的联合会。"

"也是，父亲大人。包括一切职业，当然都是些规规矩矩的行业。"

"你知道，你是有可能以公爵的头衔去指挥下属的贵族吗？"

"我知道当我比他人有更多的主意时，我把这些主意贡献给他人。如果他们接受了，这就是指挥。"

君特·格拉斯，《比目鱼》：

只有少数人听见了卡诺夫女士不合时宜的抱怨："女人能够充当艺术家的缪斯，充当他的破裂的玻璃杯，他的苔藓地以及原始形式，这难道不美？难道不值得褒奖？难道所有伟大的成就不是——而且仅仅是——由于有了女人默默无闻的、赋予灵感的贡献才诞生的吗？难道我们妇女要放弃这一高贵的职业，堵住艺术的源泉？难道献身精神不是女性力量最强有力的证明？难道我们要把自己锤炼得冷酷无情、针扎不透、水泼不进？那么我要问，永恒的女性将在何处去寻觅？"

"够了!"比目鱼打断了她的话,"您的反问句连我都感动了。可是您,最尊敬的女士,已经过时了。一个女人能碰上的最糟糕的事情也不过如此。我担心,您甚至能和那个正在此被审理其案件的阿格娜斯一样,毫无条件地献出爱情。噢,老天!如今没有谁能受得了这个。"

五是构成思辨或深度。必须说,对话的这一方向是随着文学的现代性开启而萌发的,在旧有的文学中,作家们更为侧重对话的言说功能和塑造人物性格,更侧重它的生活化层面,而在现代性开启以来,"思考一个故事"成为小说书写的诉求之一以来,让对话呈现更多的思辨性质便成为一个重要的、明显的倾向。在陀思妥耶夫斯基的《卡拉马佐夫兄弟》第二部里,有一段发生在哥哥和阿辽沙之间的对话:

"哥哥,你说这些话是什么意思?"阿辽沙问。
"我是想,假如魔鬼并不存在,实际上是人创造了它,那么人准是完全按照自己的模子创造它的。"
"这么说,这也就跟创造上帝一样啊!"
"你真会抠字眼,就像《哈姆雷特》中波罗尼亚斯所说的那样，"伊凡笑着说，"你把我这句话给抓住了；好吧，我很高兴。既然人是照着自己的模子把上帝创造出来的，那么你的上帝还能好到哪里去？你刚才问我，为什么我说这些话。你知道吗，我是某一类事件的爱好者和收集者。你信不信，我从各种报纸上、小说上，不管什么地方，只要碰到，便把某一些故事摘记下来，收集在一起。现在已经收集了不少了。土耳其人的事当然也在收集之列，但是他们全是外国人，我还有本国人的例子，甚至比土耳其人的还要精彩。你知道，我们这里更多的是鞭打，是棍棒和鞭子，这是具有民族特色的，因为用钉子钉耳朵的事在我们这里是不可想象的，我们到底是欧洲人，但是棍棒和鞭子却是我们的，别人无法夺走。在外国现在似乎已经完全不打人，我不知道是不是风俗变好了，或是立了一种似乎不准许人打人的法律，但是他们用另外一种也和我们一样纯粹民族化的东西给自己找到了补偿，而且这种东西民族化到了似乎在我们这里也是不可想象的程度，不过从宗教运动时代起，好像我们这里也开始风行了起来，特别是在我们的上等社会里。"……

陀思妥耶夫斯基小说中的对话往往漫长、稠密、泅漫，如果引用将会使这篇文章"难以结束"，故而我只好在伊凡说话的过程中中断。但其中的思辨性已经有了较充沛的反映。

玛格丽特·尤瑟纳尔，《苦炼》：

"别往下说了！"亨利－马克西米利安说，"在我们祖先第一次把药线点着的时候，可能就有人想了，这项震天动地的发明，会把战争的打法搞得乱七八糟，会把战斗缩短，因为没有打仗的人了。可完全不是那么回事，谢天谢地！杀的人更多了（我想以后杀的人还要多），我那些雇佣兵不再用弩，他们用火枪了。可是，勇敢、怯懦、诡计、纪律、违抗命令等，过去什么样，现在还什么样；进攻、撤退、原地不动、吓唬人、假装什么也不怕，所有这一套，也和过去完全一样……"

"很久以来我就知道，一盎司的愚蠢，比一斗的智慧还要沉。"泽农不屑地说，"我并非不知道，在您的那些国王眼里，科学只不过是个提供各种攻击和防御手段的仓库，还不如他们的骑兵竞技场、羽饰和颁发爵位的敕书重要呢。可是，亨利表弟，我认为这个世界不同角落里的五六个穷鬼，比我更疯狂，更不名一文，更可疑，可他们正悄悄地梦想着得到一种可怕的力量,这种力量,就连皇帝查理五世都永远得不到。如果阿基米德有了个支点,他可能不仅仅把地球撬起来,还要让它像个打碎了的贝壳一样,重新跌入深渊……"

六是通过对话构成对人物思维(本质是平庸、无趣的流行思想)的反讽。在福楼拜著名的《包法利夫人》中,有一段爱玛和查理第一次来到永镇客店,发生在宽敞的大厅里的对话,有四个人参与,爱玛在和初次见面的莱昂谈话,而他们的谈话时不时会被郝麦的独白和偶尔插言打断。在这里,我们截取爱玛·包法利和莱昂之间的一段对话:

……包法利夫人继续和莱昂说:

"这附近应该有散步的地方吧?"

"唉,少得可怜,"他回答道,"这里有一个叫'牧场'的地方,位于山上最高头,在森林旁边。礼拜日,我偶尔带一本书过去,一个人看看落日。"

爱玛兴奋地说:

"世界上最美的风景莫过于落日,尤其是在海边。"

"啊！我也特别喜欢大海。"莱昂先生说。

包法利夫人接着说："在无边无际的汪洋大海上遨游，你不觉得精神更自由舒畅吗？哪怕只是看大海一眼，灵魂就会得到净化，内心也会向往无穷，憧憬美好的未来！"

"高山的风景也是如此奇妙。"莱昂接着说……

弗拉基米尔·纳博科夫在《文学讲稿》中不无尖刻地谈道："必须指出，莱昂和爱玛故作风雅，与自高自大而又不学无术的郝麦侈谈科学，两者同样浅薄、平庸、陈腐。假艺术和伪科学在这里会合了。"而谈及这段对话的设计，福楼拜在写给自己情妇的信中曾坦承："我正在写一对青年男女谈论文学、海、山、音乐和其他所谓富有诗意题目。在一般读者看来，这像是一段严肃的描写，但我的真实意图是要画一幅漫画。我认为小说家拿女主角和她的情郎开玩笑，这是第一次。但讽刺并不妨碍同情——正相反，讽刺加强了故事哀戚的一面。"

煞有介事、认认真真地写下对话，它在表面上看似没有半点儿不妥，但细究起来，那种反讽的意味就出来了。这是《包法利夫人》的一个创造，福楼拜发现了人们对于流行思想的不思忖，以及人云亦云和自以为是的通病，然后在对话中以反讽的方式呈现出来。杂烩似的萃取伪科学的胡诌与报纸杂志上的滥调，加上故作风雅的无病呻吟，在我们这个时代也是屡见不鲜的。

和《包法利夫人》对话中呈现的反讽方式不同，在拉伯雷的《巨人传》中的反讽性对话则是以一种喧哗的、夸张的、游戏的和具有荒诞意味的方式完成的，它似乎并不那么"生活化"。譬如，其中有一节，提及在伊索的时代有一个叫库亚特里斯的穷苦农人丢失了斧子。他向天上的朱庇特（罗马神话中的主神）祷告求情，大喊大叫的声音传到了天上，而当时朱庇特正在主持一个天神的紧急会议。

朱庇特问道："是谁在下界这么鸡猫子喊叫啊？冲着斯提克斯河说话，我们过去和现在棘手的、重要的事还不够忙的吗？我们刚刚结束波斯王普莱斯棠和君斯坦丁堡的皇帝、苏丹索里曼的争执，止住鞑靼人和莫斯科人的交手，答应酋长的请求。我们还同意了果尔科兹·雷斯的愿望。帕马事件刚解决，接着处理了马德堡事件、米朗多拉事件和阿非利加事件（阿非利加就是凡人那座靠地中海的城市，我们叫作阿弗罗底修姆)。的黎波里因为防御不当更换了主人：时候早已到了。这里，加斯科涅人群起反抗，追讨他们的钟。那边角落里是撒克逊人、伊斯特陵人、东哥特人和德意志人，德意志人从前坚不可破，现在软弱不堪，一个身体残废的小人就把他们统治住了。他们请求我们替他们报仇，协助他们，恢复他们最初的良好理性和原来的自由。还有拉姆和伽朗两个人，他们都带着自己的帮手、支持者、拥护者，把整个巴黎神学院搅得个一团糟，我们怎么对付呢？我一点儿办法也没有，也不知道应该倒向哪一方。撇开他们的争执不谈，我觉着两个人都不错，同时又都是胆小鬼。一个有的是'太阳币'，我是说真正的成色十足的钱币，另一个恨不得和他一样。一个有才学，另一个也不是傻瓜。一个喜爱善良的人，另一个为善良的人所喜爱。一个是像狐狸一样刁钻古怪，另一个口诛笔伐、像狗一样对古代哲学家和雄辩家狂吠不止。大个子普里亚普斯，你的看法如何，你说说看？我一向认为你的意见公正适中，et habet tua mentula mentem（作者按：你这个家伙心眼多)。"

"朱庇特大王，"普里亚普斯摘下他的帽子，镇定地抬起他那闪着亮光的红脑袋，说道，"你既然把这一个比作狂吠的大狗，把另一个比作狡猾的狐狸，那我劝你就不要再生气发怒了，拿你从前对付狗和狐狸的方法对付他们就是了。"

"什么？"朱庇特问道，"是什么时候的事？什么狗和狐狸？在什么地方？"

"你的记性真好！"普里亚普斯回答道，"你可还记得可敬的老前辈巴古斯，红红的脸儿，站在这里，要向底比斯人报仇，弄了一只神狐吗？任它如何为害，世界上也没有一样动物能奈何它。那位尊贵的吴刚用摩内西安的铜造了一条狗，用嘴一吹，把狗吹活。他把狗送给了你，你又给了你亲爱的厄罗帕，她又送给了弥诺斯，弥诺斯送给了普罗克利斯，普罗克利斯最后又送给了西发洛斯。这条狗，同样也是一条神犬，和今天的律师一样，遇见什么捉什么，谁也逃不过它。这两个动物有一天碰到一块儿了。你猜怎么样？那条狗，天生注定的，见狐狸就捉，那只狐狸呢，也是注定的，不能被它捉住。

"这件案子递到你的法庭上。你说不能违反命运。可是这两个动物注定是相矛盾的。这两个矛盾放在一起，在本性上又的确是不能和解。你可出了大汗了，你的汗滴在地上，生出了好几棵大白菜。尊贵的法庭一时拿不出断然的决定，诸神一个个感到无比的干渴，当庭一下子就喝了七十八桶酒还要多，最后还是我出了个主意，你才把它们变成了石头。难题解开了，辽阔的奥林匹斯山上才停止住干渴，那一年在底比斯与卡尔西斯之间的泰乌美苏斯附近，因为干旱而颗粒无收。

"有了这个例子，我建议你把这只狗和狐狸也变成石头好了：反正例子已经有过。两个人的名字又都叫比埃尔，里摩日有句古话说，做一灶口，三块石头，你再把比埃尔·德·科尼埃加上，正好凑足数目，他过去也是为了同样的理由被你变成石头的呀。这三块石头正好放在巴黎大教堂里或者正门底下，成一个等边三角形，像'福开游戏'那样，叫他们用鼻子熄灭点着的蜡烛、火把、圣烛、圣蜡、灯火等，因为他们活着的时候，专门在无所事事的学者们当中制造分歧、宗派、党羽和派别，这些卑微的、抱着自己卵泡自以为是的人，叫他们永远受世人的唾骂，这比由你来裁判他们好得多。我的话就是这些。"

朱庇特说道："亲爱的普里亚普斯先生，我看得出来，你对他们太好了。你并不是这样对待所有人的。因为他们希望名垂千古，那么死后与其变作泥土和粪污，还是叫他们变成坚硬的石头好。你再看看你身后提雷尼安海与阿尔卑斯山临近的地方，你看到几个无赖教士造成了多大的悲剧吗？这场风暴将和里摩日人的窑灶一样持久，但是终会消灭，只是不会那样快罢了。我们又要好好地忙活一阵了。我只看到一样不便，那就是自从天上的诸神得到我的允许随意向新安提俄克毫不顾惜地扔下霹雷之后，我们现存的雷已经不多了。你们这一榜样，被守卫丹德拿洛瓦城堡的少爷兵仿效了，他们把弹药都用到打麻雀上，临到需要自卫的时候弹药却没有了，他们勇敢地让出城堡，向敌人投降，可是敌人早已灰心失望……"

在这里的对话中，所谓诸神东拉西扯，信马由缰，在很长一段时间里完全忽略了可怜人库亚特里斯的请求。在他们的充满着苍白的自我夸耀的东拉西扯中，也能看出拉伯雷对于众神的反讽，对教士、知识分子、士兵和诸多事物的反讽。更有讽喻性的是，众神终于又绕回到斧子的话题，朱庇特认为"我们正无别事可做，想法子还他斧子就是了。斧子是要还的，因为他命里注定有斧子"，而普里亚普斯又插话，"斧子"这个词有好几种含义，我们需要知道库亚特里斯究竟要的是哪一种斧子；最后朱庇特下达命令："过来，过来！你赶快到下界去，给库亚特里斯送去三把斧子：他原来的一把，另外再给他一把金的和一把银的，三把要完全一样。让他捡，如果他拿他自己的，而且心满意足，你就把另外的两把全赠给他。如果他不拿自己的，而去拿另外任何一把，你就用他的斧子把他的头砍下来。今后对于遗失斧子的人，全都这样办理！"

对话的"效用"会随着文学实践的不断前行而有新添加，譬如它可以有意展现人们交流的艰难或言不由衷，如欧仁·尤内斯库《秃头歌女》、刘震云《一句顶一万句》等。《一句顶一万句》中有这样一段对话：

杨百顺跟师傅老曾学杀猪时，有时会碰到下乡传教的老詹。杀猪者，传教者，不约而同到一个村庄去，就碰到了一起。这边杀完猪，那边传完教，双方共同在村头柳树下歇脚。杨百顺的师傅老曾抽旱烟，老詹也抽旱烟，两人抽着烟，老詹便动员老曾信主。老曾梆梆地磕着烟袋：

"跟他一袋烟的交情都没有，为啥信他呢？"

老詹吭吭着鼻子：

"信了他，你就知道你是谁，从哪儿来，到哪儿去。"

老曾：

"我本来就知道呀，我是一杀猪的，从曾家庄来，到各村去杀猪。"

老詹脸憋得通红，摇头叹息：

"话不是这么说。"

想想又点头：

"其实你说得也对。"

好像不是他要说服老曾，而是老曾说服了他。接着半晌不说话，与老曾干坐着。突然又说：

"你总不能说，你心里没忧愁。"

这话倒撞到了老曾心坎上。当时老曾正犯愁自个儿续弦不续弦，与两个儿子谁先谁后的事，便说：

"那倒是，凡人都有难处。"

老詹拍着巴掌：

"有忧愁不找主，你找谁呢？"

老曾：

"主能帮我做甚哩？"

老詹：

"主马上让你知道，你是个罪人。"

老曾立马急了：

"这叫啥话？面都没见过，咋知道错就在我哩？"

话不投机，两人又干坐着。老詹突然又说：

第八讲　对话设计

"主他爹也是个手艺人，是个木匠。"
老曾不耐烦地说：
"隔行如隔山，我不信木匠他儿。"

可以表现对话的无意义和繁复的无聊（詹姆斯·乔伊斯《尤利西斯》、珍妮特·弗雷姆《两个鳏夫》），或者像唐纳德·巴塞尔姆在《解释》中所做的那样：

问：你是否相信这台机器可以对改变政府有所帮助？
答：改变政府……
问：使之更响应人民的需求？
答：我不知道它是什么。它是做什么的？
问：呃，看看它。

答：它没有提供任何线索。

问：它具有某种……节制。

答：我不知道它是做什么的。

问：对机器缺乏信心？

问：小说死了吗？

答：哦是的。太是了。

问：取代它的是什么？

答：我应该认为取代它的是在它被发明之前就存在的东西。

问：同一样东西？

答：同一种东西。

问：自行车死了吗？

问：你不信任机器？

答：我为什么要信任它？

…………

它甚至不具备特别的、逻辑化的指向，拒绝意义的存在，貌似的问与答其实都不增加什么——恰如作家约翰·厄普代克的指认：巴塞尔姆具有一种"一本正经地不和

第八讲 对话设计

谐的神奇本事"。这也表现在他所设计的对话中。

在我这样的写作者看来,任何艺术的设计策略都会立足于新颖和有效,同时便于作家在他习惯的优势点上作出最佳的施展;而就小说的对话设计而言,它的基本设计方法也必然地和最大限度地发挥其作用紧密相连——因此,我认为小说对话的设计需要有以下的考量,有以下几点是在设计的过程中需要注意的:

一是"非必要不使用"——我说非必要不使用的意思并非小说中的对话不重要,恰恰相反,是因为它对小说的"增色"太重要了。对话,要尽可能地用在"刀刃"上,要尽可能最大限度地发挥"对话"在小说中的增色作用。在前面我们其实已经提到,使用对话,往往会造成小说故事在某个点上的"凝滞",而且它往往需要场景和氛围的陪衬,才会带给我们"身临其境"和"感同身受",假如对话使用过多、过频,就很可能造成故事行进的缓慢滞塞,影响阅读感受。我说的"非必要不使用",其意思是,使用对话的时候要尽可能地让对话为故事讲述增色,要在小说需要"提一提"的时候加入;对话出现的频繁度要有控制,尽可能让它出现在故事出现起伏或者细节设计的关键点上;在不适合叙述中交代的情节或者交给叙述来交代的效果不好的时候,就用有控制的对话来完成。短篇小说要尤其注意。当然,我说的"非必要不使用"并非一个坚固到真理的原则,有一部分写作有意地强化了"对话"的作用,几乎是完全用"对话"组成的,譬如前面提及的海明威《白象似的群山》和巴塞尔姆《解释》——但这类的写作当然属于相对的"特例"。譬如海明威《白象似的群山》,它的故事时长仅仅有二十余分钟,内容也相对简明、固定;而巴塞尔姆《解释》是一条线索和无数非逻辑的问题的组合,它本身强调的是"混乱"、"碎片"和"多意",而不是故事性围绕。对于相对侧重故事性的小说,非必要不使用的原则还是适用的。

二是所有出现对话的点,一定要考虑说话者的身份因素、性格因素和习惯因素,必须"量体裁衣",让说话者说"只能是他会说的话","是他必然会说的话",这一点是在做对话设计的时候要注意的。它不能有溢出,让某个人说出不符合他身份、性格和习惯的话,也不能让他在对话中偶尔地追问某个"当事人"本应明白的傻问题,我们要想到他在经历到"此刻"时全部的已知。小说一直有一个仿生学诉求,我们总在力求它具有真实感和逻辑的合理，而对话设计对这点的要求则更高一些。安排对话的时候，一定要事先将这个人的"全部"摸透，然后专门为它设计一套具有特点的言说方式。我们回想一下《水浒传》或者《红楼梦》，回想一下《变色龙》或《最后一课》，回想一下我们阅读过的大部分经典作品……前面已有诸多举例，在这里不做重复赘述，但在完成对话的"量体裁衣"的同时，可能还需要有一个相悖的注意，它同样是需要考虑到的，即是下面第三点。

三是在人物众多、身份性格各有不同的对话设计中，还需要暗暗兼顾"统一性"，也就是说，他们可以在小说中通过对话的言说特点建立个人面目，但与整体叙事语言的统一、两种或多种语言方式的协调都需要考虑到。《红楼梦》中，刘姥姥的语言方式可能是最特别的，她与所有荣国府大观园中的小姐、夫人和丫鬟的说话方式都不同，多是相对粗鄙化的俚语、俗语和自嘲性笑话，因此她一出现一开口就会"破坏"语言的整体感和统一性，部分地破坏"风格"（《红楼梦》总体上呈现的传统小说的雅化、精致和精到，曹雪芹大抵是不甘将大观园建筑于俚语、俗语之上的）——可以说，几乎所有的小说写作都会面临这样的问题，尤其是传统的、以故事讲述为基础的那类写作——我相信曹雪芹在让刘姥姥"发声"的时候会既有兴奋又有掂量。处理这类的兼容问题，一般性的做法是，控制长度、频率和数量，让言说者的话语尽可能少，又能出彩地表现出特色；不断地断开，让叙述和别人的声音加进来，"冲淡"这一声音的尖锐感和不和谐感；并非"原汁原味"地让人物自然发声，而是暗暗地小有调整，让它和叙述语言强化匹配度，形成对立统一。在这里，我们也可对应一下曹雪芹的处理方式。

二和三要统筹考虑，它需要兼顾地保证——在处理方式上，我们可能会看出作家们取舍的不同。一些作家的写作是尽可能"真实再现"，让人物的"声音特点"获得最大限度的保留，它的生活感会由此加强，更强调"身临其境"一些。譬如赵树理在《小二黑结婚》中的对话设计，史铁生在《我的遥远的清平湾》中与破老汉对话时的设计，曹乃谦《到黑夜我想你没办法》中的对话设计，屠格涅夫《父与子》中的对话设计，等等，它们更多地尊重着"人物"的语言习惯、性格特征和表达方式，让"人物"能在作品中更大程度地活灵活现。而也有另一些作家的写作，在统一性上的思忖可能更多些，更强调语言的整体统一，相对而言"人物"的个性特点就不得不略有"收敛",并未作出特别强调。譬如莎士比亚戏剧中所有"人物"的开口,大抵都有诗性和装饰,并且相对地滔滔不绝(列夫·托尔斯泰为此特别地指责过他);譬如在陀思妥耶夫斯基的小说中,所有"主要人物"都强辩,都有一套自洽的逻辑并能充分地、口若悬河地借助对话言说出来;譬如在马尔克斯的小说中,"人物"语言的个人特点是作出让步的,它们多统一于简洁、诗性、耐人寻味和小小的模糊感中。

如《迷宫中的将军》:

"连星星也逃不脱毁灭的命运,"卡雷尼奥说,"现在比十八年前少了。"

"你神经出毛病了。"将军说。

"不,"卡雷尼奥说,"我老了,可是我不承认我老了。"

"我比你整整大八岁。"将军说。

"我按每一处伤疤加两岁计算,"卡雷尼奥说,"这样我就是所有人中间年岁最大的。"

"如果这么计算,最老的该是何塞·劳伦西奥,"将军说,"六处枪伤,七处长矛伤,两处箭伤。"

《没有人给他写信的上校》：

这回轮到他来维持家计了。他经常不得不咬着牙，到附近一家小店里去赊账。"下星期就还，"他嘴上这么说，心里实在没多大把握，"有一小笔钱上星期五就该给我汇过来了。"等妻子的病稍有起色时，丈夫的模样让她吃了一惊。

"你瘦得皮包骨头了。"她说。

"我正打算把这把老骨头卖了呢！"上校说，"有家黑管厂已经向我订好货了。"

《百年孤独》：

"所以，如果您想留在这里，和其他普通居民一样，我们非常欢迎。"何塞·阿尔卡蒂奥·布恩迪亚总结道，"但如果您是来制造混乱，强迫大家把房子漆成蓝色，那么您可以收拾起家什，从哪儿来回到哪儿去。因为我的家一定要像鸽子一样雪白。"

堂阿波利纳尔·摩斯科特脸色苍白。他后退了一步，咬紧牙关不无痛苦地挤出一句：

"我得警告您，我带了武器。"

何塞·阿尔卡蒂奥·布恩迪亚自己也不知道双手何时又恢复了年轻时掀翻一匹马的力气。他抓住堂阿波利纳尔·摩斯科特的衣领,把他拎起来举到与自己双眼平齐。

"我这样做,"他说,"是因为我宁愿掂起一个活人,也不愿意后半辈子都惦着一个死人。"

在马尔克斯所设计的对话中,我们读出的可能是某种"一致性",一种统一于他的叙述整体语调的相融感。二十世纪以降诸多小说中的对话设计,多采用和马尔克斯相类似的做法,作家们更愿意强化其艺术性,而或多或少地弱化了真实性。没错,两种方式都涉及取舍:你强调真实性、言说者的语言个性,那在叙述语言上也必须与之有适度的调和,它会部分地"牺牲"作家在个人语言风格上的致力;你强调艺术感、文字的美妙和耐人寻味,那就不得不适度地"牺牲"一点儿人物对话的个性,"牺牲"一点儿生活化的东西。但平衡,是必须严格保证的,绝不可取一方而不顾另一方的诉求——在马尔克斯的小说或莎士比亚的戏剧中,"牺牲"也是有一个严格限度的,所有人物说出的话语依然"只能是他会说的话""是他必然会说的话",依然包含着人物的性格、身份和习惯。

四是要注意（甚至是要特别注意）对话人物都熟悉的事物、事件的"共知省略"，如果两个人共同见证了一场杀人事件，那么两个人的对话中就不会由一方向另一方介绍事件过程，而是可能提到"流了那么多血。都流到鞋子上了"，或"没想到，他的脸那么白。活着的时候可不是这样"，等等。另外，因为是近距离对话，他们很可能会有主语省略，不提"你""我"和对方的名字，如果非要提及，一定会是在自然而然的关键处（海明威的诸多小说、胡安·鲁尔福的诸多小说，都可以做这方面的范本来看）。这一点在对话设计中其实是重中之重，很见精心和耐心的地方，而一些相对拙劣的小说却总是忽略它。

五是要制造变化、陌生和丰富，处处有小精心，当然是在显得"自然而然"的前提下。譬如，使用对话，即使在一篇小说中，也最好不只使用一种方式，而是不断地、不断地作出适度调整，尽管这种小变化可能某些阅读者未必会注意到。譬如，对方中的一方是"主要阐述者"，他要完整地讲一个故事或者完整地阐述一个观点、一种见解的时候，为了强调"对话性"或者为了文本的"呼吸"，避免可能的臃长感，尽可能做到"进展迅速而又不枯燥，内容充实而又不臃肿"，一般而言在其中适度地加入对话方的插话，适度地插入言说者的动作、表情和某种意外中断——这样的设计在现代经典小说中表现得极为精到。在这里，我也愿意为大家呈现另外的几种变化方式。

《水浒传》，在瓦官寺，鲁智深听罢老和尚的诉苦，愤然找到生铁佛崔道成和飞天药叉丘小乙：

智深提着禅杖道："你这两个，如何把寺来废了？"那和尚便道："师兄请坐，听小僧……"智深睁着眼道："你说，你说！"说："在先敝寺，十分好个去处……"

金圣叹称这种方式为"不完句法"，"说字与上听小僧，本是接着成句，智深自气忿忿在一边，夹着你说你说耳。章法奇绝，从古未有"。在后来中外的诸多小说中，这种"不完句法"得到了很好的、创造性的运用。

在汪曾祺的小说《徒》中，有一段描写，"高雪哭，不吃饭。妈妈和姐姐坐在床前轮流劝她"，其中的对话是这样呈现的：

"不要这样。多不好。爸爸不是不想让你向高处飞，爸爸没有钱。三年高中，四年大学，路费、学费、膳费、宿费，得好一笔钱。"

"他有钱！"

"他哪有钱啊！"

"在柜子里锁着！"

"那是攒起来要给谈老先生刻文集的。"

"干吗要给他刻！"

"这孩子，没有谈老先生，爸爸就没有本事。上大学呢！你连小学也上不了。知恩必报，人不能无情无义。"

"再说那笔钱也不够你上大学。好妹妹，想开一点……"

这段话里是三个人的对话，可汪曾祺故意没有在每句话前注明它们分别是谁说出的，这需要读者仔细分辨，作出猜度，甚至可能有"猜错"的时候……它有意调动阅读者的参与，有意凸显了劝说对话的"喧哗感"，我将它称为"多声部交织"的对话方式。它在一些较为现代的作品中也有较多使用。

《包法利夫人》，福楼拜精心设计的一幕演出：

> 主席台上起了一阵骚动：长久耳语和交换意见。最后

第八讲 对话设计

还是州行政委员先生站起。大家现在晓得他姓廖万,群众一个传一个,说起他的名姓。于是他掏出几张纸,凑近眼睛细看了看,这才开口道:

诸位先生:

首先请允许我,在没有和你们谈起今天的盛会之前——我相信,你们全有这种感情,我说,首先请允许我赞扬一下最高当局、政府、国君,诸位先生,赞扬一下我们的主上、万民爱戴的国王。大家知道,事关繁荣,不问公私,圣上一律关怀,即使怒海狂涛,危险百出,圣上也坚定审慎,稳步行车,何况圣上谋求和平,重视战争、工业、商业、农业与艺术。

罗道耳弗道:
"我该退后一点儿坐。"
爱玛道:
"为什么?"
不过州行政委员的声音分外高了,他朗诵道:

诸位先生:兄弟阋于墙,血染公众广场的时期,已经一去不复返了；业主、商人，甚至于工人，夜晚安眠，听见警钟齐鸣，忽然惊醒的时期，已经一去不复返了；邪说横行，擅敢颠覆社稷的时期，已经一去不复返了……

罗道耳弗接下去道：

"因为下面也许有人望见我：这样一来，我就要一连两星期道歉，像我这样的坏名声……"

爱玛道：

"哎呀！您成心糟蹋自己。"

"不，不，您听我讲，坏极了。"

州行政委员继续道：

可是，诸位先生，放下这些暗无天日的画面不去回想，转过眼睛，浏览一下我们美丽祖国的现状，我又看见了什么？……

在这段对话中，州行政委员的话语是独立的，它与爱玛和罗道耳弗之间的对话平行，相互插入，构成一种喧哗的、多向的效果，纳博科夫称之为"平行插入法"或者

"多声部配合法",这种方式在表达喧哗感和多意指向的时候极为有效。

六是尽可能简洁,尽可能不必说的话不说,也是对话设计的一个原则,当然另有需求的设计除外(譬如以表现双方思想的空洞和对话的无效的时候)。

七是尽管许多时候我会把戏剧拉入小说这种文本中,但我们还需要知道,小说的故事诉求、语言诉求与戏剧是不同的,小说中的对话要部分地避免"戏剧化"(是在对戏剧语言不断吸纳的前提下)。强思辨的话语,在我们的日常(尤其是中国)对话中是相对少见的,即使在一些知识分子的话语中,因此,在小说的对话设计中它需要再三掂量,慎用。但我们也必须看到二十世纪以来小说朝向智慧之书的强趋力,必须看到二十世纪以来对话设计中对于思辨、思考的注重——如何做到平衡,是我们(尤其是中国作家)需要细细掂量的。

八是语言的魅力感也是我们在对话设计中要注意到的,它大约不能止于"说出了某件事情",起到故事的交代作用为止。不得不承认,随着文学的精进和发展,我们对于小说语言的要求越来越高,而作为小说中更为关键的对话设计,则更要精心、用力。

思考题

1. 列举一段让你印象深刻的小说、戏剧或者电影中的人物对话，说一说它为何让你印象深刻。你觉得，它是生活生出来的，是原汁原味，还是暗暗设计和加工过的？

2. 小说中的对话和戏剧中的对话有怎样的相同，又有怎样的不同？如果我们把戏剧中的人物和他们的对话"搬"到小说中，你认为怎么做更为合适？

3. 我们是否可以设想，写一篇完全由对话来构成的小说？或者，我们是否可以设想，写一篇完全没有对话的小说？

4. 小说本来是叙事的，而对话中的内容多数甚至完全可以由叙述者交代出来，那，对话何用？

第九讲 景物设计

在小说中,"景物设计"(或称为"风景描写")几乎是小说写作不可或缺的一环,很少有小说不会用到风景描写,即使在那些标为后现代主义的小说中。"景物"是小说得以落实并召唤我们"身临其境、信以为真"的重要手段之一,是调控语言节奏和叙事节奏的重要手段之一,是激醒我们的"健全的大脑和敏锐的感觉",让我们的情感得以更大限度地投入的手段之一,是让我们体味到艺术的美感和语言魅力的手段之一……即使在风景描写被大力压缩,不再那么被作家们重视的当下,景物设计其实依然是种需要,它无法被全然地剔除出去。在这里,我大约需要为当下小说(世界范围内)不再那么重视(使用)风景描写说几句客观的、理解的话:之所以当下的小说写作风景描写被大大压缩,并非只是什么"现在的作家距离生活较远不会写风景了",更主要的原因是需求压缩,这才是本质性的。之前，"景物设计"之所以繁盛稠密显得更不可或缺，首先是出于需求：在一段很漫长的时间里，人们的行动范围非常受限，不便的交通影响着人们对"外面世界"的了解，一位生活于南方的人可能无法想象具体的北方生活，一位生活于伦敦的人可能无法想象巴黎的生活，更难以想象恢宏的巴黎圣母院能够恢宏到什么程度……而小说，要想传播，要想带给那些"从未有过这样的生活"的人们身临其境和信以为真的感觉，那，他就要做好"景物设计"，要相对详细周密地介绍他所设定的那种"现实"，只有这样，才能让阅读者建立起对故事主人公生活环境的了解和理解，建立起感觉和感受。

而随着科技的发展，摄影、电影、电视等手段的普及，地球在慢慢变平，我们完全可以足不出户就了解二三十分钟前发生于曼哈顿、布宜诺斯艾利斯、柏林的新闻事件，至于想了解巴黎、伦敦的街区、地理、环境和植物生长，通过网络也可以轻易达到——距离已经不构成特别的阻碍，知识也不构成特别的阻碍，我们再那么不厌其烦就显得冗余，等于是告知阅读者他已经知道、了解的知识，其必要性就值得怀疑了。不断有阅读者抱怨十七、十八世纪的小说即使是大师写下的也总有过度的冗长，而造成这一点的主要问题就是风景描写的繁盛。是故,小说中景物设计的弱化更多是适应性的与时俱进,是一个有效的必要。

"哲学理论,如果它们是重要的,通常总可以在其原来的叙述形式被驳斥之后又以新的形式复活。反驳很少能是最后不易的;在大多数的情况下,它们只是更进一步精炼化的一幕序曲而已。"再次引用罗素在《西方哲学史》中说出的这段话,它对我们的文学议题同样有用——只要我们略略换掉几个词。文学理论,或者文学设计方法,如果它有着未尽的合理性,是重要的,那它"总可以在其原来的叙述形式被驳斥之后又以新的形式复活。反驳很少能是最后不易的……"。在这里,我们也会在景物设计的谈论中更多地谈及一些较为现代、有一定实验性的做法,看看这一旧有方式在新的小说写作中是如何"以新的形式复活"的,希望能为我们的新实践提供一点儿启示。

我们首先来看小说中风景描写的一般方式。

物理性的,介绍性的,它的目的是给我们一种带入,让我们建立起对那种生活、那种环境的了解。这是相对古典的一般做法,是风景设计中最为阔大的一个几乎占有主体的部分。

台奥多尔·冯塔纳，《艾菲·布里斯特》：

冯·布里斯特在霍恩－克莱门的宅院的前面——他们家族的宅院自选帝侯格奥尔格·威廉统治时期就已经存在——那条乡村街道沐浴在正午的骄阳之下，而靠近公园及花园有一座厢房，与正厅构成曲尺形，把宽阔的阴影先是投到一条白绿相间的石板村道上，继而又投到外面一座巨大的圆形花坛上，花坛中央有一个日晷，绕着花坛边缘种着美人蕉和大黄。再往前走十几码，恰好和厢房对称，是一堵教堂的墙壁，整个墙壁上爬满了小叶的常春藤，一扇漆成白色的小铁门像是把这堵墙戳开了一个洞；墙外，高耸着霍恩－克莱门塔，塔顶盖着木板瓦，墙上那个最近才重新镀了金的风信鸡在阳光下熠熠生辉。

正厅、厢房和教堂的墙壁围成了一个马蹄形地带，正好把一座作装饰用的小花园围拢起来，开口的那一边是一个小湖和一个码头，一只小船停泊在码头，附近是一个秋千，两条绳索拴住木座的两头；支撑木头秋千的柱子已经有点儿歪斜⋯⋯

它以"静物营造了宁静的氛围"，作家阿摩司·奥兹指认:"这难道不是一张游客的图画明信片吗?"是的,部分地可以说它是,它保持着一种物理性的客观,为我们建立了可以跟随着进入的一个"真实空间",建立了对它的阅读依赖。从这点上来说,它也部分地是《安娜·卡列尼娜》《包法利夫人》的"远亲",是那种古典的现实主义方式的延续。

井上靖,《敦煌》:

> 从凉州到甘州约有五百里的路程。祁连山中发源的河流流入这片干燥的土地,形成了一个个的绿洲。开始的几天,部队一直在这些河流的中间地带行进。第二天,部队在炭山河畔露营;第三天,在山边的一条无名小河的河滩上宿营。这天夜里整夜狂风大作,风声如滚雷一般。第四天的早晨,部队来到水磨河畔;第五天下午进入了一条峡谷,南北两边都是陡峭的高山。穿过这条峡谷后,已是第六天了,部队决定休整一天。由此直至甘州都是平坦的大路。

它是另一类的客观书写,同样是物理性和介绍性的,只是它采取着"移动"而非"静观",这样的风景描写并非只盯一点而是移步换景,和故事的连接性相对较强。

尼古拉·果戈理，《死魂灵》：

屋子后面是一座古老的大花园，一直延伸到庄园之外，隐没在田野之间；虽说花园里芜生蔓长，岩飞石走，却给这片广漠的土地带来了一丝生气，也独有花园里那一派荒野景象格外活泼入画。一棵棵大树顶端枝繁叶茂，连成一大片一大片的绿色，姿态各异、微微颤动的树叶犹如华盖横陈天际。一段粗壮无比的白桦树的白色树干耸立在这片密密麻麻的绿色之中，它的顶端被暴风雨抑或雷电削去了，露在凌空中的树身浑圆光滑，就像一根端正挺拔、莹洁璀璨的大理石圆柱；柱头已经断裂，断面歪斜，很尖利，一眼望去雪亮的柱身顶上有一片黑色，仿佛一顶头盔，抑或一支羽色深黯的鸟儿。底下大片大片的接骨木、花楸果和榛树丛被麻蛇草绞杀，这些麻蛇草沿着篱笆蜿蜒爬行，继而缠绕住无头的白桦树，直爬到它的半腰那么高。缠在白桦树半腰的麻蛇草有些垂挂下来，已经开始搭住另一棵大树的树顶，还有些悬挂在空中，把自己当尖细的钩形叶瓣卷成一个个小圈儿，随风轻轻飘荡。阳光下的绿色灌木丛东一块西一堆，其间露出一道照不到阳光的深深的凹槽，犹如一张黑漆漆的咧开的嘴……

第九讲　景物设计

  它同样是细致入微的、具有典型俄罗斯风格的风景描写，同样具有物理性和介绍性，其中细致的描述真可以建立"身临其境"的感受，有着极强的带入感。现在看来它可能无他，但弗拉基米尔·纳博科夫提醒我们注意，果戈理的风景描写改变了俄罗斯文学的"半蒙昧状态"，他和一些卓越的作家们"几个世纪以来，描写艺术的发展在视觉效果方面收获颇丰，复眼变成一个统一的极其复杂的器官，那些死气沉沉的'固定颜色'也逐步产生各自微妙细腻的色差，创造出新的描写奇迹"。"果戈理在《死魂灵》中关于泼留希金的花园的描写让俄国读者大惊失色，不亚于马奈给他同时代的留着络腮胡子的非利士人所带来的震撼。"时至今日，我们的阅读感受也许已不那么强烈，不再有那种震撼感，但我特别在意纳博科夫的提醒：我们以为的司空见惯也许是前人经历艺术冒险才得来的结果。

  将主人公的情感情绪注入风景，这里的景物设计具有更多的主观色彩，它是故事中情感推动的有机组成。

  譬如，马塞尔·普鲁斯特，《追忆逝水年华·第二卷》：

> 我们知道这条旧道之后，为换换走法，有时回去会走

另一条小路（只要来的时候没走这条路）穿过尚特雷纳和冈特卢的树林回巴尔贝克。树林里，无数看不见的鸟儿，在我们耳边鸣啭应答，让人有一种印象，仿佛自己正闭着眼在休憩。我坐在车厢座位上，犹如普罗米修斯被拴在山岩上，谛听着俄刻阿尼得斯的歌声。偶然瞥见一只小鸟从一片树叶跳到另一片树叶，看上去似乎跟这合唱全无半点儿关系。我真是无法相信，这场欢快的合唱居然来自这些惊惶却不带表情的跳来跳去的小家伙。这条路，跟我们在法国遇到的许多同类的道路没什么两样，上坡陡，下坡路却很长。在当时，我没觉得它令人流连忘返，让我高兴的是返回酒店。但后来它在我的回忆中成了欢乐之源，在那以后的短程出游也好，长途旅行也好，凡是车子行驶在跟它相像的路上，那些路都会毫无间断地立时连接起来，凭着它，即刻和我的心相通……在一条相似的路上感受到的印象相衔接，围绕在它们周围的，是种种附带的感觉，诸如呼吸舒畅、好奇、懒散、胃口好、心情欢愉等两个不同地点所共有的、让人忘却其他一切的感觉，这些感觉使那些印象变得更加强烈，变得有如一种欢乐的类型，甚至一种生活的方式那般稳定……

在这里,普鲁斯特建立了一个景物描述的点,然后大片大片加入的是个人情感和丰富联想,以及情感和情绪。它,甚至大过了真正的景物描述的部分。

再譬如,米兰·昆德拉,《卢德维克》:

是的,我信步漫游。在横跨莫拉瓦河的桥上我停了一会儿,凝视着下游。这样丑陋的河(这样褐,看上去不像水而像黏土),它的堤岸多么令人压抑:在那条街道上,有五幢傻乎乎的平房,每一幢都像一个畸形的孤儿单独伫立在那里;显然它们原是为了组成一个宏大整体的胚胎,但是它后来却杳无音信了;两幢房子装饰着陶瓷天使和水泥小浮雕;很明显,它们雕刻粗陋,破碎不堪:天使失去了翅膀,浮雕许多地方已经剥落得露出砖头,弄不清它们的含意。在孤儿似的房子那边,街道尽头是一排铁塔和高压线,接着是散布着几只鹅的草地,最后是一望无边的田野,田野不知伸向何方,它掩饰了摩拉瓦河黏滞的褐土。

每一处都是描写,对景物的描写,但它不是幻美化的,而是一种反向的情绪表达。在这里,米兰·昆德拉通过风景设计强化出的是主观情绪,带有强烈的主观色彩。

查尔斯·狄更斯,《荒凉山庄》：

十一月的天气，一副坏脾气相。满街的泥泞，仿佛大水刚从地表退下去……路上行人个个染上了坏脾气，挤来碰去，伞撞伞的，在街的拐角处，一个个滴溜、刺溜地滑倒在天亮之后（假如这天亮过的话）成千上万人打滑摔跤的地方，结成硬壳的泥浆表层不断添加着新的泥浆，新的硬壳，泥牢牢地粘在人行道上的那几处，利滚利似的越发增厚了。

在这里，作家有意设置了一个阴郁的、泥泞的，所有人都打滑摔跤的"氛围"，它把真正的泥淖和雾同大法官庭的泥淖与"稀里糊涂"联系在了一起。

与情感注入的方式相反，有部分小说在风景设计中有意弱化情感表述，但它也与物理性的、介绍性的处理方式显见不同：它有意通过这种"情感剔除"的方式突出主人公的某种麻木和冷漠，将主人公"局外"化。譬如，《局外人》：

天空中阳光灿烂，地上开始感到压力，炎热迅速增

第九讲 景物设计

高。我不知道为什么要等这么久才走。我穿着一身深色衣服，觉得很热。小老头本来已戴上帽子，这时又摘下来了。院长跟我谈到他的时候，我歪过头，望着他。他对我说，我母亲和贝莱兹先生傍晚常由一个女护士陪着散步，有时一直走到村里。我望着周围的田野。一排排通往天边山岭的柏树，一片红绿相杂的土地，房子不多却错落有致，我理解母亲的心理。在这个地方，傍晚该是一段令人伤感的时刻啊。今天，火辣辣的太阳晒得这片地方直打战，既冷酷无情，又令人疲惫不堪。

....

不久之后，我又被带到预审推事面前。时间是午后两点钟，这一次，他的办公室里很亮，只有一层纱窗帘挡住阳光。天气很热。他让我坐下，他很客气地对我说，我的律师"因为不凑巧"没有能来。但是，我有权利不回答他的问题，等待我的律师来帮助我。我说我可以单独回答。他用指头按了按桌上的一个电钮。一个年轻的书记进来，几乎就在我的背后坐下了。

我们俩都舒舒服服地坐在椅子上。讯问开始。他首先说人家把我描绘成一个生性缄默孤僻的人，他想知道对此我有什么看法。我回答说："因为我没什么可说的，于是我就不说话。"他像第一次一样笑了笑，承认这是最好的理由，接着又补充了一句："再说，这无关紧要。"他不说话了，看了看我，然后相当突然把身子一挺，很快地对我说："我感兴趣的，是您这个人。"……

前一段，是默尔索送别母亲，这里的所有描述都没有体现出"情感的波动"；而后面两段，则是默尔索杀人之后面对检察官的审讯，这里的描述同样没有体现出"情感的波动"，依然物理化，它几乎处在一种零度的麻木中，激不起波澜。在这里，阿尔贝·加缪透过景物设计所体现出的"情感剔除"来表达人的冷漠和麻木。

阿兰·罗布－格里耶，《橡皮》：

在楼梯第十六级的墙上，挂着一幅小型的油画，高度正好齐到人的眼睛。这画描绘的是一个暴风雨之夜的景色，富有浪漫色彩：一道雷电的闪光照亮了一座荒塔的废墟，塔下横卧着两个人，尽管风吼雷鸣，他们好像都睡着了，或者是给雷劈死了吧？也许是从塔顶上摔了下来。镜框是木头的，雕花描金。整幅看来是相当古老的作品。波那却没有提到这幅画。

具有一个侦探小说之壳的《橡皮》透过青年密探瓦格斯之眼"客观"观看着他看到的世界,试图达至客观、冷静、准确,"世界既不是有意义的,也不是荒谬的,它存在着,仅此而已"。但这段景物设计本质上并不是旧有的传统小说的那种"客观",而是一种抽离性的麻木和冷漠,它消除了附加于风景和事物之上的全部温度,包括来自阳光和灯光的残留温度。

具有隐喻的性质,其景物的出现、取舍都有几乎显见的设计感,它的每一处都与故事的主题和思考密切相关。"隐喻性"是这些小说中风景描述的关键词,它可能并不是"写实性"的,而是"虚构性"的。

譬如,弗兰兹·卡夫卡,《城堡》:

K 到村子的时候,已经是后半夜了。村子深深地陷在雪地里。城堡所在的那个山冈笼罩在雾霭和夜色里看不见了,连一星儿显示出有一座城堡屹立在那儿的光亮也看不见。K 站在一座从大路通向村子的木桥上,对着他头上那一片空洞虚无的幻影,凝视了好一会儿。

它貌似实写,貌似客观地、介绍性地书写了 K 的所见，然而这里的设计却强烈地包含着"喻意"。吴晓东教授特别谈道："他（作者按：卡夫卡）首先把城堡写成一个巨大的实体，但这个实体却是 K 看不见的。""可以说一开始，卡夫卡就赋予了城堡双重含意，既是一个实体的存在，又是一个虚无的幻象，像一个迷宫，所以小说一开始就营造了一种近乎梦幻的氛围。这种氛围对于读者介入小说世界有一种总体上的提示性。"我认为这一解读极有道理，在这里，这段风景描写被卡夫卡悄然地赋予了隐喻性。

有时道路转折，风向转变，于是蒸汽陡然间统统消失了，但是又立刻出现在对面窗外，接着又拖着巨大的尾巴跳到这边，再次遮住李特维诺夫的视线，使他看不见莱茵河流域这片广阔的平原。他凝视着，凝视着，忽然心里出现一个古怪的念头……他独自坐在车厢，没有任何人来打扰。"烟，烟。"他反复说着，忽然间他觉得一切都是烟，一切，无论是他个人的生活，还是俄国的生活——人世间的一切，特别是俄国的一切。他想：一切都是烟和蒸汽；一切似乎都在不停地变幻，到处都有新人的形象，一些现象追赶着另一些现象，而实质上，始终还是老一套；一切都匆匆忙忙急着奔向什么地方——然而什么也达不到，一切都消失得无影无踪。另一股风吹来——一切又奔向相反的方向，在那边，同样是一场孜孜不倦、激动兴奋，然而却是——毫无必要的游戏。

屠格涅夫的《烟》同样具有笼罩性的隐喻性质，它在后面甚至直接"绕开"具体的景物而进入联想和思考中。这也是隐喻性景物设计的一种惯常方法。

伊斯梅尔·卡达莱，《梦幻宫殿》：

一楼的走廊悠长、黑暗，几十扇门朝里开着，高高的，根本没有编号。他数到十，在第十一扇门前站定。敲门之前，他想要弄清楚，这确实是他正找的那个人的办公室。可走廊里空空荡荡，没有任何人可以打听。他深深地吸了口气，然后伸出手，轻轻敲了一下，但听不见里面有什么声音。他先看了看右边，又看了看左边，接着重新敲了敲门，比上回更大声了点儿。依然没有动静。他第三次敲门，还是没听到有人开门。奇怪的是，门忽然毫不费力地开了。他吓坏了，那样子仿佛要再次将它关上。就在门还在铰链上嘎吱嘎吱开得更大时，他甚至伸出了手，想把它拽回。就在这时，他注意到屋子里空无一人。他犹豫起来。他该进去吗？他想不起任何规则或惯例，适用于这一情形。终于，门不再嘎吱嘎吱响了。他站在那里，目瞪口呆，望着空屋里靠墙排列着的长椅。在门口踯躅了片刻之后，他摸了摸那封举荐信，重又获得了勇气。

这段景物设计有着明显的隐喻性质：悠长、黑暗的走廊，隐喻这座梦幻宫殿的阔大和内在气氛，具有一种暗暗的压迫感；没有编号的门，它象征着统一性和机械性，也象征了权力机构的"迷宫"性质。空荡荡的走廊和没有受到接引的"他"，以及"他"的数次敲门和里面的空无一人，一方面隐喻秩序，另一方面隐喻秩序的无序（这种无序也体现于所有的门都没有编号上），它们互为表里，荒诞而统一地黏合在一起，构成了一个整体。而在小说主人公"他"（马克-阿莱姆）的身上，我们看到了个人面对象征权力的梦宫的忐忑，以及找不到合适的规则、惯例时的无措，以及……这里的每一处，都属于隐喻，但卡达莱通过自己的景物设计赋予了它逼真的真实感。

变形的、变化的，或者"梦境"的——它要的不是现实的逼真而是感觉的敏锐，强化的是个人的艺术感觉甚至是具有通感性的错觉。在这些景物设计中，突出的是艺术性和陌生化。

现在筐子越来越慢，朝河岸拐弯处那泥浆一样的河水里漂去。埃克索把棍子伸向河水，发现一下子就碰到了河底，他想把筐子往河的中心推，然而棍子似乎被河底给吸住了，没办法用上力气。这时，在长满了深草的田野上，天已经亮了起来——他看清楚，两个筐子的四周都缠满了厚厚的水草，好像要把他们牢牢地绑在这片静止的泥水之中一样。那艘船就在他们跟前，可他们极其缓慢，用了很长时间才漂了过去。埃克索伸出棍子抵住船尾，他们的两个筐子终于停了下来。"亲爱的，这是另外的那个船屋？""还没到。"埃克索回答自己的妻子，然后抬头看着另一边正在流动的河水。"很抱歉，我的公主。我们卡在水草里了。不过我们前面有条船。如果它没有坏掉的话，我们可以用它划过去。"埃克索再次将木棍插进水流，继续向小船靠近。筐子要比小船低很多，因此，想要看清船上的情况就必须抬头仰望。在靠近中，埃克索已经能清晰地看到粗糙、破旧的船板，以及船舷上沿的底部挂着的细小的冰柱，看上去，它们就像是一排蜡烛的油一样……船首有一片橘色的光，他仔细一看，才看清堆在船板上的破旧衣服的里面，有一位上了年纪的女人。

不断消失的记忆，由龙守护的"遗忘之雾"，以及不列颠人与撒克逊人之间的战争仇恨，亚瑟王掩埋起的巨人——石黑一雄《被掩埋的巨人》始终笼罩于一种神秘的梦幻般的感觉之中，而这段风景描写同样具有梦幻的、神秘的性质，它强调的是陌生和幻觉。我们知道它的描述并非真实，却还是不自禁地被它所吸引。

布鲁诺·舒尔茨的《狂风》，本质上它是对一场暴风的现实实写，然而因为动用着幻觉、错觉和夸张，其中出现的那段风景描写变得极有侵略性：

大风将广场剥个精光，所到之处，街道一片空白，整座市集被刮得干干净净。时不时能瞥见一道孤零零的身影，在狂风之下弯腰佝偻，被吹得左摇右摆，紧紧扒住房屋的墙角。整个市集广场似乎在膨胀、闪烁，强劲的疾风让它变成了一块光秃秃的不毛之地。

劲风吹走了大气中冰冷死寂的诸多颜色，吹走了铜绿色、明黄色和淡紫色的条纹，吹走了它遥远迷宫的穹顶和拱廊。这样的天空下,黑沉沉的屋顶东歪西斜,满含急躁和期待。其中已遭狂风侵占的,无不意气风发,傲然挺立,比它们的邻居更高大,并预言紊乱的穹冥之下即将发生奇祸巨灾。随后,这些屋顶又一次收敛平复,无法再承受风暴的强劲呼吸,而它正流向无际,使动荡和恐惧遍布于所有空间。其余的房舍纷纷挺身站起,在一股激烈的预感之中,它们以尖叫昭示灾难的降临……

而在莫言的《枯河》中,在虎子被父亲殴打而慢慢走向死亡的过程中,不断地有错觉性质的、喻示感的景物设计的出现,它处在真与幻之间,而幻的成分远大于真的成分:

……月亮持续上升,依然水淋淋的,村庄里向外膨胀着非烟非雾的气体,气体一直上升,把所有的房屋罩进下边,村中央那棵高大的白杨树把顶梢插进迷蒙的气体里,挺拔的树干如同伞柄,气体如伞如笠,也如华盖如毒蘑菇。村庄里的所有树木都瑟缩着,不敢超过白杨树的高度,白杨树骄傲地向天里钻……

············

……月亮已升起很高了,但依然水淋淋的不甚明亮。

西半天的星辰射出金刚石一样的光芒。村子完全被似烟似雾的气体笼罩了，他不回头也知道，村里的树木只有那棵白杨树能从雾中露出一节顶梢，像洪水中的树。想到白杨树，他鼻子眼里都酸溜溜的。

…………

……月亮已经在正南方，而且褪尽了血色，变得明晃晃的，晦暗的天空也成了漂漂亮亮的银灰色，河沙里有黄金般的光辉在闪耀，那光辉很冷，从四面八方包围着他，像小刀子一样刺着他。他求援地盯着孤独的月亮。月亮照着他，月亮脸色苍白，月亮里的暗影异常清晰……

…………

……现在，小媳妇，死，依稀还有那条黄色小狗，都沿着遍布银辉的河底，无怨无怒地对着他来了。他已经听到了她们的杂沓的脚步声，看到了她们的黑色的巨大翅膀。

在看到翅膀之后，他突然明白了自己的来龙去脉，他看到自己踏着冰冷的霜花，在河水中走来又走去，一群群的鳗鱼像粉条一样在水中滑来滑去。他用力挤开鳗鱼，落在一间黑釉亮堂堂的房子里。小北风从鼠洞里、烟筒里、墙缝里不客气地刮进来……

在这里,莫言暗暗强化了虎子在濒死之前的幻觉,将它不断地放大、放大,并将经历中的、记忆中的事与物纳入这份幻觉中,让它们叠加和延展……从而获得陌生、奇妙,以及情绪上的不断垫高。

苛刻地减少风景描写,以一种"枯山水"的方式呈现——在小说中,故事、对话和行动呈前,而风景描写极为克制,只有一两处,但这一两处却又极度显赫,异常突出。我们在伊萨克·巴别尔的《红色骑兵军》、马塞尔·埃梅的短篇小说、豪尔赫·路易斯·博尔赫斯的短篇小说中可以读到这样的设置。一般而言,"枯山水"的景物设计多出现于篇幅较短的短篇小说中,它也极其考验和体现作家的才华。

在中国的传统文论中,景物设计有写境和造境两种处理方式,一种是保持现实性地实写,与作家的眼前所见对应,保持真实感和记录性;一种是根据表达需求"再造一个真实",创造性地设置一个场景和情境,并努力保障阅读者能够信以为真,相信在这个"舞台"上的一切表演。西方的文论也有一个现实主义和浪漫主义的区分,现实主义重视现实生活的真实再现,强调自然和准确,它所描绘的巴黎街区、都柏林街区的景物都能与现实一一对应；浪漫主义则侧重内心、想象力和理想状态，更具主观性——在我看来它们之间存在一种大体上的对应关系，而在景物设计的过程中，两种处理方式均可获得良好运用。事实上，无论是现实主义小说还是非现实主义小说，"写境"方式的使用不如"造境"方式使用范围更广泛，但"造境"方式的使用也需要与"写境"方式互通有无，建立起必要的说服力和可信度。

那，风景描写应如何设计？它需要遵循怎样的基本要求？在我看来，它可能需要注意以下几点。

带入感和说服力。无论是写境还是造境，都需要让阅读者相信你所写的、所说的是真的，是可信和可能的，这样，他才能跟着你的故事一起前行，"身临其境"并"感同身受"。卡夫卡的《变形记》，它的第一句话就显露了虚构的尾巴，坚硬而不容辩驳地让格里高尔变成了巨大的甲虫。在进入景物设计的时候，卡夫卡则细心收拾、认真落实，为格里高尔建筑了一个极具真实感的日常生活空间，在这里，他建立了可信度，有了它，故事的根基也变得牢固起来。《树上的男爵》，柯希莫因为一个小小的缘由攀登到树上，从此一生再也没有"回到地面"——它有着明显的虚构性质，非生活化的性质，但在景物设计的

第九讲 景物设计

时候伊塔洛·卡尔维诺为它建立了可信度:

> 橄榄树,由于长得弯弯曲曲的,对于柯希莫来说是平坦而舒适的大道,是坚韧而友好的树,踩在那粗糙的树皮上,无论是走过还是停留都很踏实,虽然这种树粗枝较少,在上面活动没有多少变化。在一棵无花果树上的情形就不同了,只要留神是否承受得住自己的体重,他可以不停地走动。柯希莫站在树叶搭成的凉亭之下,看见阳光透过叶片,把叶脉照得十分清晰,青色的果子渐渐胀大,花蕊上渗出的乳液散发出香气,无花果树要把你变成它的,用它的树胶汁液浸透你,用大胡蜂的嗡嗡叫声包围你,柯希莫很快就觉得自己正在变成无花果树,他感到很不舒服,便离开了那里。在坚硬的花楸果树上,或在结桑葚的桑树上,都是挺安逸的,可惜它们很罕见。核桃树也一样,我也觉得它好得没的说了。有时我看见哥哥钻进一棵枝叶繁茂的老核桃树中,就像走进一座有许多层楼和无数房间的宫殿,我就很希望像他那样爬到那上面去。核桃树作为一种树显示出了何等的力量和自信,又是何等的顽强,连它的叶子也是又厚又硬。
>
> 柯希莫很喜欢待在圣栎树波状的叶子丛中(或者说

是冬青栎，每当我讲到我们家的花园时就这么称呼这些树，也许是受了我们父亲的措辞考究的习惯的影响），他喜欢它那干裂的树皮，每当他出神地想事时，就用手指头从那上面抠下一些碎片片，不是有心毁坏它，而是特意在它漫长艰辛的再生过程中助一臂之力。有时也剥开法国梧桐的白皮，让那一层层长黄霉的朽木露出来。他还喜欢榆树的有突瘤的树干，从树瘤里生出嫩芽、一簇簇锯齿边的叶子和纸片状的翅果。但是很难爬上去，因为树枝生得很高，又细又密，可供通过的空隙很少。在森林里的各种树木中，他偏爱山毛榉和橡树，因为松树分杈极密，枝杈不结实，还遍布松针，既没有空隙又没有可攀登的地方，而栗树呢，有带刺的叶子，硬壳的果，生得高高的枝条，仿佛有意长成这副拒人于千里之外的样子。

纳博科夫在《文学讲稿》中提到，小说写作要"建立一个真实并接受它的必然后果"，而"建立一个真实"的诉求很大程度会体现于小说的景物设计上。

注意并始终注意景物设计与小说要表达的情绪情感的紧贴，它要为表达助力，为情绪情感的推进助力。这需要在小说中插入风景描写之前预先考虑，早做设计。当然，针对小说的表达需求，我们的景物设计可以是渲染性的、高音的或者高温的，也可以是刻意"冷静冷漠"的——前面在谈论景物设计的一般方式的时候已经有所涉及，这里不再赘述。

注意景物设计的隐喻性，或者说有意地朝向这种隐喻性来完成。我们可以多想一些，再多想一些，试图在惯常的景物设计中有更多加入，让它和主题、故事走向有更为紧密的关联。在景物设计中加入隐喻性并不是一种特别新颖的现代做法，它其实是古老的，在诸多古老小说、古典诗歌中都有应用，晚近一点儿我们也可在像《红楼梦》《桃花扇》中寻到这一设计的影子——然而得到更为广泛普遍的应用，或者有意的强化，则是现代，尤其是摄影摄像出现之后。从某种程度上来说它也是一种"被迫"，迫使作家们更注意景物设计的隐喻感，强化不被摄影摄像的一般表达所替代的"独立"部分。

节奏感把握。它也是景物设计中必须考虑的要点之一。一般而言，景物设计是小说中故事起伏的"呼吸点"，它多出现于：小说的开始部分，带阅读者进入故事预设的场景情境；故事波澜的小高潮结束部分，借风景描写换景同时完成平复；小说大高潮将起的过程中，这里的风景描写变成情绪情感积累的凹点，小说的爆发由这里完成蓄势；故事的结尾处，这里的风景描写变成延展到故事之外的桥梁，同时也是延展回声的桥梁……小说中某些臃长感的出现有一部分即是，风景描写对故事节奏的破坏，它未能被安排在呼吸点上，未能构成故事的有效推动。在现代小说中，作家们尤其会注意这一点。

抓住关键，要在极为细微甚至短促的点上展现写作者对生活的熟稔与通透，它也是说服力的关键部分。我们对一座酒楼进行景物设计，未必要面面俱到将酒楼的里里外外都描述清楚，大概只抓住服务生手上的一个动作或者他肩上毛巾的一小点儿酒渍就够了；我们描述发生在一个街区的一起坠楼事件，在交代阳光、树木和行人以及周围景致的过程中，抓住坠楼者落到地上时被撕裂成布条的牛仔裤就够了；在《我弥留之际》，展示威廉·福克纳对于生活的熟悉和底层农人的熟悉，借助达尔的眼看见"爹背部隆起的地方衬衫的颜色比别的地方淡得多"大约也就够了……事实上，在完成景物设计的过程中我们一定要拿出足够的精心和耐心，它绝不可轻易，更不可人云亦云。

不可人云亦云，哪怕，你要描绘的是同一座巴黎圣母院，同一个地坛，同一条米格尔大街。小说是并始终是

第九讲 景物设计

"创造之物",所有的书写包括其中的景物设计,都必须保障它的独特性和唯适性,这一点同样至关重要。

魅力感。语言的魅力感和画面的魅力感也是"景物设计"中要考虑的部分,我们必须把小说中的景物设计变成小说魅力的"加分项",变成小说中的闪光点。

在进行景物设计的过程中,我们最好预先设计多种方案,它可能是介绍性的也可能是隐喻性的,可能是情感注入的也可能是情感剔除的,可能是现实感强的也可能是幻想幻觉和错觉混用的……然后,我们在这些方案中进行掂对、打量,在好和更好、佳和最佳之间选择更好的和最佳的。当然,有些设计未必只有一条路径是最佳,它可能会有多重的选择,最终的取舍依赖于作家的个性和喜好——对于这一点,我也想在后面进行举例说明。

安布罗斯·比尔斯,《鹰溪桥上》,故事讲述的是美国南北战争期间,一位名叫贝顿·法夸的橡胶种植园园主,出于政治倾向而试图悄悄破坏对方的军事设施,可根本未等实施他便被抓住了。然后,他被吊在高高的鹰溪桥上。灰眼珠的中士准备行刑,只等上尉下命令了。①上尉按时下达了命令,中士开了枪。然而,中士的枪法不准,竟然打断了套在贝顿·法夸脖子上的绳索,他从高高的鹰

295

溪桥上掉了下去……恍惚中,贝顿·法夸意识到自己侥幸地躲过了死亡,这让他异常兴奋和忐忑,而这时,岸上的士兵也发现他并没有死去,于是他们朝着水中开枪。②贝顿·法夸在水下游啊游啊,求生的欲望逼出了他超人般的水性,这是他一生中游得最好的一次,也是他在水下憋气憋得最久的一次……后来,他终于憋不住了,不得不把头探出来大口吸气,桥上的士兵再次发现了他,他们使用机枪朝着贝顿·法夸的位置扫射。不知道哪儿来的好运气,他潜进水中,子弹在他的身侧穿梭着然而并没有把他击中。不知道游了多久,他又一次从水下探出头来,桥上的士兵们自然又一次发现了他,这时他们使用了大炮。就在贝顿·法夸已经丧失了全部的力气和求生的欲望的时候,奇迹出现了,水中的一个漩涡将他的身体卷了进去,然后又将他送到了沙滩上。他爬到一块石头的后面,这时天已经黄昏。③敌人的枪炮声也稀疏了下去。等着,慢慢地等着,天暗下来,幸运的贝顿·法夸站起身,朝着树林里走去——他确信自己已经摆脱了死亡的危险,现在他要的只有一个念头,回家。④黎明时分,他才拖着疲惫不堪的身体走回了村庄,远远地看见了自己的家。妻子打开门,朝着他飞奔过来。⑤就在他将要抱住自己妻子的那一瞬间,他的耳边响起了大炮的轰鸣,一阵剧痛和剧痛带来的眩晕袭击了他——小说最后,贝顿·法夸的尸体吊在高高的鹰溪桥上,在风中来回晃动,脖颈处的伤口还在缓缓地、缓缓地朝下滴着血。也就是说,灰眼珠中士的枪法很准,小说中波澜起伏的逃跑过程不过是贝顿·法夸在最后时间里的想象。

抛开这个动人的、极富想象力的故事与它的主题,我们专注于这篇小说可能的景物设计——在简述的过程中,我将可以安排景物设计的点用①②③④⑤标记了出来。好,我们就在这些点上来完成我们的设计和选择。先来看①,贝顿·法夸被吊在士兵们安置在桥上的枕木上,他将马上面临生离死别。这时,我们暂缓一下,插入一段风景描述——有效的方案有哪些?(1)平静而略有冷峻的书写,阳光、吹过身体的风、桥下的流水、走动着的中尉和他的靴子……这是可行的,这样的描述有意与贝顿·法夸的内心紧张构成反差,形成张力。(2)上一层"滤镜",灰黄色的阳光、灰黄色的人、灰黄色的水流和灰黄色的石头,一切都是灰黄的,缺乏生气的。这同样可行,它暗示了即将到来的死亡和贝顿·法夸无可摆脱的绝望,这时他已经认命,也就缺乏了生气和色彩。(3)夸张的,幻觉的，黑红色的太阳在忽远忽近地旋转着，而湍急的水流中不断有黑红的东西或隐或现，仿佛里面藏着怪兽和巨口，就连在芦苇中穿梭的蜻蜓也与以往不同，它们突出了尖利的牙齿，上面带有地狱的寒气和幽幽的蓝光……我觉得它同样可行，这一部分可看作贝顿·法夸内心恐惧的投射，因为对死亡的巨大恐惧，贝顿·法夸眼里的一切都随之变形，甚至中士的"灰眼珠"也是这份投射的结果。我们再来看②，为紧张的叙事和贝顿·法夸"侥幸的逃脱"做一点儿减缓，加一段景物设计。同样，我们还可以作出不同的方案：（1）水流的混浊和透进的阳光，里面看不清晰的漂浮物，光影的恍惚的晃动，水的咸味儿和腥味儿，以及从桥上投下来的人的阴影……这是物理化的，具有强烈的真实感，它应当是可行的，因为这样的风景设计更能让我们"身临其境"，认定这次的逃脱真实不虚。（2）在水中，贝顿·法夸"看着"自己解开了绳索，感受着脖子的疼痛和脑袋的烧灼，"两只不听使唤的手没有遵从他的命令，它们迅速而有力地划水，游出水面。他感觉自己的头先露了出来，太阳的光刺得他看不清任何东西，而胸脯则急剧地起伏着——他忍着难以忍受的剧痛吞下了一大口空气，然而那团空气一被吸进嘴里就立刻变得更为灼热——于是过了不一会儿,他不得不一声尖叫,把它又吐了出来……"有意从真实的感觉中略略地脱出一点儿,让人能看到幻觉的影子。它也应当是可行的,这样设计,一是让叙事变得陌生,增强艺术效果;二是以渐进的方式作出暗示,在最后揭示贝顿·法夸已经死亡的时候,这里的景物描写就成为有效铺垫。(3)透进了阳光的水仿佛是扣紧的锅,空气那样稀薄,而急促的流水挤压着他仿佛不断有重物在向他撞击,而身侧无论是水草、海鱼还是一些模糊不清的东西都在伸出手来,试图将他拽住并将他拉向河底……它的里面尽是错觉幻觉,与其说是对景物的描写不如说是对贝顿·法夸死亡恐惧的描写,它强化着紧张感,在这里景物设计所建立的不是舒缓性而是紧张性,恰与贝顿·法夸的心理相对应。在我看来,它也是合理的、恰应的。接下来看③,贝顿·法夸"摆脱了死亡",这时景物描写的插入会悄悄地改变节奏,让我们和贝顿·法夸一起平复一下心情——此处的景物设计也可是多方案的:(1)依然是物理性的、介绍性的方式,略加入些温情和暖色:耀眼的阳光,在风中晃动的树叶,带着草叶气息的风,被阳光照得有细细反光的沙子,蹦蹦跳跳的跳鱼,等等。它专注于自然之美以及自然的生机,每一处,都有一层光的存在。(2)同样是这些事物,同样是对它们的描绘,但在其中加入更多的主观,进行某些甚至有些过度的"美化",譬如谈及沙子时可说它"像钻石,像红宝石,像绿宝石,像他能想象到的世上一切最美的东西"……要知道这是贝顿·法夸经历了死别之后的再次看见,心平气和的看见,它当然可以有所不同。(3)为贝顿·法夸设计一幅幻觉的、童话般绚丽的"风景",每一处都带有强烈的光影感和想象感,每一处都被诗意所包裹,如果看一棵平常的树,也一定要让他看到树木的高大葱郁,强烈的、有着黏稠感的阳光,阳光的重量感和毛茸茸,以及树叶的苍翠和摇曳,飘动中的风和树叶上的露水,露水在下落过程中惊起的黑色小虫,它飞动的匀称和美——它既有陌生感,又强化了贝顿·法夸经历死别之后感觉的敏锐,同时又暗示了幻觉性,为他最后走到死亡作出另一环的铺垫。它同样是可行的方案。至少在我看来,是。

后面的④⑤也可采取类似的方式进行多重设计。当然,我想我们会在整篇文字的景物设计中强化统筹性,它可以有强弱变化的统筹,有从写实到幻觉然后再到写实的统筹,有整体性围绕的统筹……"文学是游戏,尽管它

第九讲 景物设计

是严肃的游戏"——我特别特别看重文学中的游戏成分,我觉得它也是我们在写作中可以充分体味的乐趣之一。对于诸多经典小说,尤其是卓越得不得了的经典小说,我也愿意在重读的时候为它们提供不同的设计方案:如果这样,是不是合适?如果在这里加一点儿或减一点儿,是否更有效果?如果它交给我来写,我会……对于小说中的景物设计,我习惯做的也是如此,我承认它对我写作能力的提升极度有效。

思考题

1. 观察任何季节中的早晨的树林，并将它尽可能客观地描述出来。然后，有意识换一种（或多种）描述，增加主观性，而主体风景依然是你所见的早晨的树林。

2. 我们能否描述一种声音，作为重要的背景让它贯穿在整段的叙述中，而重点描述的是一间卧室的摆设和透进室内的光……该怎样完成它？

3. 你是否依然认为，现代作家普遍"写不好风景"是因为他们与野外的、农家的、日常的风景的疏离，同时也包含着对风景的"麻木"？你是否还有观察风景的兴趣？

4. 如果让景物占小说的大部，人物的行动行为则退向背后，这样的小说是否成立？我们是否可以试试？

第十讲　人物设计

小说这种文体，一般而言是以刻画人物形象、言说人与自我、他者、政治和社会关系为核心的，因此，"人物形象"在小说设计中至关重要，它往往也是小说能被我们记住并获得反复回想的要点之一。我们谈及《三国演义》，很容易首先想起的是几个人物形象：刘备、曹操、关羽、诸葛亮、张飞等；谈及《红楼梦》，谈及《水浒传》，甚至谈及《阿Q正传》《堂吉诃德》《包法利夫人》的时候均是如此。小说被人们记住并被人们反复谈起，主要的有两点：一是人物形象，二是独特而动人的细节。其他的要点像故事主题、语言方式、结构策略甚至个人风格等，则都在次要位置，尽管它们对结构小说，使之成为优秀的、经典的小说起着不可或缺的作用。

几乎所有的小说都在讲述人的故事、人的关系，部分不以人物和人的关系为主体的小说（譬如以动物为主题，以想象的神灵或异兽为主题）其内在的建立也是"拟人化"的，它的言说和故事进行也往往是"拟人化"的……这里面，无论是讲述人的故事的还是"拟人化"言说的，本质上都会涉及"形象刻画"的问题，虽然主人公不一定是"人物"，但我们会统一看待——因为所有的"拟人化"都是以人的思维和审美为基础的，是人的基本认知的变异化、幻觉化投射。在这里，之所以说"几乎所有的小说"和"一般而言"，是因为确有特例：个别的具有后现代质地的小说有意取消了"人"的存在，这种有意的悖反极为重要也极应获得尊重，但此类的尝试实在少之又少，成功的经典性范例则更少。没有人物、不讲人的故事对于小说这种文本而言是危险的，太过危险的，它和失败的可能紧紧相连，等于是将房屋建筑在一条钢丝上……在我之前的所有文字中（包括《匠人坊》系列），一直都对冒险的、突破的，甚至带有灾变气息的尝试竭力鼓励，竭力赞许，从未有过批评话语，但我和我们都知道，冒险性尝试多数时候不会成功，假如我们还没有找到弥补其脆弱之处的关键所在的话。

威廉·福克纳曾说过小说写作是一个不断试错的过程，勇于"试错"是创新的必要动力，它也会不断推进

第十讲 人物设计

小说的更变和前行，对于小说以及全部的艺术方式，"试错"应当伴随着每一篇新小说的完成，凡墙皆是门，所有的"此路不通"往往是个人的局限而不是艺术的局限，有意在小说中取消人物的存在当然是值得敬重的冒险。然而，我们也需要认识到"试错"的过程中包含着"错"的成分和可能，把控不好，丧失了平衡，就会滑向"错"，使我们的写作变成失败之书。在这里谈及这点，其有感在于小说中取消了人的存在实在是大冒险，而且它难以有"持续力"，没有任何一个作家可以穷尽一生持续地创造这类的小说。艺术之所以会有方法，会有内在规则规律，会有审美上的普遍接受，会有技巧技法的强调，在我看来就是前人在不断的、不断的艺术实践中，不断的、不断的"试错"过程中，找见的那种更符合正确性和共有审美诉求的"可靠中点"，这个"可靠中点"便成为艺术的基本规律和标准——这部分内容正是我们的小说创作学要重点谈及的，要反复提示的。诺思洛普·弗莱在《作为原型的象征》一文中曾特别指出："所有的艺术都是同样程式化了的，但是我们通常没有注意到这个事实，除非我们对于程式很不习惯。"当然，我们也会反复提示试错的、冒险的种种掂对，它们如同镍币的两面，仅强调一点一面是不可以的,我和我们大约不应选择只站在其中的任何一方。这是题外,但也不完全是题外,以技术策略为主体内容的《匠人坊:小说技法十二讲》这一系列,我始终强调着技术和技术规则,同时为这份强调"埋伏"下制衡的力量,那就是冒险性。但在这里,我要为自己埋伏的制衡设置刹车阀,我要以自我的实验和从诸多文本实践中得来的经验和教训作出提醒。

接着谈论人物形象的议题。既然以刻画人物形象,言说人与自我、他者、政治和社会关系为核心,那小说中的人物设计便成为我们在小说完成中不得不面对的重要议题,它主要涉及"人物形象塑造"、"人物关系安置"和"性格因素对命运的影响"三个向度。其他的两点我们在之后的文字中再谈及,在这一章,我们的关注集中于人物形象的塑造方面。

在人物形象的设计上,第一种方式,强化个人特征,特别是紧紧抓住主要特征。在这点上,要"抓大放小",有意识地将人物的主要特征放大,给人以鲜明而无法忘怀的印象。丹纳在《艺术哲学》中曾说过:"艺术应当力求形似的是对象的某些东西而非全部。""艺术品的目的是表现某个主要的或凸出的特征,也就是某个重要的观念,比实际事物表现得更清楚更完全……"是故，我们有时在进行人物形象设计的时候不必"整体描述"，而是将注意力凝聚于他的主要特征上。这里的"主要特征"一是外貌特征，二是性格特征，三是境遇特征。相由心生，一般而言，言及外貌的时候多数会与性格相连，而言及性格则又与境遇难以完全区分，所以它们多数时候会结合在一起，个别时刻则会分别强化。孙悟空、猪八戒、林妹妹、鲁智深、阿Q，我们提及他们会轻易地想到他们的"外貌形象"，尽管这里的形象可能并不是小说用专门的、集中的文字带给我们的。在屠格涅夫、波莱斯拉夫·普鲁斯、多丽丝·莱辛的小说中，人物形象的描述也多有对特征的强化。主要特征是靠少量有启发性、象征性的细节来显示的，它甚至会强化至夸张，张飞身上被强化的是他的猛和鲁，鲁智深身上被强化的是他的义与粗，林妹妹身上被强化的是……简·奥斯汀《曼斯菲尔德庄园》中的诺里斯太太在弗拉基米尔·纳博科夫看来是一个可笑的人物，一个不怀好意、爱管闲事又很有心计的女人。她被夸张地抓住的是她的大嗓门，习惯滔滔不绝地说着当时流行的陈词滥调，更有意思的是"她自称是一个寡言少语的人"。这一夸张性的"抓住"其实是对本质的强调。高尔

基《我的大学》中写过一个少女,作家抓住的是她的胖:

> 几乎每天早上五六点钟时,就会有一个短腿姑娘准时出现在面包坊临街的窗口边。她的身材像是由大小不一的多个球形拼接起来的,很像一个装满西瓜的布袋子。她赤脚一踏进地下室的窗前的水洼里,就打着哈欠喊:
> "瓦西尼亚!"
> 她包着一块五颜六色的花头巾,头巾下露出卷曲的黄头发,像是一串串小圆环,披散在红彤彤的圆圆的脸蛋上,挡住她睡意未消的双眸。她懒洋洋地用两只婴儿似的小手撩去脸上的头发,那副神态也就像一个新生的婴儿……

君特·格拉斯,《铁皮鼓》,有一段对奥斯卡母亲阿格内斯小时候的形象描述:

> 对于这个小姑娘来说,最要紧的便是藏起来,在藏身处找到类似于约瑟夫躲在安娜的裙子底下时所找到的那种安全,同时也找到乐趣,但是与她父亲所找到的不同……后来,她已经上学的时候,据说她扔掉娃娃,玩起玻璃珠和彩

色羽毛来了,并且第一次表现她对于易破碎的美有感受力。

这一段描述强化的是阿格内斯的性格特征:有一种对这个"非我创造的世界"的深深恐惧,同时迷恋于易碎品之美,这将是她未来命运的隐喻性暗示。她,是弱者,有一种从骨子里渗透出来的弱,一直试图回避"自我决定"——这一具有贯穿性的性格和环境造成的"忐忑因素"在最初的描述中即已鲜明。

谈及抓住主要特征,契诃夫曾说过:"为了着重表现那个女请托人的穷,不必费很多笔墨,也不必描写她那可怜的、不幸的外貌,只要带过一笔,说她穿着褪了色的外套就行了。"康·帕乌斯托夫斯基在《金蔷薇》中也说过类似的话:"要给人一个下大雨的概念,只要写出雨点儿啪嗒啪嗒地打落在窗下的报纸上就够了。"他们说的,的确是值得深记的行家之言。一般而言,如果我们试图为小说主人公塑造让人能记忆的形象,越是抓住要点和特征就越容易成功。

第二种方式,整体式描述,从头到尾,它强调的往往是整体性和真实性,让我们相信这个人是个"真实存在",致力于与阅读者建立互信关系。同时,它也强化了目光的打量感，让我们更清晰地看到这个人的整体状态，有一种微末也不放过的认真。《西游记》第十六回"黑风山怪窃袈裟"那节，唐僧师徒来至观音禅院，院主为师徒献茶，这时两个小僧扶着一位老僧出来，对这位老僧的形象描述就是整体式的：

头上戴一顶毗卢方帽，猫睛石的宝顶光辉；身上穿一领锦绒褊衫，翡翠毛的金边晃亮。一对僧鞋攒八宝，一根柱杖嵌云星。满面皱痕，好似骊山老母；一双昏眼，却如东海龙君。口不关风因齿落，腰驼背屈为筋挛。

这段形象描述中包含了唐僧师徒扫描式的打量，叙述者仿佛占有一个固定机位。

《荷马史诗·伊利亚特》第五卷，有一段雅典娜女神参与战争的描述：

这时手提大盾的宙斯的女儿雅典娜，
把她亲手织成、亲手精心刺绣的
彩色罩袍随手扔在她父亲的门槛上，
穿上她的父亲、集云的宙斯的衬袍，

披上铠甲去参加令人流泪的战争。
她把那块边上有穗的可畏的大盾
抛在她的肩上,头上面有恐怖神作冠,
有争吵神、勇敢神、令人寒栗的喧嚣神、
可怕的怪物戈尔戈的头,很吓人,很可畏,
是手提大盾的宙斯发出的凶恶的预兆;
她头上的金盔有两只犄角、四行盔羽,
并饰以百城的战士。她登上发亮的车子,
捏住一支又重又大又结实的长枪,
…………

在这个整体式的形象描述中,我们发现它没有雅典娜的外貌和面部描写,它所关注的,是"外在之物",是对雅典娜头上戴的、身上穿的、手里拿的、脚下踩的装饰之物的介绍性描绘,而这些外在的装饰之物整体增加的是战争气息、恐怖气息。

《红楼梦》第三回,小说借林黛玉之眼"观看"王熙凤的出场,用的也是这种整体性的形象描述:

一语未了,只听得后院中有人笑声说:"我来迟了,不曾迎接远客!"黛玉纳罕道:"这里人个个皆敛声屏气,恭肃严整如此,这来者系谁,这样放诞无礼?"心下正想时,只见一群媳妇丫头围拥着一个人,从后房门进来。这个人打扮与众姑娘不同,彩绣辉煌,恍如神妃仙子。头上戴着金丝八宝攒珠髻,绾着朝阳五凤挂珠钗,项上戴着赤金盘螭璎珞圈,裙边系着豆绿宫绦双衡比目玫瑰佩,身上穿着缕金百蝶穿花大红洋缎窄裉袄,外罩五彩刻丝石青银鼠褂,下着翡翠撒花洋绉裙。一双丹凤三角眼,两弯柳叶吊梢眉,身材窈窕,体格风骚,粉面含春威不露,丹唇未启笑先闻。黛玉连忙起身接见。贾母笑道:"你不认得他,他是我们这里有名的一个泼皮破落户儿,南省俗谓作'辣子',你只叫他'凤辣子'就是。"

这里的整体性,在我看来既要把文中所有对她的全身装束看成整体,又应把未见其人而先闻的其声、林妹妹心想的"放诞无礼"和贾母的"凤辣子"的评价放在这个整体中。正是这个"整体",凤姐的性格因素和在贾府的位置便悄然地显露出来了。

第三种方式,以对话的方式勾勒人物形象,通过人物之间的对话完成形象塑造。它同样是侧面、局部和"特征"性的,但与我们前面提及的第一种方法有不同:它可以更大限度地强化主观性,甚至部分时刻可与"真实情况"造成反差。这里的对话方式一种是小说人物的"自我表述",而另一种则是其他人对还未出场的这个人物的间接性指认。

我们知道,人们的自我言说未必是真的,何况是出现于小说中。我们知道,在小说对话中出现的自我言说一般而言多有伪饰,多有自我避讳,部分的自我标榜恰恰指向"我"所没有的、匮乏的美德,而这里的人物塑造,部分会以此为中心,其中暗含一些嘲讽意味——它是小说创作中常用的一种塑造方式,具有良好的艺术效果。胡安·鲁尔福《请你告诉他们,不要杀我!》中,被捆缚在树杈上的胡斯蒂诺不断乞求,他一直在自我辩解"我没有伤害过任何人"——我们知道,事实并非如此,尽管在他的自我辩解中我们会发现他的所做的确有不得已之处。他杀了人。现在,是那个人的儿子来寻仇了,胡斯蒂诺此时的哀号和求乞不起半点儿作用。《红楼梦》,刘姥姥数进大观园,尤其是初进大观园的时候,她与其他人的对话、其他人对她的恣愚性言说都构成对她的形象塑造,尽管这里展现的也不是刘姥姥一个"真实的自己"。我们会在《罪与罚》拉斯柯尼科夫的对话中、自言自语中读到他的"自我形象塑造"以及内在的摧毁，我们会在海明威《白象似的群山》中读到那个"美国男人"在对话中呈现的"自我形象塑造"，而作为阅读者，我们很可能会由此塑造出另一个完全不同的他来……

在我的长篇《灶王传奇》中，我也有意充分利用人物的自我言说来构建他的形象：

遥远地，龙王张着他的大嘴朝我们伸出了手来，他的步子似乎有些踉跄："感谢你们啊，感谢你们啊，是你们救了我的命啊！要知道，我一进到水里自己没有生命危险了，就想着怎么样报答我的恩人，我蔚州龙王可从来都是知恩图报、从不敢忘记别人滴水之恩的人！"他抓到我的手软软地握了一下然后转向小冠，同样软软地握了一下，"所以，我一定要让河神把你们请过来！你看，听说你们来到了，我的鞋子都没来得及穿好！"他伸出一只脚，那只脚上穿着厚厚的鞋子但未能系好鞋带；而后又伸出另一只脚，那只脚上只穿了一只白袜子。龙王展示完他的两只脚，便把面孔转向后面的官员，略略压低了一点儿声音："记着，把这可要给我记下来。"说完这句话龙王马上转

第十讲　人物设计

过脸，微笑着，把自己的手搭在小冠的头上："小……小什么？哦，小冠，你知道你救下的是我吗？哈哈哈哈，要不是遇到你，我这个龙王啊，很可能就变成了一块鱼干！我的小恩人，请受我大礼一拜！"

……龙王举起酒杯："我说的话你们一定要记下来，它很重要，当然重要啊。我为什么要在这个时候举办这样一场宴会？"他伸出另一只手，轻轻地抓了一下脸上的疤，"我是要对，对我，对水族提供过帮助的恩人表示感谢。凡是肯在关键时刻伸出援手来帮助我们水族的人，无论是谁，无论是年轻的、年老的，无论是灶王还是还是……小鬼魂，我们都一视同仁，给予重重的褒奖——记下来，哎，我不说你们就不清楚，它必须记下来，你们太容易丢三落四了。接着记：对我们有恩的两位，朋友，你们有什么要求只要不让我们违反天条违反龙官的行事规则，尽管提！我会在不违反制度、规则和天条的前提下为你们提供所有能做到的帮助……好啦，干杯！这句不用记！"

——毫无疑问，龙王的话语中包含着自我标榜、自我美化、自我塑造的内容和诉求，同时还抓住他重视宦官记录的特点，于是，凡是有利于他（包括表演性的他）的内容全都要求记下，而凡是于他不利的内容则自己直接叮嘱：不要记，不用记！

而他者的对话和言说，则更有模糊性和歧义性——但这模糊和歧义同样参与着塑造，是形象塑造的另一部分。"通过他者之口"，我们得以了解那个人的某个侧面，得以了解他所经历的事情的过程和原委，尽管这个"他者之口"时常会有种种添加和有意的割舍。他者的对话和言说，它有时并不指向"准确"，恰恰相反，它可能指向"误导"和"误解"，这是小说制造矛盾和冲突的手段之一，它，同样也参与对人物的想象性塑造。伊塔洛·卡尔维诺《树上的男爵》一书中，有一段关于大盗贾恩·德依·布鲁基的他者描述，是以对话的方式呈现的，这里面有真有假，半真半假：

他迅速地从树上赶往那呼声传来的地方，那不过是一间小地主农舍，半裸着的一家人手捧着头跑出屋。

"我们这里，我们这里，来了贾恩·德依·布鲁基，他把我们收获的东西全拿走了！"

聚集起一大群人。

"贾恩·德依·布鲁基吗？是他吗？你们看见他了？"

"是他！就是他！他脸上戴着面具，手枪这么长，另外两个蒙面人跟着他，他指挥他们！他是贾恩·德侬·布鲁基！"

....

或者呼救的是一个走在半路上的旅行者，他被抢劫一空，没有了马、钱袋、外衣和行李。"救命啊！遭抢啦！贾恩·德侬·布鲁基来啦！"

"怎么发生的？快告诉我们！"

"他从那里跳出来，黑黑的，满脸胡子，端着火枪，我差点儿没死掉！"

"快，我们去追他！他朝哪个方向跑了？"

"从那边！不对，也许是从这边！他跑起来可像一阵风哇！"

贾恩·德侬·布鲁基在众人的言说中被神化也被污名化，他拥有了一切恶名也什么都没做，甚至是"那个小废物"。当在柯希莫的帮助下大盗脱险，露出他真实的脸的时候，小说的描述是这样的：

……贾恩·德侬·布鲁基一直抱着树干，在那一头粗硬而发红的杂草似的头发和胡子之间的脸白惨惨的；头上沾满了枯树叶、毛栗子和松针。他惊恐地骨碌碌转着绿幽幽的眼睛打量柯希莫；真丑，他是个长相丑陋的人。

传说中的形象和真实的形象共同构成了大盗的不同面孔，在这里，我们不能忽视传说中的有效参与——它是有用的，而且特别有用。

第四种方式，让人物发出"内心独白"，这种具有片面性的、自我维护的阐释之声同样能为人物的形象带来丰富和浑厚。像加缪的《局外人》中，里面充斥的都是默尔索的内心独白，它勾勒出的不是关于默尔索身高、体重的外在形象，而是这个人的心底发生和悄然波澜，是他的"血液图谱"。马塞尔·普鲁斯特的《追忆逝水年华》、玛格丽特·尤瑟纳尔的《哈德良回忆录》、福克纳的《我弥留之际》《喧哗与骚动》等，其中也充满着这种独白，它当然帮助小说中的主人公建立"形象"，只是它所建立的不是表层化的、外貌化的，甚至不只是性格化的。"内心独白"式人物塑造还可有一种"变体"，就是它以"外置话筒"的方式，以一个旁观者的审视眼光来观察人物行为的背后隐藏：为何如此？他的这个动作是什么意思？他想尽力掩饰的究竟是什么？这种追问中包含着心理分析和哲学分析的元素，在我看来也是人物塑造的一种有效方式。

譬如米兰·昆德拉《生活在别处》，诗人面对镜子中的自己（外貌形象）时的那段：

诗人诞生的家庭往往都离不开女人的统治：特拉克尔、叶赛宁和马雅可夫斯基的姐姐们，勃洛克的姨妈，荷尔德林和莱蒙托夫的祖母，普希金的奶妈……于是诗人穷尽一生的时间在自己的脸上寻找男子汉的特征。

当他长时间地站在镜子前时，他终于发现自己所要找寻的东西：严峻的目光或是嘴巴硬朗的线条；但正是为了这硬朗的线条他不得不时时地加以微笑，或者更确切地说是一种强笑，使得他的上唇猛烈地收缩起来。他还寻找一种可以改变他外形的发式：他想把覆在额前的头发梳上去，给人一种乱蓬蓬、粗犷浓密的感觉；但可怜的是，再也没有比这妈妈最珍爱的头发更糟糕的了，她甚至将他的头发镶嵌在自己的链坠里：小鸡绒毛般的嫩黄色，细得好像蒲公英一般，他根本无法将之梳成什么造型；妈妈经常抚摸着他的头发说这是天使的头发。但是雅罗米尔讨厌天使喜欢魔鬼；他想把头发染成黑色，但是他不敢，因为染发会让他显得更加女人气，还不如就这样保留原本的金色，至少他可以随它长得很长，乱蓬蓬的，有点儿艺术家气质……

第五种方式，根据人物的性格特点、命运特点和自身的"寓意性"，有意用寓意性的方式设计"专属形象"。譬如契诃夫《装在套子里的人》，小说中说这个别利科夫：

……即使在最晴朗的日子，也穿上雨鞋，带上雨伞，而且一定穿着暖和的棉大衣。他总是把雨伞装在套子里，把表放在一个灰色的鹿皮套子里；就连削铅笔的小刀也是装在一个小套子里的。他的脸也好像蒙着套子，因为他老是把它藏在竖起的衣领里。他戴黑眼镜，穿羊毛衫，用棉花堵住耳朵眼。他一坐上马车，总要叫马车夫支起车篷。总之，这人总想把自己包在壳子里，仿佛要为自己制造一个套子，好隔绝人世，不受外界影响。现实生活刺激他，惊吓他，老是闹得他六神不安。也许为了替自己的胆怯、自己对现实的憎恶辩护吧，他老是歌颂过去，歌颂那些从没存在的东西:事实上他所教的古代语言,对他来说,也就是雨鞋和雨伞,使他借此躲避现实生活。

这里的所有"套子"都是作家给的,它们的存在不是现实生活的给予而是作家依靠他试图表达的寓意性给的。《变色龙》中奥楚蔑洛夫的那件新大衣也是。卡尔维诺《树上的男爵》也是,主人公柯希莫身上的一切一切都是按照一个理想化的"知识分子"形态而设计的,尤其是他的那种生活在树上的攀缘本领——这当然是象征性的,小说中借用弟弟"我"对伏尔泰的提问作出回答:"我哥哥认为,谁想看清尘世就应当同它保持必要的距离。"

我写过一篇短篇小说,《父亲树》,那个略带有荒诞色彩的故事(年老的父亲经受不住疾病的反复折磨而在我们的帮助下把自己"种进了地里",并最终长成了一棵树)当然是寓言性的,让他最终成长为树,我取的是"文化传承、历史传承"的寓意,他的这一变形带有人在死亡之后但他的精神和影响并不会死,而会以另一种方式获得继承性保留的内在象征。树,成为父亲形象的再延伸,包括他的木讷和习惯的沉默。

布鲁诺·舒尔茨的小说集《鳄鱼街》中收录了他许多书写父亲的短篇，其中最具影响的是《鸟》、《蟑螂》和《父亲的最后一次逃走》。在这些小说中，"父亲"或者跻身在群鸟的中间把自己想象成鸟，或者直接在与蟑螂的对抗中变成了另一只蟑螂，或者变成了螃蟹——所有的变形都是寓意性的，它所指涉的永远是父亲身上的某些固有的特征：譬如对实际事务的刻意回避，譬如挫败感和骨子里的怯懦，譬如一蹶不振，譬如在家庭位置中的弱小，等等。他写下的这种种状态我们可以在自己身边的中老年男人身上明晰地看见。布鲁诺·舒尔茨以象征和寓言的方式写下了他们，让他们成为奇怪的鸟的形象、蟑螂的形象和螃蟹的形象——而这，恰恰更准确地体现了"父亲"的特征与寓意。

弗兰兹·卡夫卡，《变形记》。我们或许注意到格里高尔变成甲虫、他父亲不得不开始工作之后，他身上所穿的那件制服。小说中说，"格里高尔的父亲以一种顽固的态度坚持穿着制服，即使在家里也不肯脱""格里高尔常常整整一个晚上盯着制服上的斑斑油渍看，制服上擦得锃亮的金扣子闪着微光，老头子穿着这身衣服坐着睡觉极不舒服，但他却睡得十分平和"。在我看来制服是一种象征,它象征父权,象征一种可怜而可笑的庇护,象征一种弱者不甘心呈现自己的弱时的那种刻意掩盖,象征……父亲即使在家里也不肯脱的举动说明着他的在意和维护,或许"父亲"这个词就是一件这样的制服,才让他在穿着这身衣服坐着睡觉极不舒服的情况下"睡得十分平和"。

第六种方式,取消或舍弃部分的"人物塑造",有意识地将附着于这个个人身上的外貌、衣着甚至具有特征性的习惯都一一舍去,只保留他不得不的行动和庞大的境遇感,有时甚至会舍弃他应有的名字……在一些具有现代意识的小说中会采取这样的方式。

鲁迅,《阿Q正传》。小说从一开始就是不断地取消:种种"传的名目"都不适合,而他也没有半点儿不朽的业绩,甚至"某,字某,某地人也"的惯常开头也不能用在他的身上;他似乎姓赵,但第二日便模糊了,叫什么也无法确切考证;模糊着的还有他的籍贯,即使说他"未庄人也"也有乖史法,其先前的"行状"也渺茫……鲁迅没有为阿Q建立"个人性"的标识,没有为他塑造一个让人印象深刻的外貌,没有给他突出的龅牙也没有给他安排六指,没有给他安排具有标识性的服装——他,阿Q,无非是众人中不起眼的一个,而已。卡夫卡《城堡》

里的K同样如此，他是没有特别的个人特征的，甚至也没有可称为个性的东西……要知道，这里的取消（舍弃）在我看来也是形象塑造的一个部分、一个方法，它以取消特征性的方式建立起"人的共有性"，它要我们注意的不是这个人的独特而是"这些人"和"我们人类"的普遍共有，是在我们身体里、心理中普遍存在而又不被注意的"隐藏之物"。

第七种方式，更进一步，取消"人"的存在和故事的存在，自然"人物形象"也就跟着取消了——像阿兰·罗布－格里耶的《密室》，像唐纳德·巴塞尔姆的《解释》《气球》，等等。这类小说的写作难度并不大，但魅力感和阅读吸引力则对作家构成极大的、几乎是致命的考验，它更多地依借于篇幅短小、语言上的突出才华，以及思维、哲思上的诱人卓识来合力完成。我个人，极其喜欢这类实验，但它们只可偶尔为之，无大才华是难以支撑的。二十世纪以来的后现代主义创作创造了一大批名词和突破性的实践，但真正留下的、现在读起来依然会给人启发的文本却不多。

小说中的任何设计，都会有一个综合考虑，它在设计A的时候一定得照顾到B和C，在开始设计开头的时候就会关联着小说的主题、故事和高潮,甚至是故事如何结尾;在安排人物关系的时候就预先想着他们之间可能的发生,在这句对话中包含怎么样的暗示,它们在怎样的程度上会对故事的走向和结局产生影响……没有谁会掌握只取一磅肉而不带出一滴血的"文学解剖学",但我们的设计解析都不得不以庖丁的思维方式来解牛,有意只取一点,不计其余……在这个"专注"的过程中,意识到小说有一个综合考虑是必要的,特别必要,因为我们最终还是需要悄然地将"全牛"细心搭建起来,并为它注入健硕的活力。单就小说的人物形象设计而言,它自身就会有一个综合性统筹,有时会在一篇小说中统筹地使用多种方法来辅助完成……纳博科夫在谈论到简·奥斯汀《曼斯菲尔德庄园》时作出解析,认为仅在开始部分,简·奥斯汀就用了四种方法刻画人物:"第一种方法是穿插着作者的冷言妙语的直接描写。有关诺里斯太太的描述大多属于这一类,不过作者对那些愚蠢、无聊的人物的塑造是始终如一的。……第二种方法是通过直接引用人物的谈话来刻画人物性格。读者不仅通过说话者表达的思想,而且通过他说话的方式,通过他特有的习惯了解他的性格。……第三种方法是通过间接引语刻画人物。我指的是人物的谈话被间接提及，部分引用，同时带有对该人物说话风格的描写。……第四种方法是谈及某个人物时就模仿这个人物的原话。"大多数的小说设计都是如此，它会调动所有的可能手段，只要它对小说的完成、人物形象的立起有利。

在梳理了人物形象塑造的诸多可能性之后，下面，我们要进入"设计"的议题了，这是写作"实际操作"中最核心的部分。如果我来写作，我该如何设计故事中的人物，让他获得独特的、永恒的形象？

第一点，当然还是从生活观察中汲取，我们生活中的提供远比我们的想象要丰富、复杂、多样得多。习惯上，我们总是提及生活是艺术的源泉，应当说，它有着极为内在的正确。我们不能忽略生活的提供。就人物形象的塑造而言，生活可以提供一些具有"特征"性的人物表现，它或许并不像小说写出来时那么鲜明，但其中贮含了"可能"的影子。来自生活的形象实在是太多了。

马里奥·巴尔加斯·略萨的诸多作品和其中的人物形象即取自生活，在他的自传《水中鱼》中曾提到他与胡利娅姨妈的故事以及"半自传体的《胡利娅姨妈和作家》"从生活中的汲取，以及他所创作的《酒吧长谈》——"在这部长篇小说里，经过改头换面之后，表现了我们在圣马尔克斯大学里的一些故事"。在他的小说中，故事里的人物形象与现实生活有一种密切的对应，尽管里面的事件有所虚构。加西亚·马尔克斯的《百年孤独》有一个令人惊艳的开头："多年以后，面对行刑队，奥雷里亚诺·布恩迪亚上校将会回想起父亲带他去见识冰块的那个遥远的下午。"在与记者埃内斯托·贡萨莱斯·贝梅霍的对谈中，马尔克斯坦承：

你知道，这件事非常真实，我来讲给你听。我写《百年孤独》前的第一个想法、第一个形象——因为我写一本书前最先产生的东西是一个形象，而不是一个概念或观念，是一个形象——是一个老人领着一个孩子去看冰块……有一次我外祖父带我去一个马戏团看单峰驼。不过，与此同时，在我们住的阿拉卡塔卡，我从没有机会观看冰块。有一次，香蕉公司的警察局来了一些冰冻的棘鬣鱼。那些棘鬣鱼引起了我的注意，我问了我的外祖父。他什么都给我作出解释。他对我说，那些鱼像石头，因为是冷冻的。我问他什么叫冷冻，他说，就是把鱼放在冰里。我问他，冰是什么东西？他抓住我的手，把我领进了警察局——他请人打开一箱冷冻的棘鬣鱼，我便认识了冰。当然，必须在单峰驼和冰之间作出选择的时候，我便选择了冰，因为从文学上讲，冰更加吸引人。

我在写中篇小说《英雄的挽歌》的时候，故事主人公的形象来自我的姥爷，他是一个木讷的、怯懦的，小心翼翼又不断经历着挫败的人，一个在日常生活中像阴影一样存在的可有可无的人。在写作这篇小说的时候，我脑子里一直想的是如果这个事情出现，我姥爷会怎么办，怎么处理，还是不处理——我甚至在小说中模仿了他说话的语调语气。我也在这样的人身上发现着那种试图将自己当作英雄、试图掩盖自己的弱点的心理，这是我和我们许多人的共有。为了更深地强化故事主人公的怯懦特征，我夸张地让故事主人公、小说里的父亲变得口吃："我的父亲是个结巴，如果他问你'吃饭了吗'，他会一直吃吃吃吃地吃下去，直到你也感到吃力和乏力为止。"

即使来自生活，我们也应注意，在对故事人物进行塑造的时候需要一系列复杂而深刻的变动，一部分人物表征将会溶解、流散、剔除，然后销声匿迹，而另一部分被需要的特征则变成结晶体，硬化为石头。

第二点，我们在塑造人物形象的时候，可以根据故事的主题表达为这个个人的身体中注入"关键词",让这些"关键词"固定住他,从而让他变得鲜明并具有强辨识度。这是米兰·昆德拉教授给我们的方法,我认为它的确有效:

在我的小说中,领悟自我意味着抓住其存在问题的本质。抓住它的存在的编码。在写《存在中不能承受之轻》(即《不能承受的生命之轻》——引者)时,我认识到,这个或那个人物的编码是由某些关键词组成的。对于特丽莎,它们是:肉体、灵魂、眩晕、软弱、田园诗、天堂。对于托马斯,它们是:轻、重。在《误解的词》那一章中,我考察了弗兰茨和萨宾娜的存在编码,这是通过分析若干个词来进行的,它们是:女人、忠诚、背叛、音乐、黑暗、光明、游行、美、国家、墓地、力量……

他的这段话给予我诸多启发,然后我开始了非原教旨化的运用,把"关键词预设"给予了人物,成为他们的塑造手段。我在写作《灶王传奇》的时候即采取的这一方法(部分的设置会有兼容性调整):豆腐灶王,其关键词是悲悯心、书生气、小狡猾、自我反思;铁匠灶王,它们是粗壮、鲁莽、重义气，四处钉下钉子；龙王身上的关键词是虚荣、伪饰、表里不一、官僚气，习惯掩盖，对自己有用的便让龙宫史官记下，略有不利的则让史官不记；城隍，他的关键词是谨慎、精明、有城府，表面义正词严，处事不留把柄……这些关键词为我的写作带来的便捷和好处可谓多多。

第三点，始终注意人物形象的特征性和发展性，尤其是在写作那种故事跨度较长的小说的时候。对于人物形象的设计来说，有固定感的"鲜明"很关键，我们前面塑造了一个"猛张飞"，在后面他的性格和处事风格绝不应变成一个"林妹妹"，人物的前后不应有特别大的反差，否则，它就丧失了统一性。时间、环境、命运变化可能会对一个人的性格行为有巨大的影响，但在小说中"变了一个人"多数时候是不允许的，如果一定让他在"成长之蜕"中更变处事规则和处理方法，我们一是要为这个变化建立合理动因，增强真实感和可信度；二是要依然强化他的某些"不变"，暗暗地把连贯性的部分做得更牢更足。人物的发展性与性格、习惯上的固定感是一体两面，"成长"对于诸多人物来说都是必须和必然，尤其是那种年龄跨度大的成长小说……塑造具有成长感的人物形象，

第十讲 人物设计

我们要注意它的内在逻辑和"唯一的可能",它需要让阅读者接受并信服:他会如此,他只能如此。

第四点,"寓意"的存在将决定人物的形象,这个形象要与小说注入的寓意有百分百的"贴",他的一行一动都与寓意的部分紧密连接在一起,像前面提到的《变色龙》《装在套子里的人》即是如此。《阿Q正传》中的阿Q,其行事方式无不与鲁迅试图向我们揭示的国民性有关,而《孔乙己》中的孔乙己亦是如此。在有意强化"寓意"的小说中,尤其是一些短篇小说中,我们甚至可以根据寓意的指向创造"扁平人物"——就是把他的某个特征极大限度地加强,而另外的、具有多重指向的其他特征则被最大限度地削弱。

第五点,人物形象往往是在小说开始之前就已经预设了,它早早地被固定下来,并与主题的揭示、故事的行进构成交融性合力——在预设人物形象的时候,我们大约也要拿出些耐心,为它早早地准备好相匹配的"唯适性"情节,打造"个人专属"。关羽和张飞的身上都具有勇猛和力量的特点,但我们绝不会将二人有所混淆,即使"未见其人、只闻其声"的时候;张飞与鲁智深,两个人的性格特征同样具有相似性,或者说更近的相似性,但我们也不会将二人的形象混淆，哪怕是用来指认现实生活中的某个人也具有这样特征的时候。祥林嫂可以说是一类人整体特征的代指，有太多的人"像她"，但在文学中，她的形象是唯一的、独特的……

第十讲 人物设计

思考题

1. 能否举出三个或三个以上在小说中读到的令人印象深刻的人物形象？你是怎样记住他们的？

2. 现代小说中，能让人一下记住的人物是否少了？为什么？

3. 在中国的作家中，既有强烈现代性又让人物形象特别鲜明的作家，鲁迅是一个，甚至是最为突出的一个。他是如何做到的？

4. 如果，我们不描绘某个人物的面孔，而仅仅靠描述他（她）的穿戴、举止，就塑造出鲜明形象，是否能做到？可以试试看。

5. 能不能让一个人物一直不出场，却同样形象鲜明？回想一下我们的阅读，是否有这样的文本？

第十一讲　深度设计

除了才华,列夫·托尔斯泰认为文学还有三项重要的标准,而第一位的当然是它的深度,"越对生活有意义,则小说的格就越高"。批评家哈罗德·布鲁姆也曾说:"关于想象性文学(即小说)的伟大这一问题,我只认可三大标准:审美光芒、认知力量、智慧。"其中认知力量、智慧均指向小说的深度,而审美光芒强调的则是艺术性。对于小说写作而言,致力于深邃深刻和具有启示性一直是它的重要目标,小说主题的锚定也恰恰是为它作出保障——它要求作家们在写作开始之前先对小说的主题及其深刻度进行掂量:它是新的发现吗?它值得我用一篇小说来完成吗?与他者小说的主题呈现有没有重合,我会在哪些点上更为用力,以求摆脱那种"影响焦虑"?与此同时,我们也应看到,随着小说现代性的开启,随着电影、电视、网络影视对于小说故事性的"侵占",小说也在被

第十一讲 深度设计

迫作出部分让渡的同时重新建立（或说划分）自己的独特之处，不被其他的学科（表达）能够轻易替代之处。于是，"思"的分量、深刻深邃的分量在文学中变得尤为重要，这也是小说从"描述一个故事"渐渐向"思考一个故事"漂移的缘由之一。麦克海尔也强调："现代主义的小说是以认识论为主导的。"

需要承认，使小说具有"深度"、呈现为厚重之物并不是小说唯一的趋向，它应有多重的可能，譬如轻逸，譬如游戏，譬如平淡中包含若有若无的意趣，譬如后现代小说有意对"深度"的颠覆和解构……然而我们应当看到，谈及轻逸，保尔·瓦雷里有一个限定性短语，它应当"像鸟一样轻盈，而不是像一根羽毛"，伊塔洛·卡尔维诺也认为庄重的轻和轻佻的轻之间有着显著的区别，这个轻逸并不拒绝重量而是想办法将它托举起来；谈及平静平淡，尼采则提示我们，在我们欣赏平静湖面的美丽时应同时注意它所具有的"可怕深度"，它们之间其实互为表里，平静平淡的呈现更需要有一个深度的支撑。至于后现代小说的颠覆和解构，它其实预先建立了一个具有深度的对立面，然后立足于这个对立面完成它的有意拆解——深度，对于这类小说来说是一个"隐形对手"，而它也在消解的过程中完成了另一重"深度"的建构，譬如认知我们生活生命中的荒诞、无序以及无聊，无意义和非理性的不断侵入，等等。至于游戏——豪尔赫·路易斯·博尔赫斯把"游戏性"等同于小说本身，但他也同样加上了一个限制：严肃的游戏。在这里，游戏这个词除了它的本有含义之外，还包括属于文学的种种设计和掂对，包括在不断试错的过程中寻找更合适和更有新意的"乐趣"。那么，我们可能也要认识到，即使那些有意减轻文字负重、强化游戏性和解构性的小说文本，它也会以"深度"为基本对应，甚至是深度的一个部分，它们，似乎并没有拒绝深度的有意趋向——关于这部分，我会在后面的设计中详细地讲到并作出说明。

参差多态是人类幸福的本源，就文学和文学的趋向而言，这个参差多态当然更为可贵，何况它坚固的创新要求始终在着，始终呼吁我们向不同的向度不断地尝试，它也是文学求新意志的一个体现；趋向于深刻、价值和前瞻性则是文学发展的永恒诉求，它关联着文学尤其是现代文学的核心本质，尽管我们也必须重申文学的深度不能以牺牲文学性和它的审美诉求为代价，"审美光芒"永远是小说的另一核心本质，它与"认知力量、智慧"必须相融、相辅，是一种共生关系。

我不否认有些生活中的发生会自带深意，但小说的"深度"往往不是生活生出来的——它会经历一系列复杂而深刻的变动，它会使生活中的某些点获得增值，而另一些点则在强酸的作用下消失不见。多数的时候，小说的深度属于小说的"添加物"，它是作家们经历诸多思考而进行的有意识添加，是将思想、思考和来自哲学、社会学、心理学的"理念"融解于故事之后的结果——是的，在这里，小说也越来越对作家们的思考能力提出苛刻诉求。下面，我愿意以举例的方式来言说小说的深度设计。

一是在事件之上添加心理波澜，它会引向人性的幽暗和微妙。譬如在劳伦斯·斯泰恩《感伤旅行》中，大量的心理描写使旅行生涯和想象中的囚禁生活成为叙事的幕布，它把个人情感不断放大以至呈现为庞然大物，也让一个本应平淡的旅行故事成了深刻、丰富的经典。詹姆斯·乔伊斯《尤利西斯》，在布卢姆去墓地途中，他看到妻子的情夫波伊兰正在向他家的方向走去，于是脑海里闪现了一系列念头：死亡、埋葬、以尸体为食物的墓地老鼠，"一系列荒诞的想象在他心灵深处流淌"——无疑，这里的心理叠加在使小说变得新颖陌生的同时也呈现了它的丰富、歧义和深刻。这种添加还有一种"变体",就是将心理和叙述融合在一起,略显一点儿夹议的性质。玛格丽特·杜拉斯的《埃米莉·L》,从一个爱情故事入手:

她和他在船库上的那所房子生活了四年后的某一天,她写了一些诗……
…………
她告诉船长她在诗中寄托了对他的全部激情,同时也融入了每个活着的人的所有失望。

接下来便是船长的反应,它是故事之外的添加,有意味和情绪的添加:

他认为她写的并不是她所希望表达的。事实上,对于她作品的含义,他一无所知。船长和他妻子的诗作正是处在这样一种状态下。

船长遭受了巨大打击。经历了一种被罚入地狱般的痛苦。就像是她背叛了他,好像在他们的家里她还过着另一种不为他所知的生活。一种秘密的,无法理解的,或许还令人羞愧的生活,如果她的身体也不忠于他,他会更加地

第十一讲 深度设计

痛苦……

这里的夹议更多是心理的,是心理活动的延伸与外化,所以我也将它看作心理波澜的一部分。它趋向着深度。

二是添加"外置话筒",通过对事件和行为的"审视"使某一局部呈现为共性的、理念的、形而上的思考,使平常事件因此具有了深刻性。以米兰·昆德拉的小说为例,他在回答记者克里斯蒂安·萨尔蒙的提问时曾谈道:

请看《生活在别处》的第三章,羞怯的主人公雅罗米尔还是个童男子。一天,他和一个姑娘外出散步时,她突然把头靠在他的肩膀上,他被幸福压倒了,甚至感到肉体的无比亢奋。我在这个小小事件上停了一下并注意到:"到这时为止,雅罗米尔在生活中所经历的幸福的极限就是有一个姑娘把头靠在他的肩膀上。"从这一点上我试图抓住雅罗米尔的情欲特性:"一个姑娘的头对他来说比一个姑娘的肉体更重要。"我说得很清楚,这并不意味着他对肉体的冷漠:"他不渴望一个姑娘肉体的裸露,他渴望的是被肉体的裸露所照亮的姑娘的脸;他不渴望占有一个姑娘的肉体，他渴望的是占有一个愿意把肉体作为她爱情的证明奉献给他的姑娘的脸。"我尝试给这种态度命名。我选择了"温柔"这个词。接着，我就要考察这个词：究竟什么是"温柔"？我得出了一连串的答案："当生活把人推向成人的门槛的那一刻，温柔便产生了。他忧心忡忡地认识到所有他作为一个孩童时所不曾领悟的童年的好处。"接着："温柔是成年灌输的一种忧愁。"接着是进一步的定义："温柔是创造一个微小的人为的空间，在其中我们相互同意，把他人当作孩童般对待"……

你看，我向你展示的并不是在雅罗米尔的脑子里发生了什么，不是，我展示的是在我自己的脑子里发生了什么：我观察了我的雅罗米尔好一会儿，我尝试着，一步步地，抵达他态度的中心，以求理解它，给它命名，把握它。

米兰·昆德拉的自我阐释极为关键，他向我们演示了"外置话筒"的具体做法，并对它的目的意义与何以如此作出了解释。这，无疑是小说引向深度的一种方式。

三是强化象征性、寓言性，依靠故事的"背后之意"完成对深度的建构。这是现代小说最为常用的一种方式。

譬如弗兰兹·卡夫卡的《城堡》，K 始终想进入的就是这个城堡，希望能够获得城堡的承认，然而他却始终不得进入——无论是 K 的渴念还是"城堡"这个词，都从小说的第一段起就具有了隐喻性。吴晓东从感觉的角度来谈"城堡"的象征和隐喻：

> 他首先把城堡写成一个巨大的实体，但这个实体却是 K 看不见的，"城堡所在的那个山冈笼罩在雾霭和夜色里看不见了……"可以说一开始，卡夫卡就赋予了城堡双重含义，既是一个实体的存在，又是一个虚无的幻象，像一个迷宫，所以小说一开始就营造了一种近乎梦幻的氛围。这种氛围对于读者介入小说世界有一种总体上的提示性。

卡夫卡的朋友、卡夫卡遗嘱的执行者布洛德则从教徒和"神的恩典"的角度来理解城堡的象征性，不过他也承认，K 的企图其实是微小的。

> 他为在一定的生活圈子里得到一个工作岗位而奋斗，他想通过选择职业和结婚来巩固自己内心的信念……作为

与众人不同的人，获得许许多多的普通人无须经过特殊努力，无须进行思考，似乎便能轻而易举得到的东西。

前面在引导课的时候我们曾谈及对于《城堡》的不同理解，这也许是一个包含了过度阐释的认知方式，但它也有着合理性，尤其是那句"作为与众人不同的人，获得许许多多的普通人无须经过特殊努力，无须进行思考，似乎便能轻而易举得到的东西"，这句话包含着层出不穷的悲凉。《城堡》的翻译家高年生在小说前言中谈到，城堡可能是权力的象征，国家统治机器的缩影：

这个高高在上的衙门近在咫尺，但对广大人民来说却可望而不可即。

这一理解当然有它的合理性，我们可以部分地认可它。而米兰·昆德拉的指认则更具形而上意味：

现代历史上，存在着从广阔的社会维度产生卡夫卡式的诸多倾向：权力进一步集中，趋于把它自身神化；社会活动的官僚化把所有的机制都变成了无边无际的迷宫，其

第十一讲 深度设计

结果便是个人的非个人化……

我想我们还可以看到，城堡的存在对于所有人都是一个巨大的笼罩，它直接或间接地影响着人们的生活、行为甚至个人好恶，但它又是缥缈的虚无幻象；它延展着种种官僚性的触角在毫无人情味儿地不停运行，"他们既不能从中逃出也不能理解它"。荒诞感与城堡一起构成笼罩性的存在。

石黑一雄的《被掩埋的巨人》则通过"龙所创造和守护的迷雾"来象征历史的遗忘，它在消弭我们记忆中珍贵东西的同时，其实也部分地带来了另一种意外的"好处"，就是它也消弭和掩盖着记忆中的屠戮和仇恨，让发生在民族之间的战争成为被遗忘的过去时代……究竟是找回记忆好还是把历史交给遗忘更好？《被掩埋的巨人》为我们提供了思考的可能。

加缪，《鼠疫》。"用另一种囚禁生活来描绘某一种囚禁生活，用虚构的故事来陈述真事，两者都可取"——丹尼尔·笛福的这段话作为小说的引子当然有其深意。加缪要做的，就是用一种囚禁的生活来描绘另一种囚禁的生活，用鼠疫来描述法西斯统治肆虐欧洲并制造着瘟疫性的恐怖的时刻。在奥兰城里发生的，恰恰是在法西斯统治下欧洲的某种内在写照：可怕的"病菌"吞噬掉了成千上万的生命，它向城市的各个角落传递着恐怖并将这种恐怖传播给所有尚在生存的人；政客们狂妄无知，掩饰诿过，对于现实发生一筹莫展，却始终不忘悄然地获取现实利益；囚禁时期的某些风云人物不过是平时的跳梁小丑，只不过善于钻营而获得了更多；而民众们则恐慌无助、自私贪婪、得过且过、日见颓废……他们多数人看不到何时能够解脱这样的囚禁，甚至看不到战胜的可能。他们被疾病和对疾病的恐惧分解成细小的沙子，盲目而更加无足轻重。

四是通过"互文"的方式，在一个原有的母本之上重新建构故事，并更改或部分地更改故事的原有指向，使它成为一个更有"现代感"和"现代性思维"的新文本。这也是增强文本深度的一种有效、便捷的方式，维柯认为，神话（传说）可以揭示人类社会制度的某种根源，"最早的寓言故事一定包含着民政方面的一些真相"——不只是民政方面，它的包含其实更多，往往是后世诸多话题的母本，后世的作家们以此为基点衍生出诸多丰富、有意味、有深度的文本。像卡夫卡的《变形记》，其灵感可能部分地来自奥维德同名的《变形记》；萨特的《苍蝇》是对古希腊神话中俄瑞斯忒斯故事的改写；乔伊斯的《尤利西斯》同样取自古希腊神话，他曾在中学时代就写过一篇《尤利西斯——我喜爱的英雄》的文章；而在玛格丽特·尤瑟纳尔的《火／一弹解千愁》一书中，《火》所收录的九篇文章多与古希腊、古罗马的神话故事有关，部分则与柏拉图、《圣经》以及萨福的故事有关……它们并不是原有文本的扩展性、叠加性添加，而更多的是引申、重构和意义植入。

譬如乔伊斯的《尤利西斯》：尤利西斯，原取自希腊神话故事，取自《荷马史诗》，是一个历尽千辛万苦和万般历险终于返乡的英雄故事。查尔斯·兰姆在《尤利西斯历险记》序言中说："尤利西斯的故事除了人以外，还有海神、巫婆、巨人、妖女等。他们象征着人生外在的力量和内心的诱惑。这些具有双重意义的艰难险阻是任何一个有智慧、有毅力的人必然会遭遇的。"而在《尤利西斯》中，它的指向、故事则完全相反：当今的尤利西斯（即小说主人公布卢姆）是个俗不可耐、懦弱无能的庸人，现代的特莱默克斯（即小说中的斯蒂芬）只是个孤独、颓废、多愁善感的青年教师，而拍涅罗拍（即布卢姆的妻子摩莉）却是个水性杨花、沉湎于肉欲的荡妇。小说中的穆利根、狄瑟校长、酒吧女招待等也能在《奥德赛》中找到彼此对应者……它通过改写旧有神话的方式言说的是二十世纪的"新有"：英雄已不复存在，他们已被平庸的、无聊的、缺乏冒险性的"市民生活"所替代，历险和英雄行为只在想象和幻觉中得以残留性存在，悲观失落、郁郁寡欢已经侵入人和人们的骨髓。乔伊斯通过这一改写和新的注入为他的新故事添加了新质和深度。

萨特的《苍蝇》、唐纳德·巴塞尔姆的《白雪公主》也均是如此的改写，萨特为旧故事添加了"我的命运、我的选择必须由我来做主，即使创造了我的朱庇特也不能替代我作出选择"的新质，这是旧有的神话所没有的，而在萨特的小说中它同样变成了骨骼。巴塞尔姆的《白雪公主》是对格林童话的反向改写，白雪公主、毒苹果、七个小矮人和王子的"要素"都在，但他们和这个世界已变得极为不同：白雪公主与七个小矮人化身为当代现实社会普通人，同居于纽约的破公寓。这些侏儒男人爱逛窑子、沉溺于情色，白雪公主早已厌倦伺候他们。她整天做着白日梦，把乌黑长发挂在窗外，期盼哪位王子爬上来，带她逃离一切的单调乏味。有着王子血统的保罗出现，他是个无业游民，猥琐、懦弱，还建了地下基地偷窥白雪公主。一个女人简，因嫉妒男友爱上白雪公主而心生杀意——但毒苹果不再登场，她准备以替代物"一杯吉布森伏特加"来实施自己的阴谋……这类写作，重点是现代意识的添加，它通过与历史、传说和神话故事的对应来完成属于它的现代感吁和新的认知力量。

五是通过反讽、戏谑和解构的方式，通过消解深度的方式来呈现深度。弗兰克·穆尔豪斯只有四五千字的短篇《徒劳无益与其他动物》共有八个互不连接的段落，而每个段落都有一个独立时空和独立的内容情节，构成连接的是主人公和一杆枪。它对应着二十世纪六十年代西方出现的基本思潮，一种对百无禁忌生活的思慕和追求。然而当他和她们进入"那种生活"，更多的得到却是不知所措，是不断出现的徒劳感和无意义感，生活中层叠到来的失意与沮丧也使这种感觉慢慢加深，它纠缠着每个人从而形成一种无形威胁——不安和惶惑也就如影随形。枪，成为对付这一局面的最后依借，然而对积聚在内心的那些无名的沮丧、徒劳感和无意义感却无能为力。从文字呈现上看，具有后现代品质的《徒劳无益与其他动物》是"反意义""反深度"的，可它在另一层面上完成了对现代人、现代生活的深度认知。蒂姆·奥布莱恩《士兵的重负》同样如此，小说中占有巨大比重的是"物"，是越战时美国士兵们所携带的"那些物品"，譬如P-38罐头起子、小刀、燃料片、手表、身份识别牌、驱蚊剂、口香糖、糖块、香烟、急救包、心爱的照片、罗盘、地图、PRC-25型无线电接收/发射机、帆布包或M-60机枪、M-16气动攻击步枪、M-16气动攻击步枪的保养工具等。它在整篇小说中占有近乎一半的比重，它甚至或多或少"破坏"着小说的故事性而使它几乎变成越战中美国步兵携带和使用物品的说明书。在故事的部分，它几乎只有两个点，一个是吉米·克罗斯中尉一厢情愿、一叶障目的爱情故事，一个是围绕着特德·拉文德的死亡而展开的战争故事。它反故事，也拒绝我们惯常的意义和深度，但与此同时，《士兵的重负》在战争的背景下，一个故事寓意"爱情"，一个故事寓意"死亡"：在这里，爱情是自欺性质的妄念，是自我的情爱幻觉和性爱幻觉，是一种自我欺骗的逃避，是有意的分神，是对无聊和恐怖时间的抵御，是对"更多想法"的抵御；在这里，死亡是年轻的，它连接着恐惧和骤然，是结束，是试图麻木和逃避的反讽（特德·拉文德一直胆小，小心翼翼，他依靠镇静剂和上乘的毒品钝化自己的过敏和脆弱,然而子弹偏偏找见的是这样一个人),是对崇高和勇气的反讽(特德·拉文德不是在战斗和执行任务的时候死亡,而是在撒尿归来的途中),是一面映照的镜子(每个人面对他的死亡的反应)……它同样构成了深度。

之前我们曾谈到过《巨人传》中滔滔不绝、杂糅着反讽、戏谑和不断分叉的叙述话语,它甚至部分地与深度对抗,只呈现游戏的、玩笑的性质。在第四部中,庞大固埃的小船在大海上遇到一艘羊贩子的商船,浅薄的羊贩子捉弄了巴奴日,对他发出嘲笑之声;巴奴日当即以牙还牙,向他买了一只羊,随即将它丢进了大海。羊的本性就是跟着领头的跑,于是所有的羊争先恐后地跟在第一只羊的后面往海里跳。卖羊的急了眼,揪着羊毛不肯放手——也就跟着羊群掉进了水中。到这里,它不过是一个关于报复的故事,但接下来拉伯雷将戏谑的成分充分发挥,让巴奴日振振有词、苦口婆心地给牧羊人指明今世的悲惨与痛苦,以及来世的幸福与好处,亡故的魂灵要比活在世上的人幸福得多……万一,如果牧羊人不想死去,还想着活下来,他也希望最好是幸运地碰到一条鲸鱼,就像《圣经·旧约》中约拿曾经遭遇的那样……同样在小说的第四部，巴奴日他们的船遇到了海上风暴。风暴大得吓人，船上所有的人都跑到甲板上，拼命地抢救船只，而巴奴日却被巨大的风暴吓昏了头，躲在安全的角落里呻吟不已，他的哀诉同样是连篇累牍、滔滔不绝。等风暴过后，在风暴中消失的勇气和力量又回到了巴奴日的身上，他站直了身子用同样连篇累牍、滔滔不绝的语言来咒骂，咒骂船上的所有人懒惰、怯懦、愚蠢、无知，仿佛在风暴中救下船来的是他，甚至只有他自己……在这里，它貌似和我们小说所欲求的"深度"格格不入，仅是一种游戏的、戏谑的故事状态，但正是其中那些杂糅进入的连篇累牍、滔滔不绝，使它构成了耐人寻味。它用夸张的方式呈现给我们日常行为中常见的却不被注意的部分，并将其放大，让我们能够意识到原来如此，原来可能如此……在引发笑声之后，它有，它还有。

六是将形而上的哲学议题纳入小说，以一种"超越性"的审视与探究生命和生活，以"思辨意味"提升深度。这样的小说随着现代性的开启已经越来越多，越来越被强化，而在这方面体现得最为鲜明、最有特点的即是博尔赫斯，他的小说尤其是像《虚构集》《沙之书》《阿莱夫》等小说集中的那些，思辨色彩极其浓郁，而且他选取的往往又是思辨话语中最难融解的那部分，极具哲思性的、形而上的思辨纳入自己的小说写作中，并形成主体。这也是他的创举，是他为小说的"思辨"话语提供的可能性。用卡尔维诺的话来说，博尔赫斯是用小说来谈论"无限，无穷，时间，永恒或毋宁说时间的永恒存在或循环本质"。更为重要的是，他基本没有改变属于小说的核心质地（必须说明，他写下的不是哲学论文），依然让它保持着小说的基本面貌：有具体的人物和事件，哪怕它们均属于虚构；有故事，哪怕这故事多少带有些"巫术"性质，有高潮和结尾——必须承认这是了不起的创举，在此之前，大约没有谁会想到这个界限可以"被凿开"，大约也没有谁会想到"无限，无穷，时间，永恒或毋宁说时间的永恒存在或循环本质"的主题会那样完美地融解到故事中。卡夫卡的小说、穆齐尔的小说、米兰·昆德拉的小说也具有强烈的形而上性质，而在上海译文出版社出版的玛格丽特·阿特伍德《使女的故事》封底，其故事简介即向我们阐释了它所包含的形而上性质：

奥芙弗雷德是基列共和国的一名使女。她是这个国家中为数不多能够生育的女性之一，被分配到没有后代的指挥官家庭，帮助他们生育子嗣。和这个国家里的其他女性一样，她没有行动的自由，被剥夺了财产、工作和阅读的权利。除了某些特殊的日子，使女们每天只被允许结伴外出一次购物，她们的一举一动都受到"眼目"的监视。更糟糕的是，在这个疯狂的世界里，人类不仅要面对生态恶化、经济危机等问题，还陷入了相互仇视、等级分化和肆意杀戮的混乱局面。女性并非浩劫中唯一被压迫的对象，每个人都是这个看似荒诞世界里的受害者。

它与卡夫卡的小说一样，是人类某种可能处境的前瞻性隐喻，包含强烈的形而上追问。

七是貌似写下的是生活故事，它的样貌完全是生活化的，但在背后有诸多"深意"。其实这是诸多小说努力的方向，但我们未必"总能"如此地完成，既不有损故事性又不减弱思想性。

加西亚·马尔克斯，《百年孤独》。儿子奥雷里亚诺·布恩迪亚成了上校，参加着一次次的战争，为了心安和对儿子罪孽的救赎，包括些许的保佑心理，母亲乌尔苏拉成了虔诚的教徒。奥雷里亚诺·布恩迪亚上校得知后，派人给母亲送来了一个石膏圣母像。一天，女仆在为圣母打扫身上灰尘的时候,失手把石膏像打翻在地,被摔碎的圣母肚子里露出了上校私藏的黄金……它完全像是生活故事,后面却隐藏了深意:石膏圣母像是宗教的象征,它代表真理、纯洁和神性,石膏的洁白也是。然而,上校在石膏像里的隐藏则是另一种象征,它不光是财富和贪婪,更重要的是它即将的用途:它是为上校的战争失败在准备,它准备在上校经历战争失败之后保障招兵买马、再次发动战争的可能——也就是说,这些黄金还象征战争和杀戮,弥漫有死亡的气息。在这里,我们看到的是强烈的表里不一,是隐藏在真理、纯洁、美好和神性之中的那些完全不同的"内置"。

我在日常生活中遇到了一件事,它对我的触动极大,可能是"给我的胸口重重一击"的那种,然而它只是一个点,表面看起来也没有特别的深意——但我想将它写进小说里去,想让它在进入小说的过程中变得深邃深刻,该如何来完成?这时,"设计"的重要性便显现出来了,当然耐心的重要性便也随之显现了出来。

二〇〇四年,我在《北京文学》任实习编辑,而居住点在西北旺,它们之间有一段遥远的距离,我需要在早晨五点多起床,六点之前到达公交车站。那一日,一个还被黑暗笼罩的早晨,我在公交车站前等车,发现有几个人在躲避着什么,总之,等候的队伍有骚动。伸长脖子,我注意到原来是一只小狗,个头很小的白色小狗,见人亲切,就朝着人的腿部靠,可是它很脏,而且四条腿不够协调,在奔向人们的时候总是摔倒。有人嘟囔,是被人遗弃的,大概是因为脑瘫,它以为人们还喜欢它呢。早晨的发生给我诸多触动,我想将它写成一篇小说——但只写这个早晨的所见就太单薄了,而且相对平常平庸……我用了一周的时间,为这个日常发现寻找"主题",也就是想办法深刻下去的部分。它当然可以完成,但故事的单薄还是解决不了。直到周末回老家,坐在长途汽车上我联想起曾经的一个与狗相关的记忆(邻居家的哥哥,在他家的母狗发情期召唤发情的公狗进门,然后在院子里将公狗打死,吃狗肉),小说才算盘活了,它才从单一故事成为复杂故事,具有了深度。通过故事的方式,我试图言说我在生活中的某些发现,它连接着经验也连接着审视:在《一只叫芭比的狗》的完成稿中,小狗由漂亮活泼变得肮脏丑陋的情节获得了保留,我要借助它来言说对"爱"这个词的个人认知:爱,它本质上是有条件的,需要一个隐秘的、我们大概不愿意承认的前提,如果它溢出或摧毁了这

第十一讲　深度设计

一前提（它自身的可爱、无害）便会引起一系列的相关反应，尽管我们依然可以伪饰，但在最幽深的内部，爱其实已经荡然无存——"久病床前无孝子"说的大抵也是这种情况。邻居家哥哥对公狗们的残杀也获得了保留，只是在小说中他成了"我"的哥哥，我要以他的屠杀来折射某类人性：非我所有的，有些美和好，我很可能会毫无感觉，最多是偶尔的闪念，在解决自己的情绪困局和有所索取的时候它便会成为牺牲。为了照顾故事的流畅、合理，也为了映射，我安排父亲、母亲和"我"成为不同的"帮凶"，或者是合作的同谋，是我们的忽略、沉默和视而不见使哥哥的行为得以一次次实施……需要一个"外力"，使这个故事不只有一个向度、一种流向，要有"制造矛盾、解决矛盾、制造更大矛盾、解决这个矛盾"的过程，于是，我添加了寻找丢失的狗的男孩和男孩的父亲，在这里他们充当的是一面反向的镜子，映照我哥哥对芭比的爱和对其他狗的残忍，它是一体的两面，或许。

杜拉斯的《抵挡太平洋的堤坝》《情人》均是来自生活的激发，马里奥·巴尔加斯·略萨的《绿房子》《胡利娅姨妈与作家》也是来自生活，奈保尔的《毕司沃斯先生的房子》、马尔克斯的《迷宫中的将军》，以及托尔斯泰的《安娜·卡列尼娜》……它们有来自生活的"源自",但成为小说需要一系列复杂而深刻的变动,生活在许多时候不提供具有新颖的意义,至少不会是丰富的、曲折的、有比较的那种深度意义:那些深度,从来都应是设计,是作家在不断更变中的赋予。

"奥勃朗斯基的家庭里一切都乱了套,但是托尔斯泰的王国里则一切井然有序。"在谈及《安娜·卡列尼娜》的时候,弗拉基米尔·纳博科夫说道。同时,他向我们指出,在小说的第一部分,托尔斯泰由生活和新闻的原有提供中溢出,为安娜的故事添置了三段不同的通奸或者同居的情节,以便形成某种对照:(1)陶丽,育有众多孩子,容颜老去的三十三岁的女人,无意间发现了丈夫史蒂夫·奥勃朗斯基写给一个年轻的法国女人的情书,这个女人以前做过他们孩子的家庭教师;(2)列文的哥哥尼古拉,一个可怜的角色,和一个没有文化但心地善良的女人住在一起,他从底层妓院里带回了这个顺服的妓女;(3)第一部分最后一章,以彼特利茨基与希尔顿男爵夫人的轻松通奸牢牢收尾,这两个人的奸情完全没有欺骗和家庭的牵绊……纳博科夫的解读更让我们明了,源自生活的真实故事在进入小说的时候需要一系列变动,它需要通过种种的设计使它复杂同时有意义，并成为对我们的生活认知、社会认知、人性认知有启发的思想涡流。

其他的作品也是如此。说小说不是生活生出来的，从生活到文字需要一系列复杂而深刻的变动的是略萨，他的小说多是来自个人经验、采访所得和相应的社会考察，然而对于文学写作，他的看法却是："对于几乎所有的作家来说，记忆（作者按：现实经验）是想象力的出发点，是想象力通过不可预言的飞翔伸向虚构的跳板。回忆和编造混杂在具有创造性的文学中，其方式对于作者来说也往往是错综复杂的；即使作者反其道行之，他也知道文学可能实现对逝去时间的收复，但这总是一种模拟、一种虚构……"

除了来自生活的触动，还有一种方式是：我有一个想法，很好的想法，它貌似也足够深刻，可我就是找不到一个好的故事来承担它、呈现它——这是我们在写作中时常会遇到的一种困难，许多时候我们会在这里被"卡住"而无法进行下去，陷入困囿之中……这时，"设计"的重要性便显现出来了，当然耐心的重要性便也随之显现出来。它同样需要一系列复杂而深刻的变动，甚至更为复杂、艰难和纠结。

若泽·萨拉马戈《失明症漫记》很明显源自"一个

想法",一个在作家看来重要的、非说不可的发现,他发现人们的盲目盲从并不一定是黑暗或黑暗力量所导致(尽管陷入黑暗的失明更多,几乎是绝大多数)——巨大的穷苦和荒蛮可以导致人性之恶的肆意弥漫,而貌似相反的文明(光明)和它们那套假大空的说辞其实同样会造成恶果,只不过它更具欺骗性和伪装感罢了;在制造幻觉并在幻觉的刺激下彰显"平庸之恶"的能力上,虚假的所谓民主政治一点儿也不弱,甚至更强,更具欺骗性,它也会制造与集权体制同样的匮乏、恐怖、暴虐,只不过因为欺骗性的幻觉使盲目的民众们不识不察,如同温水中的青蛙……小说,从来都应是对我们习焉不察的日常的警告,部分地(至少部分地)具有启蒙和治愚的功能,这也正是它要始终操持深度的理由之一。需要承认,萨拉马戈的这一发现极为重要、深刻,是极值得书写的,但这个想法无法"自动地"进入小说,他需要寻找一个合适的故事,需要一个貌似日常可以发生、能让我们信服其合理性从而认同他的发现的故事。于是,他找到了"乳白色失明"这一意象(它不是黑暗;它是温和的,似乎有光透入的、不那么令人骤然恐惧的失明),然后为这一失明的承载找到了医生(医生和教师,天然地具有象征意味,他们往往象征知识、智慧、疗救和引导；在加缪《鼠疫》中贝纳尔·里厄医生的出现，帕斯捷尔纳克《日瓦戈医生》中日瓦戈医生的出现也取了这一象征)，他必然也必须与失明症打交道，更有意味的是，他也会遭受这一病症的侵染，成为具有讽喻意味的失明者。在这里颇具难度的设计在叙述者身上：他如果也是失明者，那将只剩下个人感受而无法看清众人，这样就会造成叙事向度上的单一，复杂和深刻就无法呈现；但如果叙述者是"超越者"是"上帝"，那他则无亲历的痛苦和挣扎，更不太可能进入经历者的内心……我相信萨拉马戈在这里经历过反复的掂对，最后，他选择医生的妻子躲过了失明，那后面的更大难题就是：牛奶状的失明为什么没有浸染到她？她是依靠什么来躲过这一劫的？他需要让一切符合逻辑并使我们相信这个逻辑能够成立……

"后以偶阅《通鉴》，乃悟中国人尚是食人民族，因成此篇。此种发见，关系甚大，而知者尚寥寥也。"鲁迅在给许寿裳的信中坦诚《狂人日记》的写作支点是"想法"，是理念，是他在阅读中得来的感悟，但落实到小说中，需要认真地、仔细地、反复掂对地寻找适合的故事。在《匠人坊：中国短篇小说十堂课》中我曾谈及鲁迅可

能的掂对和选择:

对于《狂人日记》,我首先想问的是,鲁迅为什么要把讲述的重担交给一个"狂人"而不是一个正常人,他出于怎样的考虑,如果我们将这个狂人换成正常人:一个佃户、一个读书人、一个病逝了女儿的母亲,行不行?它被损害掉的是什么?再一就是,为什么要用日记的形式而不是小说惯常的故事形式?如果给这"日记"以详细的"月日",是不是更有逼真感?

交给正常人,无论是谁,都不会像此时以狂人、日记的形式出现更有陌生感和艺术感,更有如此丰厚的"说出"——一旦由正常人讲述,它必然会建立逻辑上的连接和推动,《狂人日记》中那些貌似错杂无伦次却又内涵丰富的内容就无法如此畅快、铺张地说出了,那些掩藏在荒唐之言下面的"深刻"就必须根据人物的身份、性格进行减弱(中国人不习惯强思辨,所以中国现实性的小说多数的对话只辅助故事介绍和故事推进,而不是相互诘问),某些含在荒唐之下的"多重性"就必然遭到减弱。只有将这些话交给"狂人",它才恰适、合理、丰富、有趣。而惯常样式,就必须建立故事性,它自然也会造成

第十一讲 深度设计

"说出"部分的删减。而说出,却是鲁迅先生的第一要务,他也不会为了故事性而伤及他要想的表达。

与此同时,我们也可看一看鲁迅在《狂人日记》中枚举的种种不同的"吃人"方法,它可能足见设计上的用心,正是这一用心才使得小说的深度获得了强化:

吃人。小说多次地谈及"人的吃法",譬如狼子村的佃户所提到的对"恶人"的吃,作为药物的吃(唐代陈藏器,《本草拾遗》),将别人比喻成禽兽的"食肉寝皮",艰难时刻的"易子而食",向权力献媚、挖空一切心思投其所好的易牙蒸子献食,光复会成员徐锡麟行刺时被捕,遭杀害后心肝被安徽巡抚恩铭的卫队炒食,以及献于帝王、献于父母的"割股疗亲",等等。这些吃,种种的吃,是对身体的残害、生命的残害,无论如何都是暴行,有它血淋淋的残酷,然而我们也可看到,每种的吃法都会有理由来掩饰它的血腥和残忍,在掩饰之下就变得可以接受,甚至值得提倡。"恶人"为恶,他未经任何审判即被杀掉,将他的心肝"用油煎炒了吃"是为了壮胆——杀人和吃人都寻到了合适的理由,尽管这理由经不起推敲。

这里还存在一个问题，就是我们试图杀死一个人、吃掉一个人的时候完全可以不由分辨地宣称他是恶人，是禽兽——《左传》中"食肉寝皮"的故事即是如此，杀人、吃人甚至占据了道德高度。更有道德高度的是"割股疗亲"，这里面有两个故事（介子推自割其股喂食给晋文公；孝子割取自己的股肉为药引以医治父母之病）但意思大致相同——能把自残推向"至忠"和"至孝"的高度，这时如果需要，用别人的肉和血就可达到"疗效"的话，它就会变得更为轻易和无负担。而翻开历史，又有多少人的肉体被天灾与人祸"吃掉"，被连绵的战争和贫瘠"吃掉"？

好，下面我们要进入最后一个议题：如果我们试图要为小说设置"深度"，最应注意的、不可轻易"违反"的原则有哪些？

仿生学处理。就是要像生活中能发生的那样，至少是内部的逻辑要有一个自洽，让我们能相信它会发生并在它所构建的世界中合情合理。这是所有小说都必须面对的，这一点，任何一刻都不可放松。

整体和局部融洽相连。在小说中建立深度，需要有一个整体性考虑，在有了一个整体的、笼罩性的主题和象征性的喻指之后，要为它建立一个关联的、匹配的、融洽的微系统，它们之间要形成合力。它不能只有一个核心性的深刻而让局部的部分脱离出去。

所有的深度都尽可能地包含于故事中，它属于骨骼，露在外面的骨骼一定是不美的，一定会或多或少地造成对整体的艺术之美的伤害。是故，我们需要尽可能地思量、掂对，努力将我们要说的深刻融解在可能的故事中。"故事"对于小说的写作来说永远是重要的，哪怕是以反故事的方式结构故事。

有些深度的设计，最好是让它"不止有一种解读趋向"，也就是说要努力让它能容纳多重的解读，甚至可以容纳过度阐释和误读。"模糊性"也是小说的深度设计应当考虑的部分。

....

小说需要深度，需要有朝向深刻深邃的"认知力量、智慧"的努力，需要我们不断地、不断地追问生活、生命和情感中的问题，需要我们对习焉不察的日常提出警告，需要我们在文本中埋伏下这样的追问："生活如此吗？非如此不可吗？有没有更好的可能？"但同时，我们也应避免"腹背受敌"。是的,我们时常面临"腹背受敌",在强调了 A 面的同时必须兼顾 B,它同样是重要的、不可忽略的部分,尽管 A 和 B 时常会处在相悖的、相反的两面。对于小说的深度,我想我们也要记得米兰·昆德拉的告诫:"一个诗人如果不是去寻求隐藏在'某处之后'的'诗',而是'保证'使自己服务于从一开始就知道的真理(它自动地上前,是'在前面出现'),那么,他也就抛弃了诗的使命。这种先入的真理是叫革命或者异议、基督教信仰或是无神论,它是较为有理还是站不住脚,这都无所谓。一个诗人,如果他不是为有待发现的真理(它是耀眼炫目的)服务,那么,无论他服务于哪一种真理,他都是一个虚假的诗人。"

思考题

1. 在我们普遍认为的经典中，是否有一至两部"没有深度"的小说，或者有意抵抗深度的小说？

2. 有些我们以为的深度，是不是批评家们的"过度阐释"？

3. 我们的生活已经"过重"，充满种种压力和责任的重负，而小说，不应是一种游戏之物、消遣之物吗？为什么非要再加深度呢？

4. 实验：选择中国古典神话或《伊索寓言》《格林童话》中的一个片段，然后将它延展变成一个更有深度的故事。

第十二讲　结尾设计

"起句当如爆竹，结句当如撞钟"，这句话同样属于片面深刻的一个部分。说开头如爆竹，即要求小说在它开始的时候最好建立起紧张感和吸引力，要求小说的开头设计要尽可能地把阅读者抓住，让他产生"一定要读下去"的兴奋。而结尾如撞钟，则是要求结尾的部分一定要有悠长的"未尽"和回味，一定要让人在读完这篇小说之后继续思考，并反观自身：怎么办？为什么如此？何以如此？如果是我（有时，小说会有强烈的带入感；即使那些部分回避了带入感的小说，本质上也依然容纳着我们的带入和融入），我处在这样的境遇中该如何去做？有没有更好的可能？

耐回味是小说结尾设计的基本诉求，因此上，多数小说的结尾仅是文字的结尾而非回味的结尾，它时常会有漫长的回声，甚至会在数年后、数十年后依然回荡于我们的耳畔。我们必须承认，作家们在设计小说开头和设计小说结尾的时候"用力"是有所不同的，多数的作家会为"小说的第一个句子"沉思苦吟，精心设计，而在小说结尾，他们则很可能"约略地想好"然后让它水到渠成地出现，在感觉该收尾的时候骤然收住。当然，这并不意味着小说结尾不需要精心、不需要设计，小说会在什么地方"停下"始终是小说精心布局中的重要要求，在这里，我也愿意和大家谈一个特别的例证，它出自海明威的《永别了，武器》。据说海明威为这个结尾真的是"煞费苦心"，改写了三十九次之多（也有另一版本说是四十次）：

……我往房门里走去。

"你现在不可以进来。"一个护士说。

"不，我可以的。"我说。

"目前你还不可以进来。"

"你出去。"我说，"那位也出去。"

海明威强调的是结尾设计，它极度地用心用力，有意用极简的方式为小说"建筑"了它所含有的饱满情绪和悠长回声——在结尾的部分，海明威拿出的是与开头的

"第一个句子"一样的耐心与精心、掂对与打磨。事实上,尽管作家们在完成小说结尾的时候有一定的随意性,"约略地想好"然后让它水到渠成地出现,但最后一段文字的设计往往也是极用心的,它不太会被轻易地对待。

耐回味是所有小说结尾的统一要求,可以说,大多小说在设计结尾的时候都会尽可能地做到这点,让它获得"悠长的回声"。譬如伊塔洛·卡尔维诺《分成两半的子爵》,当主体故事讲述完成时,坏的子爵和好的子爵已经合成了一个,"我们大家的生活也变好了",尽管完整的子爵并不能使全世界也跟着变得完整……结尾部分,叙事之光落在之前并不占主体的"我"的身上:即将跨进青春门槛的"我"心醉神迷地编织着无穷无尽的故事,而特里劳尼大夫也随着航船离开了这里:

我知道得太晚了,拔腿就朝海船跑去,嘴里大声呼唤:"大夫!特里劳尼大夫!您带上我吧!您不能把我扔在这里啊,大夫!"可是船队已经消失在海平线以下,我留在这里,留在我们这个充满责任和鬼火的世界上了。

留在这个世界,充满了责任和鬼火的世界,是小说中

"我"的困局和不得不,它其实也是我们的:我们不得不和责任与鬼火纠缠,它变成了"生活的本意"而我们只能身处其中……如果我们仔细地咀嚼"责任"这个词、"鬼火"这个词,也会咀嚼出种种不同的滋味,它们也是"耐回味"的一个部分。

再譬如,在阿尔诺·盖格尔《流放的老国王》的最后结尾:

我本想等等再写这本书,我已经等了六年。然而我又希望在父亲去世之前写完这本书。我不想在他死后叙述他的事,我想写关于一个活着的人的书,我觉得,父亲和每一个人一样,他的命运也该是开放式的,应该是还没有结论的。

写下这句话的时候,我的岁数差不多是父亲岁数的一半。费了许多时间我才达到这个水准,费了许多时间我才找到那些促使我们成为我们现在这样的人的基本事物。

父亲对我和卡塔琳娜说:"以前我是个健壮的小伙子,不像你们现在这样,小羚羊似的。"

据说:等得够久的人能够成为国王。

在这个结尾中有着多重的"褶皱",它们也分别有着不同的指向：自我言说的，精神的，具体的，言外之意的，等等。它们也交汇为百感交集：要知道，这里的"老国王"是"我"的父亲，一个老年痴呆症患者，他在家里，但始终怀有"要回家"的强烈渴望……结尾处的文字更进一步强化了它的百感交集。

不只是整个故事的结尾处，就是在一些长篇小说每一章节的结尾处，作家们也愿意为它建筑起悠远回声，有一种特别的、耐回味的延宕感。

加西亚·马尔克斯，《百年孤独》：

……但何塞·阿尔卡蒂奥·布恩迪亚没有理睬，他正为这无可置疑的奇迹而迷醉，那一刻忘却了自己荒唐事业的挫败，忘却了梅尔基亚德斯的尸体已成为乌贼的美餐。他又付了五个里亚尔，把手放在冰块上，仿佛凭圣书作证般庄严宣告：

"这是我们这个时代最伟大的发明。"

…………

……乌尔苏拉没有追上吉卜赛人，却找到了丈夫在失败的远征中没能发现的通向伟大发明的道路。

…………

……一切都恢复平静,只有奥雷里亚诺例外。里正最小的女儿蕾梅黛丝,论年龄足可当他的女儿,但她的影子正折磨着他身体的某个部位。那是一种肉体上的感觉,几乎在他行走时构成障碍,就像鞋里进了一粒小石子。

············

……一时间,随着撕心裂肺的剧痛,折磨他一生的全部恐惧重又涌上心头。上尉下令开枪。阿尔卡蒂奥几乎来不及挺胸抬头,就感到不知从哪里流出的滚烫液体在大腿间烧灼。

"混蛋!"他喊道,"自由党万岁!"

拉斯普京,《活下去,并且要记住》:

"明白了。"米赫伊奇什么也不明白。他不明白,谢苗诺芙娜和纳斯焦娜也不明白。可是在主显节的严寒日子里,古西科夫家澡堂地板下秘洞中的一把斧子失踪了。

············

他谛听着:在他周遭,直至很远的地方,万物如何由于他的喉声而静寂,凝滞不动了。

············

任何人都什么也不知道，除了她之外。但她即便已经不省人事，也不能泄露这一点。

············

"现在命运又把你撺来，跟我一起套在一辆车上。"安德烈这话又像是吓唬她，又像是怜惜。"我倒是要瞧瞧，看你怎样从它的罗网中挣脱出去。""干吗我要挣脱出去？我要跟你在一起，就是死，也要死在一起。"

············

直到这时，当阿塔曼村活着的人中间的最后一个人从她们那儿得知发生的事儿后，她们自己才终于相信：战争真的结束了。

伊斯梅尔·卡达莱，《三孔桥》：

因为今年冬天发生的一切，刚刚建成的桥上再次洒上鲜血，这次是来自亚洲的鲜血。不过，我还是会按照时间顺序一一讲述这一切。

············

这是我有生以来最痛苦的一顿饭，无时无刻不在猜测这两个人乱七八糟的话到底是什么含义——这让我备受折磨。

....

老阿伊库娜就是其中之一,对此,她已经作出了最悲观的预言。"这座桥,"她说,"是恶魔的背脊,谁敢从上面走,就一定会被诅咒!"

....

我回到家里躺下,想再小睡片刻,但却感受不到丝毫的困意。

....

两个星期过去了,被诅咒的乌亚那河还在上涨,浪花越发起伏,喘息越发沉重,可尽管如此,石桥依然没有受到任何损伤。

....

这群流浪的苦行僧是谁?为什么入冬这会儿他们会同时出现在巴尔干的大地上?

....

为自己的小说结尾建立"回味感",让它耐人咀嚼并始终意味深长,是多数小说在结尾设计时候重点考虑的部分。但有些作品也会有意识地"拒绝"这一诉求,而是以一种简单交代的方式"草草地"让故事进入它的尾声：它是一种反向的故意，它强调终结，有意将你的思绪按住，按在对整个故事的回想里面，而不是让你"跳脱出来"。相对于惯常的"开放式结尾"，它们可称为"封闭式结尾"，它等于是以这种方式宣告，这个故事讲完了，结束了。

譬如，奈保尔的《毕司沃斯先生的房子》的结尾：

毕司沃斯先生尸体的火化是健康部门批准的为数不多的一次。火化在一条混浊的小溪岸边举行，招引了不同种族的人们围观。之后，姐妹们回到各自家中，莎玛和孩子们开着那辆普莱福克特回到空空的房子里。

再譬如，马里奥·巴尔加斯·略萨《世界末日之战》的结尾：

"你想知道若安·阿巴德的事吗？"她那没有牙齿的嘴巴含混不清地问道。
"是的。"马塞多上校回答说，"你看见他死了？"
老太太摇摇头，舌头在口腔里蠕动着，仿佛在咀嚼着什么东西。

"那么他逃走了?"

老太太仍然摇摇头,战俘们从四周紧盯着她。

"我看见他了。"她嘴唇吧唧吧唧地响着,"有几位天使把他接到天上去了。"

《毕司沃斯先生的房子》,奈保尔简单收尾,他向我们以这样的方式交代:他死了,故事结束了,余下的将是另外的、他人的故事了。而在《世界末日之战》中,它貌似是"开放式的",但其实宣告的也是故事的终结:这个人将不会再次出现,尽管这身材矮小得像小姑娘的老太太以"神话"的方式为若安·阿巴德安排了另一条路径。《聊斋志异》《阅微草堂笔记》等,其中部分的小说也采取这样的方式:它告诉你,故事讲完了,所有的交代都已经交代清楚,它是真的结束了。在一些童话式的爱情故事中,王子和公主终成眷属,"他们过上了幸福的生活"也属于这一类型,甚至有意地统一化——它用貌似遵循故事的基本讲述规则、只在中间的部分更换新内容的方式让它形成"套盒",应当说,这也是一种"有意味的形式"。罗贝托·波拉尼奥,《遥远的星辰》,采取的也是这种

"封闭式结尾"——经历过种种之后,"我"和朋友罗梅罗来到"我"家,略有停留,"我"把他送到街上。"一辆出租车在我们身边停下。保重,我的朋友,最后他说,然后就走了。"它故意如此简单结束,甚至可以说,故意不使结尾的语句生出魅力——就像奈保尔在结束《毕司沃斯先生的房子》时的所做。在我看来它属于一种回收,就是,你不要再想后面的故事了,它不需要有一个延长的、复杂的后面,你还是再仔细想想前面的那些发生吧。大江健三郎,《水死》,说大黄"然后,他只须将面孔埋入树木最浓密的叶片上蓄满的雨水中,站立不动水死而去"也是这种封闭式的结尾,它宣告了这个人的终结,他的故事的终结。我们其实也可把马尔克斯的《百年孤独》的结尾看作封闭性的结尾:家族中的最后一代,那个长尾巴的孩子已经被蚂蚁吞噬,仅存的奥雷里亚诺继续翻译着羊皮卷上的内容:

他再次跳读去寻索自己死亡的日期和情形,但没等看到最后一行便已明白自己不会再走出这个房间,因为可以预料这座镜子之城——或蜃景之城——将在奥雷里亚诺·巴比伦全部译出羊皮卷之时被飓风抹去,从世人记忆中根除，羊皮卷上所载一切自永远至永远不会再重复，因为注定经受百年孤独的家庭不会有第二次机会在大地上出现。

不过，马尔克斯的《百年孤独》在结尾设计上还有另一重的有趣运用，我会在后面的方法归类中重新提到它。

在有些故事的讲述中，它有意将开始和结尾"衔接"起来，让它形成一种开始即是结尾、结尾回到开始的"闭环"样式，最简洁、最有象征性的表述可以是："从前有座山，山上有座庙，庙里有个老和尚，在给小和尚们讲故事：从前有座山，山上有座庙……"它给人一种"无穷尽"的感觉，那种故事、那样的结果有可能是世世代代的人们无法摆脱的一种可能，这次的"问题的解决"并非一劳永逸。

我写过一篇《噬梦兽和我们的故事》，开头是，猎人因为狩猎而进入了森林深处，伤痕累累的他回到家中不久便死去了，然而这只是一个开始。他引来了一只噬梦兽，这只噬梦兽制造了笼罩整个村庄的大雾，同时，它也悄然地吞噬掉了村子里所有人的梦……村里勇敢的人组成了一支队伍，最终杀死了似乎并没有怎么为害的噬梦兽，一切都恢复了正常。结尾是：

这天，阳光灿烂得几乎能把整个村子都晒成玻璃的早晨，一位来自远方的货郎来到了村口。他眯着眼，看了看厚厚的阳光，然后推着小车朝村里走去。经过种植了玉米的田野，在一片小树林的边上他发现小树林的上空有一小片彩虹，而树林里则雾气氤氲，仿佛那么灿烂的阳光也晒不进里面去。富有好奇心的货郎走向树林，突然，一只长着一对猪耳朵的细毛小兽窜到他面前，一副活泼的、可爱的样子。货郎心生欢喜，不自禁地伸出手去。

"干什么？走开！"

一个只有十几岁的男孩，死去的猎人的儿子，拿着一根木棒出现在他面前。

它提示，噬梦兽的故事并没有结束，这只年幼的噬梦兽终有一天还会长大，村子里的人与噬梦兽之间的纠缠还会继续。

迈克·弗雷恩以物理学家玻尔、海森伯之间的一次会晤为现实原型的戏剧《哥本哈根》，在我看来它的首尾也是相连的，这一个故事可以无限地、无限地言说下去，而问题似乎无解，并且最终导致那天他们之间究竟发生过什么也变得无解。戏剧的开始，先是以问题导入：

玛格瑞特　可为什么呢？
玻　　尔　你还在想这事儿？
玛格瑞特　他为什么来哥本哈根？
玻　　尔　如今我们三人都已死去，不在人世，亲爱的，还有什么要紧吗？
玛格瑞特　人死去了，疑问还一直在，鬼魂般地徘徊着，寻找着他们生前未能觅得的答案。
玻　　尔　有些疑问是无答案可寻的。

在戏剧结尾：

玻　　尔　我们尚在寻觅之中，我们的生命便结束了。
海 森 伯　我们还未能看清我们是谁，我们是什么，我们便去了，躺入了尘土。
玻　　尔　湮没在我们扬起的尘土之中。

玛格瑞特   那时会迟早到来,当我们所有的孩子化为尘土,我们所有孩子的孩子。

玻　　尔   那时,不再需要抉择,无论大小。也不再有测不准原理,因为那时已经不再有知识。

玛格瑞特   当所有的眼睛都合上,甚至所有的鬼魂都离去,我们亲爱的世界还剩下什么?我们那已毁灭的、耻辱的而又亲爱的世界?

海 森 伯   但就在那时,就在最为珍贵的那时,它还在。费莱德公园的树林、加默廷根、比伯拉赫和明德尔海姆。我们的孩子,我们的孩子的孩子。一切得以幸免,非常可能,正是由于哥本哈根那短暂的片刻,那永远无法定位及定义的事件,那万物本质上不确定性的终极内核。

仅从字面上来看,它并非什么循环的、首尾相连的那种结尾,但在意蕴上,在思维的向度上,它构成了一种精神上、追问上的首尾衔接。在这部戏剧的开头,玛格瑞特的那句"可为什么呢?"完全可以看作对结尾部分的另一衔接环,就像"老和尚在给小和尚讲故事"之后的那句"从前有座山"。这是一部由死去的灵魂来完成讲述的戏剧,所以在结尾的时候他们谈及死亡,玛格瑞特和玻尔的言说甚至推到了基督教教义中"末日审判"的节点处,是海森伯,他在结尾处的言说使整部戏剧的首与尾形成了衔接,他的这段讲述使问题重新成为问题,并使没有答案的一切需要被再问一遍。

若泽·萨拉马戈《失明症漫记》也可看作循环式的。小说开始,一个个"个人"进入乳白色的失明之中,而这种失明获得蔓延,几乎整个城市都被这种有光的失明所笼罩,小说的主人公、一位眼科医生也同样陷入失明中,他也需要接受失明后的一切后果,而他的妻子则是"唯一"没有失明的那个人;小说结尾,患有失明症的人们在慢慢地恢复视力,眼科医生的妻子则在抬头的时候"看见了一片白色的天空",她觉得,失明症终于轮到她了。

在小说结尾的设计中,还有一种更具衔接感和串联性的设计,就是,小说在刚刚开始的时候即以某种方式"暗示"了故事的结局和人物的命运,而所有的故事发展、前行又都与这一"暗示"进行着强力的响应,它们或早早落入,或有意反抗,或在不断的挣扎之中渐渐趋向……但这个"暗示"始终起着作用,并与故事的前行构成并行关系,直到它的结尾处。部分古典神话小说会采取这样的方式,如《红楼梦》小说第五回贾宝玉神游太虚境一节,"金陵十二钗正册"和"金陵十二钗副册""又副册"中的绘画与判词即是暗示,暗示荣国府、大观园中那些女人的基本命运,而它,最终都落实于对应的人物身上。小说的结尾呼应前面的"暗示"性埋伏,并在故事的最后将这些"暗示"重新照亮,从而达到故事的串联性和命运的命定性"双重强化"的效果,是这类结尾设计的统一考虑。马尔克斯的《百年孤独》中也有类似的设计:小说开头部分,即在介绍何塞·阿尔卡蒂奥·布恩迪亚与妻子乌尔苏拉的婚姻结合时谈及家长们的阻止——他们害怕两个数百年交好的家庭这一代健康的后裔会遭受生出蜥蜴的耻辱,而之前已经有过一个可怕的先例。吉卜赛人梅尔基德斯带来的羊皮卷中也有对这个家族命运的暗示,它从第一代人的那个年代就已完成,直到第七代的奥雷里亚诺"翻译"出了羊皮卷在卷首的那个提要:家族的第一个人被捆在树上,最后一个人被蚂蚁吃掉。事实也恰是如此,第一代的何塞·阿尔卡蒂奥·布恩迪亚曾被绑在树上,而最后一代,生出了长尾巴的孩子是

第十二讲 结尾设计

被蚂蚁们给吃掉的——它奇妙地与两段前提描述相呼应。

还有一种结尾方式，它是前面故事的终结，但又是一个新的故事的可能开启，它似乎具有新的开启性，标明着故事还在延续——这也是小说的结尾设计中常见的运用。

卡尔维诺，《不存在的骑士》：

> 我的笔为此而从某个时候开始跑起来，向着他跑去，它知道他不久就要到来。一页书的价值只存在于它被翻到的时候，而后来的生活定会翻遍和翻乱这本书上的每一页……
>
> 我跑下来了。朗巴尔多！我甚至没有同院长嬷嬷告别。她们已经了解我，知道在厮杀、拥抱、失望之后，我总是回到这座修道院里来。可是这次将不同了……将是……
>
> 啊，未来，我从对于过去的记叙，从激动得双手颤抖的现在，向你走来了，我跨上了你的马鞍。你将在尚未造起的城楼的旗杆上升起什么样的新旗帜欢迎我？你将在我过去喜爱的城堡和花园里怎样燃起劫掠的硝烟？你安排了多少黄金岁月？你是难以驾驭的，你预报了须以昂贵代价去获取的珍宝，你是我要去征服的王国，未来……

玛格丽特·杜拉斯，《如歌的中板》：

安娜·戴巴莱斯特绕过她的椅子，有意使自己不用再去坐上。然后她往后走一步，再转过身。沙文的手在空中挥动，又落在桌子上。但是她没有看见。她已经走出他身处的疆界。

她穿过吧台前的一群男人，面对着夕阳，身处在表示这一天终结的红光中。

她走后，女老板调高收音机的音量。有几个男人抱怨说这声音调得太响了。

卡尔维诺《看不见的骑士》和杜拉斯《如歌的中板》都在小说的结尾部分建立了"新故事""新开启"的可能，《看不见的骑士》是情感情绪的，而《如歌的中板》则是场景性的……与封闭式的结尾显著不同，这类的小说结尾往往"不像结尾"，它的后面似乎还有故事，还有巨大的想象空间。

"总结式"结尾也是小说常用的方法之一，它可能并不直接言说故事，故事在前面的书写中已经完成，而结尾，则是对这个故事的思考、总结和情绪感慨，是混合着

第十二讲 结尾设计

叙事、情绪、思考的"议论"。有时,这个"总结式"结尾会紧紧贴近故事,完全由故事生发,有时则可能是延宕的、复杂的"另一种言说"。

米兰·昆德拉,《玩笑》:

美的灿烂如何能与可怜、孤凄和遗弃联系在一起呢?有所谓的毁灭之美吗?也许路德维克想说,毁灭的东西本身就包含着一种美,而且只有这种美,这美必然是"最后"的,就像已经不复存在的航道,已经默然的怀念的回响,毁灭一旦完成以后的可怜的残片。

因此,众王马队的游行也是一样。路德维克那天重新看到了马队游行,觉得比以前要有意思得多,因为"谁也不懂得其中含义或要传递什么信息":"众王马队显得美妙可能也是因为它所包含的本身意义久已失落,而人们的注意力全都转到了它本身,它的方方面面,它的形状色彩。"换句话说,美只可能存在于意义延搁之时,任何错误——比如说摹仿都不可能存在的时候;只有此时,真实才会重新闪光。

而这真实的本质,就像露茜"真实的一面",就像众王马队的国王面孔,是永远也不会被揭开的。

卡尔维诺，《树上的男爵》：

我写这本书时，时常搁笔，走到窗前……翁布罗萨不复存在了。凝视着空旷的天空，我不禁自问它是否确实存在过。那些密密层层错综复杂的枝叶，枝分杈，叶裂片，越分越细、无穷无尽，而天空只是一些不规则地闪现的碎片。这样的景象存在过，也许只是为了让我哥哥以他那银喉长尾山雀般轻盈的步子从那些枝叶上面走过。那是大自然的手笔，从一点开始不断添枝加叶，这同我让它一页页跑下去的这条墨水线一样，充满了画杈、涂改、大块墨渍、污点、空白，有时候撒成浅淡的大颗粒，有时候聚集成一片密密麻麻的小符号，细如微小的种子，忽而画圈圈，忽而画分杈符，忽而把几个句子勾连在一个方框里，周围配上叶片似的或乌云似的墨迹，接着全部联结起来，然后又开始盘绕纠缠着往前跑、往前跑。纠结解开了，线拉直了，最后把理想、梦想拘成一串无意义的话语，这样就算写完了。

"总结式"的小说结尾极其考验作家的才情和智力，它往往在与故事的贴近和超拔于故事之上来回跳脱，既是对已经完成的故事的情感情绪的总结，同时又包含着对于人生、命运和基本境遇的感慨感叹，它需要有"画龙点睛"之效，是小说中极具价值感和艺术魅力的部分，而那种耐人寻味和让人省思也是这样的结尾必须做到的。

"反转式"结尾或者说欧·亨利式结尾也是小说结尾设计中的一种方式，它强调与前面不断加重着的故事讲述构成反转，强调出人意料，强调在结尾的时候将谜底揭开，这谜底很可能完全不是我们从前面的文本中、故事中轻易得到的东西，但又属于"情理之中"，是小说叙事中可能被我们忽略掉的提供。它可能会有些许巧合感，但这种巧合感恰恰是"反转式"结尾最应慎重对待的部分、警惕的部分。克林斯·布鲁克斯、罗伯特·潘·沃伦编著的《小说鉴赏》中有这样的提醒："惊人的结尾可能在一篇最佳小说中间出现，但只有当这种惊人的事物，对读者来说，心里早已做好充分准备，方才恰到好处。这样，继而一想，读者心里立刻明白：这个惊人的结尾，毕竟是从过去引申出来的一种合乎逻辑推理、意味深长的故事发展，而不仅仅是作者为了摆脱自己的困境而采取的一种权宜之计。……巧合——要是它纯然不符合逻辑推理的话——在小说中也就毫无地位可言。""反转式"结尾的设计本质上难度巨大，一旦落入非逻辑性的巧合中，它的格便会遭受损害，而取消巧合则可能会造成"反转"的动力不足，不足以构成让人惊艳的"必然力量"。

没有谁能够穷尽结尾的全部方式，它是多样的，而且随着时间和写作实践的变化、推进，它会变得越来越花样繁多、层出不穷。在这里，我提供着小说结尾的种种趋向和范式并无意以它将后来的写作者们困住，恰恰相反，我愿意我的提供对后来的写作者是一种"刺激"，一种开启，让他们意识到原来我们的作家们已经提供了这么多、这么多，原来还可以如此，那我是不是再设想一种更新的可能，我能不能提供一种"前所未有"？这更是我的期待，这个期待当然也包括对我自己。

多数的作家会为"小说的第一个句子"沉思苦吟、精心设计，而在小说结尾，他们则很可能"约略地想好"然后让它水到渠成地出现，在感觉该收尾的时候骤然收住。但作家一旦想好即将结尾，对那"最后一个句子"也必然会拿出如同"第一个句子"一样的精心和耐心，它同样不能被轻易地对待。前面我们已经提及，耐回味是小说结尾设计的基本诉求，是故，在我们完成结尾设计的时候，首先要考虑的便是这个基本诉求，让它产生出尽可能悠长而弥漫的回味。想办法建立"回味感"，想办法让

第十二讲 结尾设计

"最后一个句子"经得起推敲和反复推敲,是小说结尾设计的第一个基本原则。

小说的结尾设计,往往会和小说的高潮紧密相连,一般而言,小说的结尾"毗邻"着故事的大高潮,大高潮在出现之中或之后,结尾就会自然而然地到来,它与大高潮"距离甚短"。有些小说,会在大高潮出现的时候立即结尾,让它停在那种情绪的高涨之中,譬如都德的《最后一课》,随着时间的消逝,教师韩麦尔的情绪越升越高,直到,教堂的钟声响到了十二下,普鲁士士兵的号声传至教室里每个人的耳朵。他的课必须结束,法兰西的一切在这时也会随之结束。这时高潮到来:

"我的朋友们啊,"他说,"我——我——"
但是他哽住了,他说不下去了。
他转身朝着黑板,拿起一支粉笔,使出全身的力量,写了几个大字:
"法兰西万岁!"

在这个高潮出现之后,立即迎来的小说的结尾——"只向我们做了一个手势:散学了,——你们走吧。"其实也可看作高潮的一个部分，虽然它并没有继续地上升，而是有意以一种骤然泻下的方式来完成。我将它看作高潮的一部分是因为这里面包含着某种碎裂之声，它更有震颤之感。马尔克斯《没有人给他写信的上校》是典型的、停滞于高潮之上的结尾。已经走投无路的上校在妻子的步步追问下更加走投无路，他和她，一起体味着能够深入骨头里去的绝望。

"那这些天我们吃什么？"她一把揪住上校的汗衫领子，使劲摇晃着。

"你说，吃什么？"

上校活了七十五岁——用他一生中分分秒秒积累起来的七十五岁——才到了这个关头。他自觉心灵清透，坦坦荡荡，什么事也难不住他。他说：

"屎！"

有一些小说的结尾设计是在高潮出现之后，不久，即以一种低缓的、沉郁的方式和语调宣告故事的终结、事件的终结，它依然是和小说的大高潮相毗连的。譬如《卖火柴的小女孩》，在小女孩划亮最后的火柴而被她的奶奶接到"那没有寒冷,没有饥饿,也没有痛苦的地方去了"的高潮发生之后,结尾写第二日早晨人们对小女孩尸体的发现,它只有短短的一小段落,而且几乎是简笔。《老人与海》,在桑地亚哥老人捕到的大鱼被鲨鱼们一点点吃尽之后,结尾也就随之到来,也是以一种几乎简笔的方式略做交代:老人还是运回了无用的鱼骨,它似乎比所有人见过的鱼骨都大。弗兰纳里·奥康纳,《好人难寻》,在冷酷的逃犯、"不合时宜的人"杀死了路遇的老奶奶一家并最后杀死了那个话多的老奶奶之后,小说的结尾也就及时地到来了:

"这位老太太真够贫嘴的,是不是?"博比·李说,哼着小调从沟渠上滑下来。

"她要是一辈子每分钟都有人没完没了地冲她开枪射击,"不合时宜的人说,"她也会成为一个好女人的。"

"挺有趣!"博比·李说。

"住嘴,博比·李,"不合时宜的人说,"人生根本没有真正的乐趣。"

大高潮出现之后,小说中的所有蓄力也就基本用完,如果再绵长地书写下去就会使人丧失继续追踪故事的兴趣，而且阅读者所希冀的将不会再获得新的满足——因为故事再无更大的高潮来提升小说的情感和情绪——这时候，及时地收尾是恰当的、合适的，也是最为有效的。即使长篇小说，往往也会尽可能地遵循这一规律。

小说的结尾设计，在尽可能地建立回声和回味、尽可能在大高潮之中或之后迅速结尾的基本原则之后，还有第三条原则——尽管这条原则并不适合所有的写作，所有作家（必须承认，任何一种写作规范都有卓越的写作者轻易突破，可能没有任何一条写作原则是不能被颠覆的），但我还是愿意将它放置在原则之内来谈它，因为它对多数的写作有用有效。这一原则是，我们最好在小说写作开始之前便"提前地"（尽管可以是模糊地）预想好它的结尾，并把这个结束的时间当作"现在"，然后倒回去叙述。是的，不是所有作家都会预先想好结尾，譬如写作了《发条橙》的安东尼·伯吉斯说："我从开头开始，接着一路走到终点，停笔。"许多中国作家也是如此宣称，想好了第一个句子或者一个模糊的情节然后便开始写下去，一切都是自然而然的出现，他们将灵感当作原野上驰骋的马……但多数的作家，会像凯瑟琳·安·波特那样，"如果我还没有想到故事的结局，我就不会开始动笔"。

预先设计好故事已经结束的"现在"然后返回去叙述的说法来自萨特，这当然是经验之谈，我大抵相信他的小说和戏剧多数是在锚定了故事的结尾之后再开始写的，基于终点，他开始想办法设计起点。《百年孤独》的结尾部分也应是预先想好的，否则它就不会一次次地提及羊皮卷，更无法"站在一个高处将全部故事打量清楚"。弗兰兹·卡夫卡，未能最终完成的《城堡》也是预先设计了结尾的，是他的朋友马克斯·布洛德提供了有效证词，他说卡夫卡曾告诉过他："那个名义上的土地测量员将得到部分满足。他将不懈地斗争，斗争至精疲力竭而死。村民们将围聚在死者的床边，这时城堡当局传谕：虽然K提出在村里居住的要求缺乏合法的根据，但是考虑到其他某些情况，准许他在村中居住和工作。"……模糊性地预先想好结尾，本质上也是一种有效锚定，它能保证故事的基本走向并保证它不会轻易飘移出去，变成随机性的散沙。同时，它也让叙述者能够获得一种"游刃"，在写作的过程中随时可以以"过来人"的身份发出感慨感吁，或者以"过来人"的身份审视、反思故事中的发生。对于许多作家来说，获得这一"游刃"实在可贵，它会使小说从简单的"讲述一个故事"的样貌中脱出来,从而部分地开始"思考一个故事"。

"你们听够了吗?这一回我可真的结束了呀!"这是博胡米尔·赫拉巴尔《我曾侍候过英国国王》小说中的"最后一个句子",我想,用它来做《匠人坊:小说技法十二讲》这个系列的结尾,也是合适的。

思考题

1. 小说是不是可以"随时停下"?为什么呢?

2. 我们在开头的时候会反复地掂量,精心选择第一个句子,那,结尾呢?我们可不可以为一篇小说设计至少三个结尾?试试看。

3. 有没有一种可能——我们让小说的第一个句子即是"结束",也就是说,让故事在小说开始之后就不再向前。这是否可以成为一个实验?

4. 已经到达这本书的结尾,请问你还有什么疑问?

后 记

一

这是一本关于小说写作的技术、技艺的书,我原本想到的书名是《设计——小说技法十二讲》……是的,在这本书里,我试图谈及的是我以为的"设计原理",是我在文本阅读过程中、创作实践过程中思考、归纳和提纯的技艺方法,它更多强调的是小说的技术性和设计感,是经历反复的掂对、以期达到"最为合适、最有效果"的那个不可或缺的设计过程。只不过,"设计"这个词似乎太过物理化,用作文学书籍的书名不是很合适,容易遭到误解——在朋友们的劝导下,我将这本书的书名进行了修改。它,原本是我《匠人坊》小说讲稿系列中的一部,是我本科课堂讲义的完善修订。

十二讲,涉及小说设计的十二个层面——当然小说设

后 记

计并不止于十二个层面,它还有,还可以有……本来我还想谈及"时间设计"以及"语言设计",但经历掂对之后,我决定将这两个话题放在另一本《匠人坊》小说讲稿的书中——它们更适合以另一种方式来谈论。不止于十二个层面,我只好尽可能地"抓大放小",尽可能将我以为重要的"设计"枚举出来,有了对这些重要的设计点的理解和实践,其余的神经末梢式的微点设计我相信阅读者足以无师自通,举一反三,甚至构成对我的反哺。

二

在我看来,小说以及所有的优质的文学都充满着设计,它们属于"设计的艺术",无设计则无文学。在这里,我也愿意重申我在这本《匠人坊》中已经反复强调的一个个人观点:优秀的(包括全部的经典)小说都是设计出来的,而越是在外表上看起来"天衣无缝"的、水到渠成的小说,越可能在设计上用功尤深,只是作家们会同时致力于掩盖起设计痕迹,仿若并不着力……"天然"或"浑然天成"的效果是大多数作家的致力,但这一努力并不能否认设计的存在而是强调了它的存在,因为它是经历不断的揣摩、掂对和精巧设计才能达到的。

这个观点我不准备修正。

一直以来，我们对待小说技术会有两种倾向：一种视技术为小儿科，它只在我们文学学习的初级阶段有用，是辅助性的，小说中的深刻思想和它所反映的时代生活、人类境遇和社会学价值才更值得谈论。另一种认定技艺往往是水到渠成的结果，是自由发展，是作家们"天才"成分的体现，"无法才是最高的法"，不受法的困囿才是艺术性的真正体现。这两种倾向或多或少都会造成对技艺的轻视，后果往往是，我们的文学写作的艺术性严重匮乏，而那些苍白、粗陋、平庸的小说在"思想性"上也并未真的有所提升。

我不是技术主义者，我也认同对于文学而言，技术、技艺是"辅助性"的，是保障我们的思想在表达过程中显得更有魅力、更有清晰感、更加动人的力量，我们的小说（包括一切写作）最应看重的是并依然是它对生活、生命和我们内心的"意义"。但，假若我们漠视了技艺的保障，就会很容易让我们的小说变成一种"思想理念"的简单说明书，它损失掉的不仅是文学的魅力，更是这种思想理念的传递力量，当然还有它应具备的丰富性。技艺是保障，同时也是稀薄的文学性赖以藏身的"唯一之地"，来自文学的美妙、魅力、气息和汁液感均源自此处，它，不应遭受轻视。同时我也承认，作家和一切艺术都是有"天才性"的，它有"非关书、非关理"的成分在，我也认同我们的写作要以"处处是法但让阅读者注意不到法"为至高诉求，我们应当尽可能地消除掉外显之法的匠气。然而，达到这一点必须有一个"多读书、多穷理"的阶段，要从法的学习和实践中慢慢得来，"细致的解析和大量的训练"绝对是必不可少的。我不信任所谓未经训练的那类天才，作为一个写作者我以为我知道是什么为作家的"天才性"做着支撑。

而且，在十九世纪以来，知识获取上的便捷和世界文化交流上的便捷使得小说写作越来越趋"科学化""综合化"，仅仅依靠天才性的奇思妙想以及地方性知识而成为"有效写作"的可能性越来越小。如果我们愿意，省察一下二十世纪以降得到经典性承认的伟大作家和他们的伟大作品，就会发现我的"越趋科学化"的论断是有道理的，所有的伟大作家、伟大作品都在朝向这一向度，而天才性的溢出和"灾变气息"都是在这一基本趋向上的频发闪光。

米兰·昆德拉谈及"有效写作"时曾强调，它应当是前人经验的综合以及作家自己对"前所未有"的补充，二者必须结合在一起——这里言说的前人经验，自然也包含技艺经验。

三

谈论技艺，本质上也无法完全地、"不带出一滴血来"地把它和内容割裂开，技艺的美妙一定连接着内容的深刻和美妙。不止一次，我向朋友们坦承我不认为哪一个人能够掌握将技艺和内容完全剖开的解剖学，它们的表里性一直相关，紧密黏结。

因此，在这本谈论技艺的书中我也多次地涉及小说的内容诉求，是小说的言说使得技艺更变成这个样子，而这种技法之所以在 A 点上是这样用的，在 B 点上又是那样用的，其根本是因为内容的不同、表达的不同，以及作家们希望达到的效果的不同。技艺既有独立性又有从属性，相对而言它的独立性"小于"它的从属性，这一点毋庸讳言。因此，我们谈论技艺和对它的设计的时候往往会约略地涉及内容呈现、思想呈现的议题，会涉及"这种方法"对于表达上的有效和微妙。

后　记

四

威廉·福克纳认为，文学本身即是一个不断试错的过程，它需要耐心掂对，需要在一次次的试错中寻找更好的、更好的，直至找到作家能力范围之内"最好的"那个。在我看来，某些文学技巧技法的形成，很大程度是在历史实践中作家们找见的"普遍规律"，是经历了反复的试错之后感觉最好用的，使用它就能完成基础保障的，至少是"最不容易出现大错"的那个。我愿意在这本书中和朋友们一起认知、发现和掂对这个普遍规律，它或者能够部分地避免我们把前人在试错过程中犯过的错误重新再犯。当然，这并不意味我们找见了普遍规律就不用再不断试错。不，我不是这个意思，试错应当贯穿于我们所有的写作和所有的写作过程中，这是艺术的冒险性、创造性所决定的，没有任何一种方式或方法能够一劳永逸地解决文学问题。何况，我们的写作总在要求创新，重复哪怕是自我的重复都是不允许的。我的意思是，我们借助已有的技术经验，能够有效避免我们总在基础性的设计方面的重复试错，而希望能把更多的、主要的精力放在创新性的、发现性的、"灾变性"的追问和思考上面,在那一"前所未有"的领域中完成我们的试错。

五

我想我们也应看到,所谓技巧、技术、技法,它们的更变其实都是与艺术思潮的更变、人类看世界的方法的更变相联系的。也就是说,小说的技艺使用既是方法论的也是世界观的,人类认知的改变会不同程度地影响到小说技法的使用。之所以有现实主义的勃兴,是因为"人的价值"获得了凸显,人们开始关注自我生活和生活中的发生,在之前,"个人"和日常生活往往是被忽略的,人们更关注关心于比我们"大得多"的神秘力量,至少是帝王们的无止争战;之所以有"众声喧哗"的复调出现,是因为"上帝之死",一个绝对的、固定的真理被分割成无数狭小的、局部的真理,人们的"个人想法"受到了注意和重视;碎片化,黑色幽默,荒诞与魔幻——它们无不牵连着世界认知、人生认知。是故,我们在谈论技术、技巧时,也偶然会约略地谈及这种技法背后的思想支撑;我们在学习技巧、技法并努力在自己的实践中完成设计

后　记

时，也必然会部分地拓展自我的思维，发现和体味这一方法中所贮含的认知力量。是的，技巧并非纯粹是技巧，尽管我们可以用庖丁解牛的方式将其做多重的拆解，言说肉质的时候只取牛身上的肉，言说血管的时候只取牛身体里的血管，而"漠视"血管和肉、骨、皮肤的黏结。所有的拆解分析都与"整体性"相关，与技巧方法中的"认知力量"相关。

六

在这部书中，在主题性谈及主题设计、结构设计、高潮设计、细节设计等设计的时候，我会枚举在我有限的阅读中尽量多的方案和可能，它们或来自现实主义，或来自现代主义、后现代主义，或来自古典、现代、近代以及当下。与以往多数谈论小说技艺的书籍小有不同，在这本书里，我试图建立最大可能的宽阔度，将所有"主义"的技巧呈现尽可能多地纳入我们的谈论中，分别谈及它们所呈现、达至的美妙。所有的"主义"都被统一打量，不允许任何一种方式可以获得非平等性的优先权。

宽阔，尽可能多地将不同取向的选择列举出来，是我在这本书里最希望做到的。我试图告知阅读它的朋友们，对于到达罗马这件事，前人已经建立了上万条路径，我们一起审视他们是如何做到的，是否方便、快捷和更为有效。我也试图，以这种宽阔的呈现提示并激励我和我的朋友们：既然创造有这么多的可能，我会不会为它设计更加陌生、有效、事半功倍的第一万零一条、一万零二条？我以为，呈现的多样和宽阔更能刺激"创新性"，同时也可以有效避免我们费力的创新不过是重复前人几十年前的建造，只是因为我们"未见"而不自知。

七

小说的技巧仿若镍币，它存在一个 A 面那必然存在一个相反的 B 面，在有所长的同时一定也包含了所短，没有任何一种技艺方式只有所长而无所短。譬如我们常说的白描手法，它的长处是简洁、迅速、不枝不蔓，有强烈的勾勒感，易于阅读者"抓住核心"，易于建立故事性的起伏。那，由此带来的短处就是，情感、情绪的铺排不够，追问性的凝滞点不容易建立，阅读者容易追着故事走而不会"身临其境"地把自我放置进去。再譬如，客观

后 记

性的风景描写会在真实、细微和强化场景性上发挥它的优长，而它相对于主观性的风景描写却往往在渲染情感情绪上、呈现陌生性上略显不足，否则，作家们也不会在需要的时候（需要的时候，它是前提）部分地放弃描述的客观性而注入主观……我愿意在我的技艺分析中既言说它们的所长，也间或提及它们可能的所短。

那些伟大的、优秀的作家们，都会在自己要写下的文本中竭力发挥所用技艺的长处，甚至努力地推向极致；也都会用最大的耐心和设计来"回避"这一技巧技法的所短，让它不呈现或不被注意到。

它，对于技巧运用来说，很重要。我也希望阅读我这本书的朋友能够取长补短，至少是取长，避短。

八

无法，有法，无法。在这个过程中，"有法"其实是不可跨越的一个阶段，并且这个阶段一定足够漫长，几乎会耗尽我们的毕生精力。任何试图直接从无法跳至无法的想法都是不智的，它往往会造成我们才华的空转，永远也无法达到艺术所要的那个高标。在我做文学编辑的那些年里，时常会收到一些自然来稿，它们有质地良好的生活体验，有极其动人的曲折故事，也就是说，它们往往有黄金般的闪亮，然而可惜的是，因为必要的技艺、技巧的匮乏，这些黄金般品质的东西散落于沙砾和泥污中，难以有效地被捡拾起来……可惜，实在是太可惜了。我承认它是促成我要写一本关于小说设计的"基础教程"的书的原因之一。另外一个原因当然是我的文学教学，我在前面已经早早提及，它是我本科课堂小说创作学的讲义，略做了一些修订。

我，希望它能有用。对我们完成小说的基本设计有用，对我们理解文学技法以及技法和效果之间的关系有用，对敏锐我们的知觉和直觉有用，对我们拓宽文学视野有用。在一篇小小的随笔中我曾向朋友们坦承，作为作家，我是那种"极度自私"的人，如饥似渴的阅读一直出于"滋养"的渴取，对于所有的文学文本甚至哲学文本、社会学心理学文本，我关注的并始终关注的是它对我有什么用，有什么可以"拿来"的，有什么是我可以悄悄取下并让它变成"我的"……在这本书中，我也部分地坦露了自己的自私，包括这个自私的给予。由己，度人，我猜度所有的写作者可能都与我一样，他们更希望他们的阅读是对自我"大脑和心灵有用的药剂",他们骨子里有一种"饕餮"性,这种"饕餮"不止于对艺术技巧、技法的吸收,还有,还有……

以书法为比喻,朱光潜认为书法有四境:疵境、稳境、醇境、化境。对于技艺、技巧的反复体味、实践,在由疵境到稳境、由稳境到醇境的过程中极度有用,至于化境,抛弃成法,以无法之法随心所欲地呈现,则是所有的文学教授、科学教授都教不了的,所谓的天才会在这一阶段中更多地起作用。但所谓的无法,在我看来不过是技法更为精进、设计更为恰合,而且因为"胸有成竹",其中的掂对、寻找和磨合都能在极短的时间里迅速地完成,也更看不出痕迹。而已。

九

感谢河北师范大学,让我在本科课堂开设小说创作学这一选修课,让我在教学中有机会思考、掂量有关技巧、技法的议题并在数年的讲述中不断完善。感谢河北师范大学数年中选修我的课的学生们,他们的建议、意见和反映为我对讲义的修改提供着参照,我希望我谈及的技巧、基本设计能对他们的写作实践和理解文学有些小用。感谢《长城》，感谢主编李秀龙，是他给我开辟了专栏让我必须花心思好好打磨自己的讲述；而且也感谢他的催促——如果不是李秀龙的催促，这部书稿可能至少要再拖上三五年，或者更久。

完成这部书稿，还必须感谢一个人，花山文艺出版社社长郝建国先生。他早早地定下了这部书稿，并要求我将另一本谈论小说可能性的书一并交予花山文艺出版社出版。不，其实更早一些，在我写作《匠人坊：中国短篇小说十堂课》的时候，郝建国先生就试图说服我交给他来出版。在心里，我感激他对我"匠人坊"系列的看重。也正因如此，他的要求我自然爽快答应，并在半年的时间里完成了全部修订。

更感谢文学，那些美妙的、深刻的、让人心动和感觉"天灵盖被打开"的文学经典，是它们支撑着这部书，是它们的提供，让我有话可说，甚至有时滔滔不绝。

也感谢所有的读者和可能的读者。在这里我也承认自己的忐忑，拉杂说了这么多，其实更多的是向读者们的解释，我希望，能够获得更多的批评、反馈甚至补充，让我在之后的讲述和修订中有所提升。